鷹のつらきびしく老いて

評伝・村上鬼城

吉井たくみ

朔出版

村上鬼城（大正 11 年）　村上家蔵

青年時代の鬼城。明治15年、18歳頃。
村上家蔵

鬼城と村上蛃魚（へいぎょ）（右）、浦野芳雄（中央）。大正13年。
村上家蔵

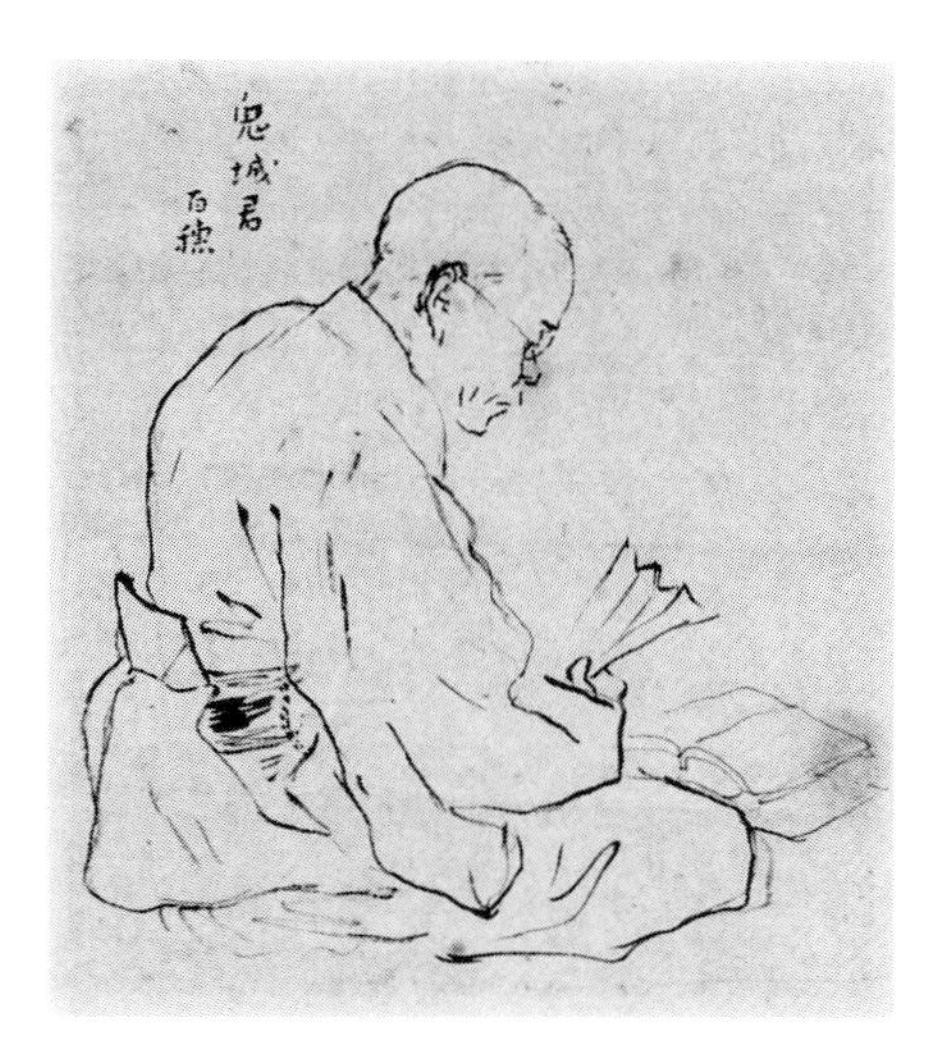

鬼城像（平福百穂画）　村上鬼城記念館蔵

子規の句講義　村上鬼城記念館蔵

吉日のつゞいてうれし初暦
村上家蔵

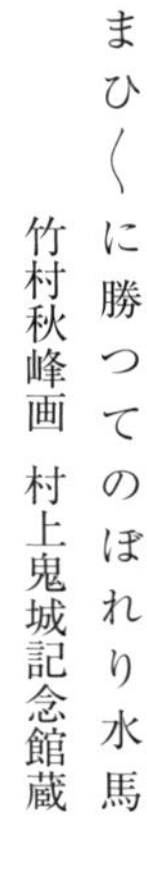

まひ〳〵に勝つてのぼれり水馬
竹村秋峰画　村上鬼城記念館蔵

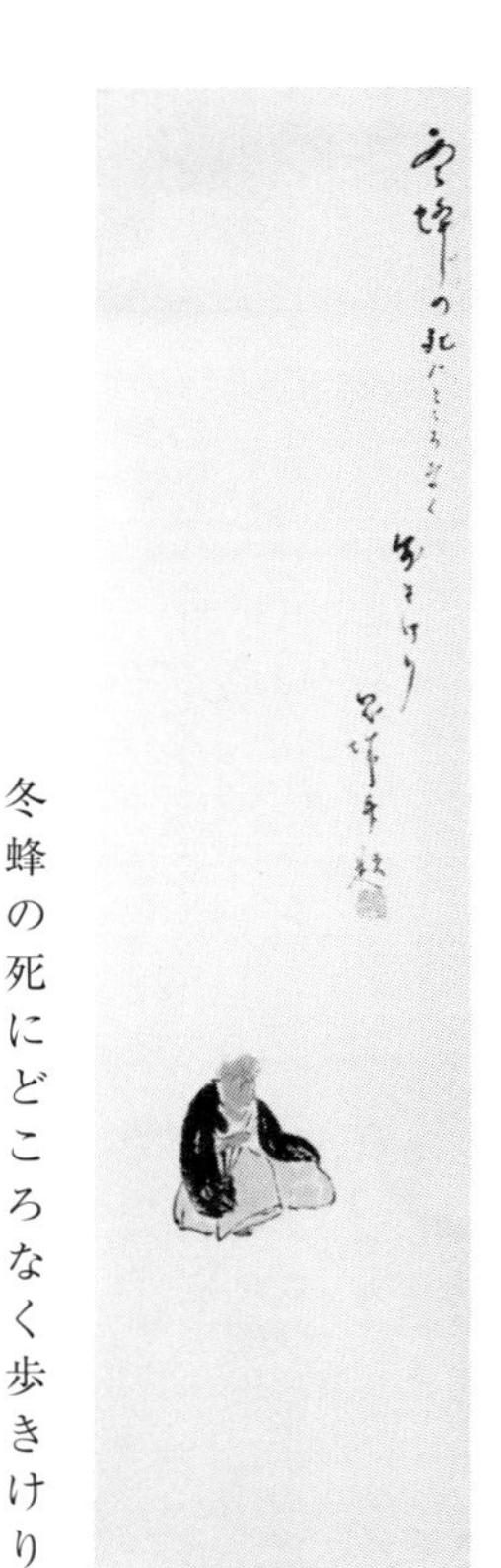

冬蜂の死にどころなく歩きけり
村上鬼城記念館蔵

鷹のつらきびしく老いて　評伝・村上鬼城　目次

Ⅲ　豊かなる俳縁

Ⅳ　円熟期の鬼城

V　鬼城俳句の真髄

VI　鬼城俳句鑑賞　三十句

鷹のつらきびしく老いて

評伝・村上鬼城

【凡例】

一、本書における鬼城俳句は、『鬼城句集』（大正六年刊）、『鬼城句集』（大正十五年刊）、『続鬼城句集』（昭和八年刊）、『定本鬼城句集』（昭和十五年刊）、及び『村上鬼城全集　第一巻　俳句篇』（昭和四十九年刊）に拠り、複数の句集等に収録されている句については、最も古いものに準拠した。なお、これらの句集等に収録されていない句については、当該句を掲載している「ホトトギス」等の雑誌その他の資料に準拠した。

一、俳句の仮名遣い表記は原句に従って歴史的仮名遣いとし、漢字表記は原則として新字体とした。

一、引用文の仮名遣いは原文に従い、漢字表記は原則として新字体とした。また、誤記と思われるものでも原文を尊重しそのままの掲載とした。

一、本書には今日的観点からみると一部不適切と思われる表現が含まれるが、作者に差別等を助長する意図がないこと、また、当時の時代背景と作品の価値に鑑み原典のまま掲載した。読者のご賢察をお願い申し上げる。

はじめに――鬼城と私

私は俳句を作り始めて十年目になる。俳句の世界では未だ駆け出しの身である。私が俳句を始める前に、名前を認識していた俳人は松尾芭蕉や小林一茶、正岡子規など、誰もが学校で習って聞き知っている人物だけだった。もちろん、覚えている俳句もそういった俳人たちの代表句くらいのものである。そうした中、学校で習ったわけではないにもかかわらず、私にとって深く馴染みのある俳人が一人いた。わが故郷、上州高崎が生んだ俳人、村上鬼城である。彼の名前とともに「鷹のつらきびしく老いて」という十二文字のフレーズも、私の脳裏に鮮明に刻まれていた。俳句を始めてからのある日、私の俳句の師匠である岩岡中正先生と鬼城の墓にお参りをさせていただいたことがある。その時、泉下の鬼城に、あなたのことを少し研究させてほしいとお願いをしてみたところ、快諾していただいたと勝手に了見して今日に至っている。

鬼城のことを調べていくと、彼はつくづく上州人だなあと思わせる。彼の残されている俳論での主張は、強い言葉と本音の羅列であり、なかなか手厳しいがわかりやすい。彼は、多くの苦労を重ねた境涯の俳人として、高い評価を受けている。今ある俳句世界の揺籃期である、一時代を担った俳人たちの一人である。

しかしながら、鬼城の俳句精神なるものは大正時代までに燃焼し尽くされ、その後の俳壇や世の中に対して何らの影響も及ぼしていないのではないかとの論調も多い。これまでの鬼城に関する評論や研究も、その多くがこうした視点でまとめられている。つまり、今となっては過去の人であり、過去の一時代を通り過ぎた立派な一俳人であるとの評価である。鬼城を知れば知るほど、果たしてそれだけの人物であったのか、もっと大きな人物だったのではないか、という気もしてくるのである。

鬼城が他の俳人と大きく違うところは、俳句に対する姿勢にある。彼は、日々の生活を疎かにしないこと、精一杯真面目に生きぬくことを、俳句作者の最も重要かつ基本的な条件としている。こうした条件に適わなければ、自然や人、宇宙のあらゆるものに上手に接することもできず、それらの声なき声を十分に聞きとることもできない。つまり、この条件なくして俳句の基本である写生が身につかないということを言っている。ある種の儒教的な精神とも言うべきものが土台となっているのである。私は、彼の俳句を「真情の俳句」と称しているが、高浜虚子の〈明易や花鳥諷詠南無阿弥陀〉という信仰性にも近いものがあるとも思っている。いや、場合によっては、それ以上の厳しさがあるのかもしれない。現代の社会問題に抗し、将来への社会変革に向けての一つの見方、一つの力になり得るのではないかとさえ考える。

現代社会は、気候変動による地球環境の変化、地震、水害等の頻発、生物多様性の消滅、度重なる地域紛争や戦争の勃発、発展と貧困の同居、新たな感染症の蔓延など、地球規模での克服すべき課題が山積している。将来、自然との共生や持続的な経済社会の実現などが求められる中で、俳句が文学や芸術の一つとして、多くの人々へ大きな感動を与えるとともに、このような課題克服に対して、どのような関わり方をしていくべきなのか、もっと議論されてもいいように思う。

本書では、鬼城と俳句との関わりだけでなく、鬼城の幼少時代、青年時代のこと、耳が遠いというハンディキャップを負ってしまったことなど、彼の生活環境の変化についてもわかる範囲で概説し、鬼城俳句の本質を炙り出していくよう心掛けたつもりである。

私は、村上鬼城という希代の俳人とお付き合いを始めてからまだ何年も経っていない。もっともっと彼との対話を重ね、彼の本心を引き出していかなければならない。本書は、これまでの彼との数少ない対話を通じて、わかったことを自分なりに表現してみたに過ぎない。これからも私が存在する限りは、その内容を深く掘り下げながら、彼との対話を続けていきたいと願っている。

Ⅰ　鬼城の境涯と苦悩

一・江戸から上州高崎へ

幕末の江戸に生まれる

村上鬼城は、大正時代のはじめ、当時の俳壇そのものと言っても過言ではなかった高浜虚子率いる「ホトトギス」の黄金時代を担っていた俳人の一人である。上州、高崎の人であった。引っ込み思案であったが、負けず嫌いで人情に厚く、生粋の上州気質と言ってもよいほどの上州人である。しかし、実のところ彼は上州の生まれではない。

村上鬼城は、慶応元年（一八六五）七月、鳥取藩士小原平之進と妻ヒサの長男、荘太郎（しょうたろう）として江戸に生まれる。少年時代は小原荘太郎義行、または荘太郎義之と名乗っていた。鳥取藩士の家に生まれたとはいっても、まもなく時代は明治になってしまったことから、荘太郎は鳥取へは行ったことがない。

小原家は元々五百石の知行取りであり、武士の中では普通より上の家格である。一説によれば、数代前の平右衛門は大坂御蔵奉行であったとも言われている。鳥取藩では、養子縁組による家の存続にはその都度五十石を減少させるとの定めがあり、三代続いて養子となったことから、荘太郎の祖父の代には三百五十石となっていたらしい。

三代続けて嫡子に恵まれなかった小原家であるが、荘太郎の祖父は四十二歳になってようやく念願の嫡子、平之進（鬼城の父）を得ている。

平之進は十五歳で家督を継ぎ、二十歳で、本所相生町の呉服商二代目村上源兵衛の四女ヒサと結婚する。そして平之進が三十七歳の時に荘太郎こと鬼城が生まれた。

しかし、これら系譜にまつわる事柄は、そのほとんどが「ホトトギス」（大正三年九月号）に掲載された鬼城の小説「夏書」を参考にしたもので、多くの研究者がこれを採用しているのだが、どうも事実かどうかとなると判然としない。鬼城の孫、井田進也（八女恒子の長男・平成二十八年没）が鳥取県立博物館の学芸員に調べてもらったところ、小原家は五百石の奉行ではなく、三人扶持十八俵の徒士（かち）だったのではないかというのだ。また、三代にわたって養子だったという話もあやしい節があるらしい。真偽のほどは定かではないが、親から伝え聞いた話などを「自伝的小説」として書いたのかもしれない。

いずれにしても、大なり小なり武家の出であったことは間違いなく、鬼城は武士の家系の者として生を受けたという意識を持って生きていくこととなる。

母ヒサは、鳥取藩邸あるいは隣の高崎藩邸（鳥取藩および高崎藩の上屋敷は現在の丸の内、有楽町辺りにあった）に行儀見習い等のために出仕していたところを平之進に見初められたようであるが、これも真偽のほどははっきりしない。戸籍上の入籍は、実際の結婚よりも七年ほど遅く、安政二年（一八五五）、平之進二十七歳の時と記されている。当時、武家と商家の婚姻はなかなか難しく、様々な事情があったものと思われるが、明治になり戸籍法の制定を機に、過去に遡って、七年ほどずらして何か特別な月日を入籍した日として戸籍簿に載せたものであろう。

鬼城の孫、村上幹也（七女孝子の長男、令和四年没）によれば、「いわば駆け落ちに近い形で脱藩した小原平之進はその時点で『浪人』となったわけであり、『元』鳥取藩士となったと考えるのが妥当であろう。『本来ならお家取り潰しのところを、従兄弟だか甥だかに家督を相続させて《お預け》とする』という趣旨の殿様の裁定があったとかなかったとか、或は維新後『不始末を許すので鳥取に戻るように』という旧藩主の文書があったとか、聞いたような記憶があるが、はっきりした証明のできる話ではない」（村上幹也著『俳諧生涯』）とのこと。

その後、明治になり、小原平之進は率先して平民となることを願い、名前も吉川平助と改め、神田平河町辺りに居を構えたようだ。神田平河町は現在の秋葉原界隈であり、地元の稲荷神社なども多く、神田明神に近いなど、今でも祭が盛んな地域である。平之進改め平助は、神田明神の氏子を自認していたらしい。

前橋に転居

明治五年、荘太郎六、七歳の頃、突然に群馬県の前橋に転居することとなる。父平助が鳥取藩邸のとなりにあった高崎藩に何らかのツテがあったか、母ヒサの実家の商売の関係でもあったか、それとも全く別の要因があったのか、転居の理由ははっきりしない。父は県吏となって県庁近くに住んだともされるが、当時の県庁の職員録にも記録が残っていないようである。

なぜ前橋に転居することになったかの事情は、その後も親から聞かされることがなかったようだ。後年、鬼城が「ホトトギス」（明治四十三年六月号）に発表した短編小説「上京」にこんな記述がある。

「私は、幼少にして、父母に従て、コ、へ参りました、私の父母は、何の為めに、故郷を去りましたか、どこをどう歩行て、コ、へ、落付ましたか、更に、分かりません、（中略）父母が、東京に居て、呉れ、ば、私も、東京に居られるのだと、云ふやうなことを考へます、如何にも、残念に思ひまして、ソレと同時に、私の運命は、父母が、東京を去つた時に、已に、定まつたのギヤあるまいかと云ふやうな、ことに迄、考へ及びまして、私は、何ンとなく悲しくなります」

父母が東京を後にしてこの地に来たことを、あまり快く思っていなかったようである。

さらに高崎に転居

その後、荘太郎が八歳になろうとする頃に、一家は高崎に転居する。

明治六年六月、県庁所在地が前橋から熊谷に変わったこと（現在の群馬県と埼玉県の一部を合わせた地域を熊谷県とし、現在の埼玉県熊谷市に県庁所在地が置かれた。熊谷県が置かれたのはわずか三年間のみ）も関係があったのだろうか。

高崎は、江戸時代より、江戸からの上州の玄関口として、関東と信越を結ぶ交通の要衝として、賑わいを見せていた。城下町、宿場町として栄えてきた地である。父平助は、まず高崎区裁判所に隣接する土地で公事宿を開設したようだ。その後、裁判所の代書人（今で言う司法書士）として開業する。

その頃、母ヒサの実家、村上家では、三代目村上源兵衛をはじめ、ヒサの男兄弟が相次いで他界し、村上家を継ぐ男子が絶えてしまった。このため、ヒサの意向により荘太郎は村上家の養子となり、母方の村上姓を継ぐことになった。明治八年五月、九歳の時のことである。もっとも、養子として母の生家にもらわれていったわけではなく、今までどおり父母兄弟と共に暮らすことに変わりはなかった。

以後、村上荘太郎は、終生、上州群馬の空っ風や夏の暑さに耐えながら、様々な苦難を抱えつつも、上州人として高崎の地に愛着と誇りを持って暮らし、この地を終の棲家とすることとなる。

二 青年期の志と挫折

漢学を学ぶ

村上荘太郎こと村上鬼城は、一説には十三歳の頃から、貫名海雲（ぬきなかいうん）について漢学を学び始めたとされている。海雲は幕末、後の昭憲皇太后（明治天皇の妃）に侍講していたこともある人物である。海雲は安国寺境内に「高崎漢字書院」という漢学塾を開設していた。明治二十年頃まで高崎にいて、その後東京に帰ったようである。

鬼城がどのように漢学を学んでいたのか、具体的な記録がないのではっきりしないが、後年鬼城が自らの漢詩と演説草稿をまとめた『紅顔（こうがん）』の序文において、「これは余の詩文演説集なり。十八

九の時にやあらん　思ひ出ること多し」と言っていることから、数え年十八、九歳の頃、つまり明治十五、六年頃には、間違いなく貫名海雲から漢学の指導を受け、既に漢籍に親しんでいたものと思われる。

鬼城は漢詩十六編を残しているが、『太平記』の故事や中国の故事を題材にしたものなども多く、海雲に指導される中でいろいろと練習や勉強のために詠んだものであろう。この頃の鬼城は、まだ耳疾に襲われておらず、将来に向けて大きな志を持って勉学に励んでいた時期である。俳諧、俳句に関しては、教養の一環といったくらいの関心しかなかったようだ。

ただ、こうした教養の錬磨が彼の人格形成を通じて、詩的な発想、詩情の深化など、その後の彼の俳句に対する姿勢にも少なからず影響しているものと考えられる。

十六編の漢詩のうち、春の風景を題材にしたものが何編かあり、うち三編を載せておく。自らの周辺の自然や風景を詠んだものと考えられる。

○春日友人山荘

月吟花誦識誰家　　月に吟じ花に誦えば誰が家かを識る
常借黄牛弄物事　　常に黄牛を借るも弄物の事
妻走屠中児買酒　　妻は屠中に走り　児は酒を買う
清閑堪羨別天涯　　清閑　羨に堪う　別天涯

○**春日雨晴**

屋後雨収桃李花　屋後雨収りて　桃李の花
天涯一繊抹青霞　天涯の一繊　青霞を抹う
前山回首春如笑　前山首を回せば春笑うが如し
満景風光酔眼嘉　満景の風光　酔眼嘉ぶ

○**惜春**

昨夜無情雨　昨夜　無情の雨
落花空作泥　落花むなしく泥となる
回頭春己暮　頭を回せば春すでに暮れ
何処子規啼　何処にか子規啼く

（中里昌之著『村上鬼城の基礎的研究』）

自由民権思想に熱くなる

鬼城が漢学を学び始めた頃、世の中は、自由民権運動に席巻されている時代であった。明治七年には板垣退助や江藤新平らによる民撰議院設立のための建白書の提出、八年の愛国社の結成、十三年の国会期成同盟の結成、十四年の自由党結成、そして十年後の国会開設の詔勅など、全国各地において近代日本に至るための様々な活動や出来事が展開されていた。

群馬県においても、明治十二年には、旧高崎藩士の宮部襄、長坂八郎らによって、「有信社」という結社が初めて結成され、国民の階級打破、自由主義の鼓舞、国会開設請願運動などが行われていた。当時の多くの若者がこうした活動に参加しており、鬼城も決して例外ではなかったようだ。その後鬼城は、「有信社」の一員、山下善之（やましたぜんじ）らの私塾「猶興学館（ゆうこう）」（高崎市柳川町）において、漢籍や英書の講述等による内外情勢を幅広く学んでいる。また、明治十四年から十六年にかけて、鬼城が十六歳から十八歳の時には、高崎、藤岡、鬼石等の各地で政談演説を度々行っていたようである。この時期の詩文演説集の草稿をまとめた『紅顔』には、七つの演説集が収められている。孟子の「無敵国外患者国恒亡」を引いて自由民権運動を進めることを説いたもの、「学校ハ夫レ生民ノ田畝乎」として学問に奮励努力することを説いたもの、「魯国の惨状」として立憲政体を建立することを説いたものなどがある。

特に、明治十五年一月には、「我国未タ乾カサルニ我国ノ神民ナルヲ知ル」として、「忠勇義列」という言葉を多用し、徴兵は天下の保護人即ち番人なりと説き、徴兵の必要性を演説会で訴えるなど、血気盛んな青年であったことが窺える。

そして、この年六月には、陸軍士官学校第一次試験にも合格し、軍人となって報国の士たらんとして、一心不乱に前へ進んでいた時期でもあった。

閉ざされた軍人の道

「紫苑会」（のちの鬼城の俳句会）同人の浦野芳雄によれば、鬼城は陸軍士官学校一次試験に合格した当時のことを「まるで中仙道へ鶴が下りたようなものだった」「然も、僕は下士から行ったのではないからね。教導団上りとは違うんだ」（徳田次郎著『村上鬼城の新研究』、以下徳田著『新研究』）とも言っていたという。後年になっても、当時のことを、自らの夢を追い求める、熱く輝かしい青年時代として、大切に考えていたようだ。

しかし、この直後、十七歳の夏に、鬼城は原因不明の耳疾という不運に襲われる。突然、耳が聞こえなくなってしまったのである。夢見ていた軍人、士官となる将来の道は閉ざされ、その後の人生に大きな狂いが生じてしまう。

この頃、鬼城には細井友三郎という無二の親友がいた。

細井友三郎は、五明村（現・埼玉県児玉郡上里町）に生まれ、鬼城とは貫名海雲の漢字書院で知り合い、親しくなった。明治十五年五月（鬼城十六歳）には、友三郎と連れ立って千葉県習志野の陸軍演習場を訪問し、共に陸軍士官学校への入学を目指した。だが、鬼城は耳疾により軍人志望を諦めざるを得なくなり、友三郎のみが士官学校に入学し、陸軍の軍人となっている。

鬼城は、「ホトトギス」（明治三十四年十月号）の「盂蘭盆記事」への投稿文において、友三郎のことを「細井は極めて才気のない、おこりッぽい、男であッた。しかも、古武士の風があッて、うそでなく、刎頸の友ナンだッた。曾て誰れやらが、十年一友を得がたしといッたが、細井のやうなのは、十年は愚に終生得られんだらう」と言っている。

また、残っている二人の書簡には、東京での生活のこと、学問のこと、自由民権運動のこと、士官学校のことなどは言うに及ばず、女性問題（例えば、鬼城の最初の結婚のことなど）も書かれている。鬼城の耳が不自由になる前と後のことをいずれもよく知る、何でも相談できる友人であった。

三　耳の障害を超えて

大いなる挫折ののち

明治十五年、十七歳の夏まで、鬼城は順風満帆な人生を歩んできていた。定員七十名の狭き門である陸軍士官学校の一次試験にも合格し、この年の五月には、親友の細井友三郎（明治十六年陸軍士官学校合格）と連れ立って、陸軍の習志野演習場を見学に行っている。しかし、その直後に、突然の耳疾に襲われた。両耳がほとんど聞こえなくなり、医者に診てもらったが原因がわからず、治らなかったのである。青年として意気揚々と気概に満ちていたところから、一気に奈落の底に突き落とされたような気分であっただろう。その後も、政談演説等は続けていたようであるが、夢見た士官への道はあえなく閉ざされてしまった。

若くして突然の耳疾に襲われたことで、自らの行動も大きく制限され、精神的にも押しつぶされるような毎日を送っていたことは想像に難くない。鬼城は沈んだ心を紛らわすべく、十八歳になると父平助の代書業を手伝うようになった。ただ、後年「余は、十八歳から父の業に引張廻はされて学業を廃した」（徳田著『新研究』）と言っているように、当時はまだ燃えたぎる向学心を捨てきれず、父の仕事を手伝いながら、高崎の西群馬協会の星野光多に就いて英語を学び始めている。また、明治十七年、十九歳の時から、東京神田錦町の明治義塾法律研究所（三菱財閥が創設した教育機関）で法律を学び始めて司法官を目指したものの、判検事試験（現在の司法試験に相当）に二度失敗して諦めざるを得なかった、という話もある。青年鬼城がもがき苦しんでいた様子が窺われるが、その失敗の原因が耳の聞こえによるものだったかという記録は残っていないようだ。

なお、鬼城の耳が不自由になったのは十代ではなく、明治二十五年、二十七歳の時とする説もある。東京遊学などを妨げたのは耳のせいではなく家の貧しさからであり、鬼城は父をかばってこのような扱いを黙認していたのではないかとする説である。（「若竹」創刊一〇〇〇号記念特集・井田進也「若き日の村上鬼城」参照）

明治二十五年には、宿痾の脳病が再発したともされており、その後遺症として耳が遠くなるというのはいかにもあり得ることである。この脳病について具体的な病名は不明であるが、「ホトトギス」（明治三十五年十月号）に掲載された「諸君は如何なる縁にて我新俳句を作り始めたるか」において、この年に再発したとされている。ただ、いつからこうした脳病に罹っていたのかは定かではない。

本書では他の多くの研究書に倣い十七歳説をもとに話を進めていくが、耳疾となってからではあまりの衝撃に、十七歳以降の政談演説の継続や東京遊学のことなどにもなかなか考えが及ばなかったのではないかと考えるのが普通である。ただ、十七歳か二十七歳かの違いはあるにしても、若くして突然耳が遠くなるという不幸に見舞われたのは紛れもない事実である。

しかし、この耳疾により、俳人村上鬼城としての大成への道が拓けてゆく。鬼城は挫折や精神的苦汁を味わいながらも、それを俳句に投影し、いわゆる境涯の俳句が結実していったのである。

聞こえぬ苦労、聞こえた喜び

父平助が明治二十五年に亡くなる。それまでは父の手伝いというかたちであったが、明治二十七年、鬼城二十九歳の時に、父の跡を継いで高崎区裁判所構内代書人となった。

一番の苦労は、耳が聞こえにくいことであった。当時の日記の内容から、相手の言うことが聞き取れず、仕事がうまくいかない、つらい気持ちを抱えていたことがよくわかる。

時には思いがけない音が聞こえたことにほっとしているようなことも日記に残している。例えば明治四十四年四月十一日（鬼城四十五歳）の日記に、こんな記述がある。

「朝八時に扣所（筆者注：裁判所の控え室のこと）震動す。何だと思つたら浅間ノ破裂なりと人がいふ。何ベンか破裂したのなれども、聞へたのハ今日が始めてなり。嬉しかつた。余程ひどかつたものと見える」（徳田著『新研究』）

浅間山の破裂知りたる牡丹哉　　鬼城
雷の腹にひびけるうれしさよ

浅間山は群馬県と長野県の県境にある二千五百メートル超の単独峰で、古くは、天明の大飢饉の原因ともなった天明三年（一七八三）の大噴火が有名だ。最近では令和元年（二〇一九）の八月に水蒸気噴火を起こしている。筆者の少年時代にもよく中規模の噴火を繰り返し、三十キロメートル以上離れている高崎市内にも胡麻粒くらいの小石が降りそそいでいたことを思い出す。その時にも天地を震わすような大鳴動がしたような記憶があるが、おそらく似たような大音響がして鬼城の耳にも届いたのであろう。音が聞こえ、腹に響いてきたことを「嬉しかつた」と喜んでいる鬼城がそこにいる。つまり、日々の生活の中で聞こえにくいことがいかにつらかったかということであろう。日記には、耳が不自由な人の統計データに関する新聞記事を引いて、自分もそれに該当していることを嘆いているものもある。

日本に電気式補聴器が初めて輸入されたのは明治四十一年である。当時の日本では珍しいものであったため新聞記事になったようだ。そういった記事を見かけると、鬼城は期待する気持ちを日記に綴っていた。例えば明治四十四年三月（鬼城四十五歳）の日記には次のように書かれている。

「今日ノやまと新聞に嬉しい記事があつた。ソレはニューヨーク音響学会長ケー・エム・ターナー氏発明の聴音器が出来て、真ノ聾者でナイ以上ハ耳ノ遠いくらいハ何でもなく聞えると言フことた。遠からす日本にも来るたろうとノ事。（中略）此器械ヲ用ユレハ十万人位に演説が聞かせられるトノ事早く来リアいゝと思う」

さらに別の日には、「棒ナリ煙管ナリ歯でくはへてゐて、其先きヲ指先でコツ〳〵たゝくと音が聞へる。歯から放して同じやうにたゝいてみても聞えナイ。だから音を棒に伝へて棒ヲ歯ニ通スレハ、音ヲ聞取レルに違いナイ。俺ハ、耳が遠いのでコゝから一つ大発明ヲして聴音器ヲ作て同病ヲ救てやりたいと思う」（徳田著『新研究』）とも言っている。

列車に轢かれかけ、職を失いかける

大正五年に補聴器を使うようになるまでは、人の話を聞いて問いかけることがままならないため、鬼城は、電話をかけることができなかったという。一人で見知らぬ土地へ行くこともできなかった。当時、歩行者は道路の左側通行が基本であったようだが、鬼城は正面から来る車を視認できるように右側通行していた、という話もある。

貨物列車に轢かれそうになったこともある。明治四十五年三月二十三日、高崎の隣町の藤岡に行った帰り、高崎と藤岡の間を流れる烏川（からすがわ）に掛かる鉄橋を渡ろうとして、轢かれかかっている。当時の日記にはこう書かれている。

「岩鼻ノ鉄橋ヲ渡らうと思たら橋下ノ工夫が家から出て来て叱た。俺ハ意地ノ悪い奴たと思たから、工夫ヲ引込ましオイて渡てやらうと佇ンてゐたらソノうち荷物列車か通過した。危うく命ヲ取られる所たつた。於是考へた。工夫かやさしく訳ヲいへバ、俺ハ厚意ヲ謝したンた。工夫がいきなり叱たから俺ワ怒たンた」（徳田著『新研究』）

耳が聞こえないにもかかわらず、どうも人に注意されたことで意地になったようでもあり、短気な一面ものぞかせている。

そしてこののち、鬼城は一時期代書人を罷免されることになり、さらに大きな試練に直面する。大正五年三月五日、五十歳の時に構内控所での代書業の営業を取り消されてしまったのである。その日の日記には「構内営業取消に逢ふ。涙あるのみ。思へば自らが悪きのみ。誰をも恨みんや。男子の最後ハ割腹のみ。余一人なりせば天砕け地裂くとも恐るゝことなし。命を差出せばソレ迄のことなり。而も子供ノことを思ふと、余の死ハ泰山よりも重シ。死ぬことを許されず。途方にくれる」（徳田著『新研究』）とある。

理由は「耳聾のため」ということであるが、鬼城の孫の村上幹也は、「補聴器を通しての依頼では、依頼者側の不便も大変なものだったであろう。それに依怙地なジイさんということになれば、裁判所側にも当然すぎるほどの理由があったのだろうし、現在のような社会福祉政策もなかったわけだからやむを得ない成り行きだったかも知れぬ。構内代書人たる『地位』をめぐっての、もっとどろどろした人間関係の結果でもあったらしい」（『俳諧生涯』）と述べており、罷免の理由はあながち耳の問題だけだったとは言えないところがあったようである。

補聴器を使う

鬼城は、子沢山の大家族であった。家族を養っていかなければならない。恥を忍んで知己を頼って復職活動をしている。あらゆるツテを頼っても、うまくいかなかった。そのツテの中には、高浜虚子（鬼城と虚子は大正二年に出会っている）や大須賀乙字（おおすがおつじ）も含まれている。

とりあえず、鬼城は高崎区裁判所の構外で代書業を続けていくことを決意した。そして、大正五年六月十一日、自ら上京して初めて補聴器を購入したようである。ただし、裁判所公認の構内の代書人と違い、構外での代書業にはほとんど依頼人が来ず、頰杖をついて外の通りの様子を眺めているだけの毎日だったようである。

その後、大正六年五月には、一度免職させられた司法代書人について、補聴器を使用することを

条件として復職が実現している。（120頁「小野蕪子」参照）

さらに、大正八年八月二日（鬼城五十四歳）付、藤陵（ふじおか）繁雄（高崎中学英語教師、鬼城の句会「紫苑会」に参加）宛ての書簡で、日本で初めて補聴器の販売を始めた日本橋の吉田勝恵商店に行って、補聴器の話を聞いてきてほしい旨、依頼をしている。最新式の補聴器に買い替えるような算段でもしたのかもしれない。

当時の補聴器は、医者が使う聴診器のようなものであった。約一メートルのゴムの管で、一方の端を自分の片耳に入れ、もう一方の端が朝顔の花のような形状になっていて、それに相手が口を寄せて話すというものであった。補聴器の鬼城と初めて対座した者は、ほとんどの者がその朝顔の花に向かって「もしもし」とやって笑いを誘ったらしい。

補聴機をたよりに老いぬ暮の春　**鬼城**

補聴機を祭つて年を送りけり

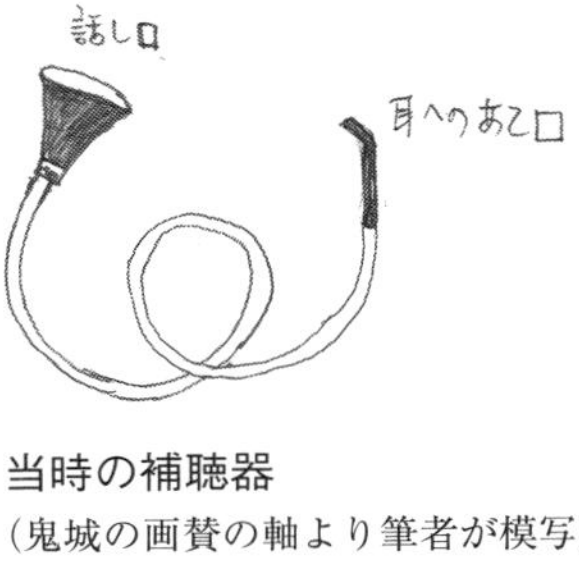

話し口

耳へのあて口

当時の補聴器
（鬼城の画賛の軸より筆者が模写）

四．夫の顔、父としての顔

最初の結婚、二度目の結婚

鬼城は、明治十五年十二月、十七歳で最初の結婚をしているようだ。だが、この事実は戸籍に載っておらず、正確にいつ頃誰と結婚したのかははっきりしない。耳が聞こえなくなったことを心配した両親の勧めで、嫁を迎えることになったとも思われるが、この結婚は長くは続かなかった。妻と母ヒサとの折り合いが悪かったことなどが原因で、明治十七年五月頃には離縁しているのである。

その後、明治二十一年一月、二十二歳の時に次の結婚をしている。相手は、群馬県緑埜郡三波川村（現・藤岡市鬼石町三波川）の中橙五郎の娘スミである。スミとの間には、明治二十一年十月に長女直枝が、明治二十三年十二月には次女ヨシが生まれている。

ただ、明治二十五年になると、どのような経緯があったのかははっきりしたことはわからないが、家屋敷を人に取られてしまったようだ。また、この年の五月に父平助が他界、その看病の疲れもあり、妻スミも同年八月に帰らぬ人となってしまった。鬼城は、幼い子供二人を抱え、悲嘆に暮れることとなる。後年、長い前書付きでこの時の悲しみを詠んだ句がある。

予若かりし時妻を失ひ二児を抱いて泣くこと十年たま〳〵三木雄来る
乃ち賦して示すこれ予が句を作る初めなり今こゝに添削を加へず

美しきほど哀れなりはなれ鴛(おし)　鬼城

三度目の結婚と子沢山家族

鬼城は、母ヒサと二人の娘を養っていくために、父の跡を継ぎ、明治二十七年九月に高崎区裁判所構内代書人として生計を立てていた。ちなみに、俳句への関心を強めるようになるのもこの頃だと考えられる。翌二十八年に、正岡子規に手紙を出して、俳句についての教えを請うているからである。

明治二十九年二月、三十歳の時に、後添を迎えることとなった。相手は、群馬県北甘楽(きたかんら)郡小幡(おばた)村（現・甘楽郡甘楽町小幡）の松浦元晴の長女ハツ、当時二十五歳である。松浦家は、江戸時代小幡藩松平家に仕えた百石取りの武士であった。武家の長女ということもあり、ハツは大変辛抱強く、鬼城の癇癪を軽く受け流すような知恵も持っていたようだ。

結婚後、二人の間にはおよそ二年に一人のペースで子供が誕生している。明治三十年一月に三女千代、三十二年四月に四女村子、三十四年五月に五女玉枝、三十六年八月に六女松寿子、三十八年十月に七女孝子、四十一年七月に長男信(まこと)、四十四年三月に八女恒子、大正二年七月に次男肇がそれぞれ生まれている。先妻の二人の娘も合わせると、二男八女の子沢山である。何代か前までは継嗣に恵まれず養子縁組が続いていた家系とは思えないほどの子宝に恵まれた。鬼城は自らを「貧乏人の子沢山」と言っていたそうであるが、子煩悩で優しい父親であった。

子煩悩な父親

鬼城は子供全員を立派に教育し、育て上げている。当時裁判所にあった鬼城の仕事机の上には、「十人の命」と墨書してあったそうである。鬼城も若かりし頃は学問が好きで教育熱心であったが、耳疾で自らの夢を叶えられなかったという悔みがあったのであろうか、貧しい生活の中でも子供の教育に対しては、精一杯の対応をしている。男子は二人とも小樽高等商業学校（現・小樽商科大学）に進学させ、女子八人のうち七人を群馬県立高崎高等女学校へ、そのうち一人は師範学校にまで進学させている。

同時に、娘を立派な男性に嫁がせたいと思うのも親心であり、当時の日記には「今夜、清水寅方へお嫁が来るので、直枝嬢が手伝に行た。俺は直枝が可哀想でならぬ。自分も嫁きたからうと思うと、早くいゝ良人を持たせてやりたいと思う。俺は二、三年以来、直枝ノ事ばかり思ひつゞけてゐる」（徳田著『新研究』）とも書いている。相当に気を揉んでいたことがわかる。なお、長女直枝は二十五歳で嫁いでおり、今日で言えば決して遅くはない結婚である。

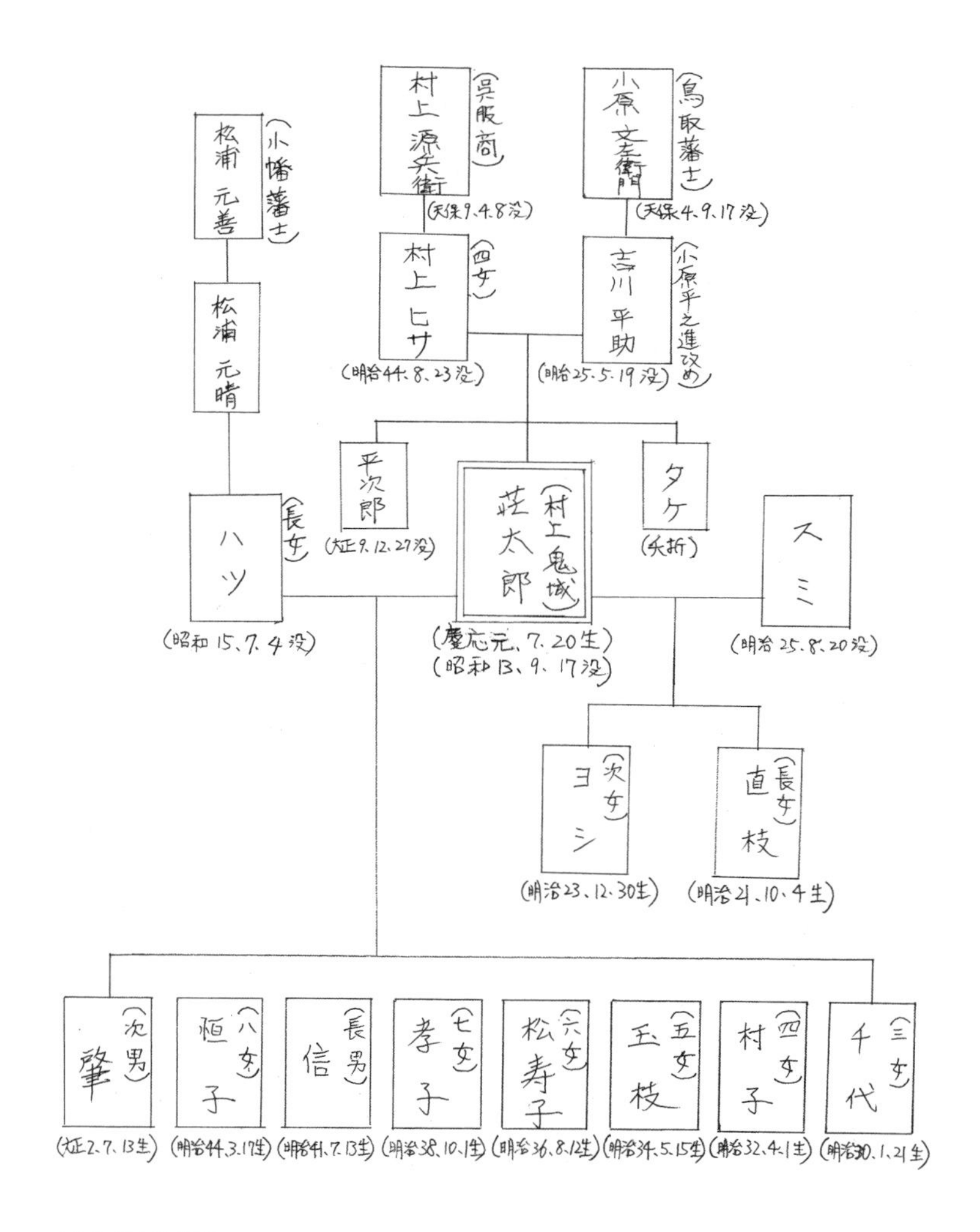

村上源兵衛（呉服商）
（天保9.4.8没）
小原文左衛門（鳥取藩士）
（天保4.9.17没）
松浦元善（小幡藩士）
村上ヒサ（四女）
（明治44.8.23没）
吉川平助（小原平之進改め）
（明治25.5.19没）
松浦元晴
平次郎
（大正9.12.27没）
荘太郎（村上鬼城）
（慶応元.7.20生）
（昭和13.9.17没）
タケ
（夭折）
ハツ（長女）
（昭和15.7.4没）
スミ
（明治25.8.20没）
ヨシ（次女）
（明治23.12.30生）
直枝（長女）
（明治21.10.4生）
肇（次男）
（大正2.7.13生）
恒子（八女）
（明治44.3.17生）
信（長男）
（明治41.7.13生）
孝子（七女）
（明治38.10.1生）
松寿子（六女）
（明治36.8.12生）
玉枝（五女）
（明治34.5.15生）
村子（四女）
（明治32.4.1生）
千代（三女）
（明治30.1.21生）

村上鬼城系図

鬼城の子煩悩は有名で、二男八女に等しくあふれんばかりの愛情を注いでいたが、そんな鬼城の行動や考え方を子供たちもよく理解し、父として仰いでいた。

鬼城は、残っている写真からもわかるとおり、一見古武士然としていたようなところもあり、余所目には頑固で厳しそうに見える。もちろん、子供たちに対しても教育という面から一本筋の通った厳しさということはあったと思う。

六女松寿子が、「性格的には曲ったことが大嫌いで、他人に諂うことはせず自分の力で生き抜いた人です。大家族にも拘らず毎晩、家族の全員点呼をいたします。遊び盛りの末ッ子の肇は夕方になっても帰ってこない。母が『そろそろ点呼が始まるから肇を迎えに行っておいで』と云うのが日課でした。『皆居るな』と言って、父は安心して二階の自室に上って行くのです」（徳田著『新研究』）と語っているように、鬼城の優しさを兼ね備えた厳しい一面も垣間見える。

また、鬼城が草花のような小さなものに対しても家族と同じような愛情を注いで接していたこと、神社仏閣はもちろん、屋敷神や神棚、仏壇などの身近な神仏に対しても、厚い信仰心を持っていたことなどが、しっかりと子供たちにも受け継がれていくのである。

長男信によれば、草花が好きだった鬼城は、散歩に出かけるとよくいろいろな植物を持ち帰り、庭に植えていたようだ。盆栽のように人為的に形を変えるようなものは好まず、人から盆栽をもらったりすると、「これじゃあ木が可哀相だ」と言って、形を整えている針金をほどいて鉢から出し、庭に植え替えていた、と言っている。また、信は「父に連れられての散歩の時、神社があったりすると父は、必ず両手を合わせてお辞儀をしていたのを覚えています。そんな父の態度は、私の生活観念の一つになって体の中に染み込んでおり、神社の前では今でも、つい手を合わせたくなるような心境にかられます」（徳田著『新研究』）とも語っている。
十人もの子供たちを育てることは、鬼城にとって経済的につらいことであったろうが、子供たちには追い詰められたような姿は全く見せなかった。長男信が「高価な玩具を買ってもらったことも、旅行に連れて行ってもらった覚えもありませんが、父は私たちに満たされぬものを感じさせたことはありませんでした」（徳田著『新研究』）と言っているように、子供たちは常に父親の深い愛情に満たされていることを感じながら成長することができたのである。

蒲団かけていだき寄せたる愛子かな　　**鬼城**
たんと食うてよき子孕みね桜餅

Ⅱ 「ホトトギス」と鬼城俳句

一．俳句を始めたきっかけと俳号

弟平次郎の影響

村上荘太郎こと鬼城が俳句を本格的に始めることになったのは、二歳違いの弟平次郎が旧派の俳句をやっていたことだった。たまたま作った俳句を弟を通じて春秋庵幹雄（しゅんじゅうあんみきお）（三森三木雄）宗匠に見てもらったところ、褒められたことが熱中するきっかけとなったようである。春秋庵幹雄は東京在住の旧派宗匠で、明治十七年に群馬県に「明倫講社」の分社設立願を出している。当時の俳句の流行を受けて、群馬県内においてもそれなりに影響力があったものと思われる。

弟平次郎は鬼城に先んじて俳句に熱中し、盛んに作句・投句を重ねていたらしい。明治三十年には「芝秀（ししゅう）」の名で懸賞俳句の選を受けている。大正二年四月、高崎に旧派の「大正吟社」が結成されると、そこに拠り、「鷗庵芝洲」として活躍する。大正九年五月には、宗匠として推挙され立机されるも、その年十二月、自宅の東京羽田において五十三歳で急逝している。

鬼城は平次郎を通じて若い頃から俳句をかじっていたようだが、一説によると高崎神社の宮司をやっていた高井東一（俳号東蔭（とういん））から俳句の手ほどきを受けていたとも言われている。

鬼城は、俳句を始めたきっかけのあらましを、自ら「ホトトギス」（俳誌「ホトトギス」は、明治三十年一月の創刊時は「ほとゝぎす」、明治三十四年十月から四十四年九月までは「ホト、ギス」、四十四年十月から「ホトトギス」と変更している。本書では便宜上、以下「ホトトギス」の表記で統一）の明治三十五年十月号の「諸君は如何なる縁にて我新俳句を作り始めたるか」への投稿文の中で述べている。

投句して選ばれ、褒められたのは次の二句であった。

掛乞も上手下手ある世なりけり
美しきほど哀れなりはなれをし

「此二句は大いにほめられて、就中鴛鴦の句は名手にあらざれば能はずとか、何とか、素敵ナ訳だッた。誰れしもほめられて心持の悪いものはナイ、余も心ひそかに欣々然として、何ンだか其宗匠までえらい人の様に思はれた」と言っている。よほど嬉しかったらしく、これをきっかけに俳句に大きな関心を持つようになった。

なお、〈美しきほど哀れなりはなれをし〉は、大正六年に中央出版協会から発行された『鬼城句集』にも収められている。「予若かりし時妻を失ひ二児を抱いて泣くこと十年たま〳〵三木雄来る乃ち賦して示すこれ予が句を作る初めなり今こゝに添削を加へず」という長文の前書を付けて、〈美しきほど哀れなりはなれ鴛〉（句集作成に当たり「をし」を「鴛」に推敲したと思われる）として収録している。

大正六年の『鬼城句集』の例言で、鬼城は詠んだ俳句について、「手帳に書きつけてあるだけのことで、固より分類もなく、四季の区別すらなく、どの句が、何時、どこで、出来たといふやうなことは、殆んど知るに由なく（中略）句作の最初の年月は、明治二十八九年の頃かと思はれる」と言っており、本人もいつ作った句かはっきり記憶していないようだが、前書にもある通り最初に作った句がこの鶯の句であることから、この句が詠まれたのは明治二十八、九年の頃ではないかと推測できる。

鬼城は、明治二十五年の五月に父を、八月に妻スミを相次いで亡くしている。残された二児を抱えて途方に暮れているときに詠み、書き留めておいたものであろう。鬼城の俳句世界は、妻恋の挽歌に始まるのである。自らも旧派の俳句という認識はありつつも、当時の心のうちを吐露したものとして最初の句集には収めておきたかったものと思われる。

俳号「鬼城」の由来

村上鬼城の生涯については、徳田次郎著『村上鬼城の新研究』（本阿弥書店）がとにかく詳しい。徳田次郎は鬼城の六女松寿子の実子で、鬼城の孫である。本書でも、鬼城の人となりや交友関係等をたどる上で、様々な逸話を参考にさせていただいている。

その『村上鬼城の新研究』によると、俳号「鬼城」については「山鳩」誌の俳号由来アンケートで、鬼城はたった一言、「旧藩の城の名である」と答えているらしい。鳥取県に通称「鬼ヶ城」という城がある。正式には「若桜（わかさ）城」と呼ばれ、鳥取県八頭郡若桜町にある。鬼城の父小原平之進は旧鳥取藩士であった。これに因んで「鬼城」を号としたのではないかとされている。

筆者も若桜城、通称鬼ヶ城に行ってみた。江戸時代初期には廃城となってしまった城らしいが、今も本丸、二の丸、三の丸などの石垣が残り、典型的な山城の形態をとどめている。若桜町の中心街には神社仏閣も見られ、落ち着いた街並みであった。

最初に鬼城の号を用いたとされる記録は、明治二十九年一月二十七日付の新聞「日本」の俳句欄であったとされる。その後は「鬼城」あるいは「聾鬼城」と称している。なお、後年、明治四十二年から記し始めた日記や明治四十三年以降の「ホトトギス」の地方俳句界欄などでは、耳が遠いことと眼が近いことから「遠近仏」とも号している。

二．正岡子規への傾倒

子規への手紙

父や妻を相次いで亡くした鬼城が悲しみの淵に沈んでいたちょうどその頃、明治二十五年六月から十月にかけて、新聞「日本」で正岡子規が「獺祭書屋俳話」を連載していた。鬼城は、子規の俳話に没頭するとともに、新派の俳句に傾倒していったと考えられる。

明治時代に入り、当時の若者は、近代国家の形成と近代人になることのために学び、自由民権運動に代表されるように、自由と平等を追い求めて葛藤していた。子規や鬼城も例外ではなかったはずである。こうした時代背景が、鬼城をして子規の近代化精神と文学の革新運動に対する共感へと導いていく。

この頃から「鬼城」と名乗り始めている。新しい俳句を極めていくんだという決意を持ってこの俳号を使い始めたのであろう。

明治二十八年のはじめ、二十九歳の時に、鬼城は二歳年下の子規宛てに手紙を送り、俳句の作法などについて教えを請うている。子規からは懇切丁寧な返書（明治二十八年三月二十一日付）が鬼城の許に届いている。鬼城が出した手紙は残念ながら残されていないが、子規宛ての手紙の下書きが高崎市並榎（なみえ）町の村上鬼城記念館（鬼城草庵）に残っている。その下書きから子規への質問事項を整理すると以下のようなものだったと推測される。ただし、子規からの返書の内容からすると、下書きと実際に送った手紙の内容は若干違うところがあったようにも思われる。

子規宛ての書簡の下書きの概要
一、俳句の性質効用の概要はどのようなものか。散文と異なるのは俳句の美術的なところか。韻文とは異ならないのか
一、俳句の特別な効用はどのようなものか。特に、俳句と文学の関係において
一、俳句を学ぶにはどのようにしていったらよいのか
・俳句一般の作法はどのようなものか
・先人で学ぶべきは誰か
・忙しい時にいかに俳句を作るのか

一、俳句の題詠についてどう思うか
一、俳句の詠む対象はどのように考えればよいか
一、切れ字が必要になるのはどのようなときか。取り合わせの句はどうか

子規からの返書

子規は、初めて手紙を寄こした一書生である鬼城に対して、「村上先生　几下」と宛書きした実に丁寧な返書を送っている。その内容を紹介する。

拝復　芳墨ヲ辱ウシ雀躍ニ堪ヘズ　下問ニ逢ヒ卑見ヲ吐露ス　固ヨリ浅学菲才過誤定メテ多カラン諒セヨ
一、俳句ハ十七八文字ノ文学ナリ　特別固有ノ性質ナル者ナシト雖モ俳句ノ長所ハ和歌漢詩ト自ラ異ナレリ
一、俳句ハ文学ノ一部ナリ　故ニ大体ニ於テハ同一ナリ
一、俳句ヲ学ブハ古人ノ名句ヲ読ム事（一）　自ラ多ク作ル事（二）　他人ノ批評添削ヲ乞フ事（三）ノ三事ニ出デズ
一、古人ノ名句ヲ見ント欲セバ俳諧七部集続七部集故人五百題蕪村七部集等ヲ善シトス　天保以後ノ書ハ卑俗見ルニ堪ヘズ
一、自ラ多ク作ラント欲セバ天下幾多ノ事物（殊ニ風景）ヲ実見シ　之ヲ写生シ或ハ之ヨリ起ル

所ノ空想ニヨリテ拈出スベシ
一、生、譾劣浅識妄リニ大人ノ句ヲ評スルハ僭越ヲ免レズ　然レドモ玉稿ヲ得テ愚評ヲ呈スルハ敢テ辞セズ
一、題詠ハ席上ノ作ニハ尤モ善シ　然レドモ之ヲ以テ名句ヲ得ルノ唯一方法ト思惟スベカラズ名句ハ写実ヨリ得タル者ニ多シ
一、切字ハ以テ無カルベシ　以テ無カルベカラズ　必ズシモ拘泥ヲ要セズ
一、一句中ニ二題トハ季ノ物ニ個ノ事ナルベシ　二個以上ノ景物必ズシモ之ヲ忌マズ　但シ物ニヨルベシ　有形物ハ二個デモ三個デモ宜シ
小生今近衛従軍之目的ヲ以テ当広嶋表記滞在罷在居候故ニ御返事意ニ任せず候他日皇軍勝て、我等亦凱旋スルヲ得バ其時ニハ御風交被下度奉願候　已上

（徳田著『新研究』）

子規は、この手紙を広島紙屋町から出している。この時、子規は日清戦争における近衛師団付の従軍記者として、従軍許可が出るのを広島で待機している最中であった。手紙の日付の三月二十一日に従軍許可が下り、四月十日に宇品を発ち、十五日に遼東半島の金州城に入っている。だが、五月に講和が成立し、子規は現地でほとんど何もせず帰国することになる。五月十四日、佐渡国丸に乗って大連を発ったが、十七日その船上で喀血する。翌十八日午後に下関に到着。その後、神戸に二か月、須磨に一か月、河東碧梧桐（かわひがしへきごとう）や高浜虚子の看病を受けて静養。八月には故

郷松山に帰り、当時、松山中学の英語教師として赴任していた夏目漱石の下宿「愚陀仏庵」に、東京に帰る十月十九日まで寄宿している。この間、子規は「俳諧大要」の構想を練り、その年の十月二十二日から十二月三十一日にかけて、新聞「日本」に「俳諧大要」を連載していた。

鬼城は、「獺祭書屋俳話」や「文学漫筆」等のそれまでに新聞「日本」に掲載された子規の諸説等をしっかり読み込んで、子規の考え方をある程度理解していたようである。もちろん、「俳諧大要」も然りである。特に、冒頭にある「俳句は文学の一部なり。文学は美術の一部なり。故に美の標準は文学の標準なり」に始まる「俳句の標準」の基本的な考え方を踏まえた写生の本質は、鬼城にとって非常に刺激となり、自分の俳句作りにおける血肉となっていったことは想像に難くない。

この年の年末に、鬼城は子規に句評を請うており、十二月十四日付の返書が届き、これからも俳句を見せてくれと言葉をかけられている。

益々御清栄奉恭賀候、愚生病気ニつき御見舞被下難有奉存候
頃日大分よろしく相成申候　頃日閑暇といふよりもむしろ多忙にハ有之候へども文学上の事なら
ば何時にても差支無之候
玉詠も有之候ハヾ時々御漏らし被下度候
御返事まで　如此候

（徳田著『新研究』）

初めての新聞掲載

子規の影響を受けて新しい俳諧を習得し始めた鬼城は、明治二十九年から頻繁に新聞「日本」に投句するようになる。明治三十一年までに、新聞「日本」の俳句欄に都合二十八句の鬼城の俳句が掲載された。

冬日さす冬の山里あはれなり　　鬼城
烟るなり枯野のはての浅間山

「冬日さす」の句は、明治二十九年一月二十七日に、新聞「日本」に最初に掲載された句である。「烟るなり」の句は、同年二月三日に掲載（新聞「日本」では三度目の掲載）され、大正六年版『鬼城句集』にも収録されたものである。また、明治三十一年に子規が撰した句集『新俳句』には、この「烟るなり」の句を含めて鬼城の句が九句選ばれている。

この頃のことを、鬼城は明治三十五年十月号の「ホトトギス」の「諸君は如何なる縁にて我新俳句を作り始めたるか」への投稿文でこう述べている。

「たま〳〵今の子規先生、其時の獺祭書屋主人が新聞日本へ俳諧のことを連載された。アレで余の俳諧思想は爆裂したので、サア堪らない、俳諧の正体が分ッて見るとも一俳諧はコッチのものだといふ考へから、詠むの何ンのッてめちやくちやにやる。ソーしてソレを書き集めて、あつかましくも子規先生の所へ送て御批評を乞ふたところが、思想ははなはだよろし」

この頃、鬼城は耳疾から十年が経過して難聴の程度も年を追って進行しつつあった。しかし、父親の代書業の手伝いにも慣れ、明治二十七年からは本格的に代書業に従事するようになっていた。代書業は、裁判沙汰にもなる様々な事件に関わる相談業務である。自らの置かれた境涯だけでなく、仕事を通じて他人の憂鬱や悲壮にも付き合わなくてはならない。よくぞ厭世観にも苛まれず、毅然と生き、仕事に励み、子沢山の家族を養っていけたものだと感心させられる。

明治三十四年には、学生時代からの無二の友人、細井友三郎が若くして病死する。細井は、鬼城が耳疾で陸軍士官学校を断念した一方で、念願どおり陸軍士官学校に合格し、軍人となった友人である。当時は、うらやましいと思っていた友人が、病を得て先に亡くなってしまった。父や妻の死とはまた別の意味で、人生の無常観を深く味わったに違いない。

子規の死

明治三十五年九月十九日、子規が三十四歳の若さで逝去する。

糸瓜忌や俳諧帰するところあり　　**鬼城**

子規の忌日を修する鬼城の代表句である。

鬼城は、明治四十一年の句会「紫苑会」の発足以降、毎年欠かさず子規忌を修する句会を開き、子規を偲ぶことを忘れなかった。

鬼城の生い立ちやその後の苦悩、境涯が鬼城俳句の真髄を形作っていったのはもちろんであるが、一方で、生きることへの真摯な姿勢、俳句への没頭、集中こそが、多くの困苦の中でも厭世、堕落、諦念といった心持ちに苛まれることなく、多少の揺さぶりはあったにせよ、彼の人生観を根底から切り崩すようなことにはならなかったものと考えられる。

鬼城は、当時、俳句革新運動の先導者であり、近代俳句の祖と言われる正岡子規の知遇を得ることで、俳句は文学の一部であり、芸術の一部であり、他の文学に劣るものではない、という子規の教えに基づいて、ものや社会を見る目を養い、世の中に訴えかけるような詩情豊かな俳句を作っていくことを心掛けるようになるのである。

そして、子規から近代的な写生論の基本を吸収しつつも、子規の俳句近代化の考え方ともまた違う独自の写生観を構築していくようになるのである。

三.「ホトトギス」との縁

「ホトトギス」への投稿

明治三十年一月愛媛県松山市で、柳原極堂(やなぎはらきょくどう)が「ホトトギス」を創刊するが、第二十号で終了し、三十一年十月に発行所を東京神田錦町に移し、高浜虚子が引き継ぐこととなる。鬼城が「ホトトギス」と関わりを持つようになるのは、虚子が引き継いだ直後からである。

鬼城の俳句が「ホトトギス」に最初に掲載されたのは、明治三十二年一月号、虚子が第二巻第一号を発行してから四回目の「ホトトギス」に、河東碧梧桐選で次の句が載っている。

埋火や遺孤を擁して忍び泣く　鬼城

六年前の妻スミの死の直後を詠んだものである。この頃の「ホトトギス」は、いまだ子規の影響を色濃く受けている時期である。この年、鬼城の俳句で掲載になったのは二句、翌年は一句とわずかであったが、徐々に入選句数も増え、明治三十八年以降は毎月のように掲載されるようになる。

しかし、「ホトトギス」は、明治三十七年から三十八年にかけて連載された夏目漱石の小説「吾輩は猫である」が人気を博すなど、徐々に俳句の紙幅が減り、写生文や小説の掲載が多くなっていく。虚子自身も、情熱を向ける対象を俳句から小説へと移していく。

明治四十二年八月以降、「ホトトギス」は雑詠選を廃止した。そんな中、鬼城の句については、地方俳句界欄等において依然として数多く掲載される。明治四十三年は二十九句、四十四年は三十四句掲載されていた。ただ、この頃の句で、鬼城最初の句集である大正六年版『鬼城句集』に収録されているものはごくわずかである。

小説や写生文に手を拡げる

鬼城自身、この時期には写生文にも力を入れていた。「ホトトギス」には、明治三十四年以降、「一日記事」への投稿を皮切りに多くの写生文が掲載されている。明治三十七年以降には、「催眠術」などの短編小説も数多く執筆し、掲載されている。とはいえ、これらの写生文や小説は、読み物としてそれほど面白いとは言えず、「吾輩は猫である」のように多くの人に読まれるようなものではなかった。ただ、鬼城の来し方を反映しているものが多く、鬼城の生活の実態を知る上で参考になるものが多い。

例えば、明治三十五年四月号に掲載の「初午」では、鬼城が六、七歳の頃に住んでいた神田平河町での出来事が語られている。近所の屋敷稲荷の初午の時、子供たちが集まって手に手に絵馬などを持って、「稲荷講」「万年講」などと掛け声をかけながら各家を回ると、それぞれの家で小銭を出してくれ、もらった小銭をお稲荷様へ持っていくことになっていた。ところが、その辺の事情を知らずに小銭をもらってこなかったところから不興を買い、近所の少年たちからいじめられたそうだ。このような時には、気かん坊の弟が仇を取ってくれていたという少年時代のエピソードが綴られている。

明治四十三年十月号掲載の「垣根の穴」は、主人公は園芸が大好きな勤め人の物語で、上下二部構成になっている。主人公の家から勤め先はそう遠くないのだが、通勤時間をも惜しんで朝顔栽培に夢中になっている。そこで通勤時間を節約するため、垣根に穴をあけて近道を設け、そこから出入りしている。朝顔の種蒔きは八十八夜の頃にするのが最適のようで、その時期には仕事熱心で真面目な主人公もそわそわしてくるなど、朝顔栽培への熱の入れ方を事細かに描いている。下の部では、産婆さんが訪れる。主人公には、二十歳を筆頭に十人の子供がいる。十一人目の子供の誕生に対する主人公の内面をうまく描写している（鬼城の子供は全部で十人なので、十一人目というのは創作である）。

大正二年九月号掲載の「夏書」は、主人公が夏書と称して過去帳を写す物語である。彼の家系は代々子宝に恵まれず、祖父の代まで養子を取りながら禄高を減らして家を守ってきた。祖父はようやく一粒種の父を儲けた。その父も妻帯して十七年も経った四十二歳の時、彼をなすことができた。ところが、彼の代になって、これまで蓄積してきた子種を一気にぶちまけたかのように子宝に恵まれ、二十二歳で親になって以降、一年おきに一人ずつ子が生まれて十子の親になった。ただ、八人まではすべて娘で男子を挙げられず、周囲の者が心配していたが、ようやく九人目で男子を儲けた（実際の鬼城は上の七人が娘で、八人目に長男を儲けている）。やっと授かった男児だが、主人公は「そうか」と言ったのみで、手を叩いて喜ぶわけでもない。大名のような気分にはなれない、などと主人公に語らせている。

いずれも小説として発表されたものなので、鬼城自身の身に起きた事実であるとは言えないながらも、鬼城の家系や生い立ちに対する思い、感情の動きなどを窺い知ることのできる作品群となっている。

参考までに「ホトトギス」に掲載された鬼城の散文を一覧として挙げておく。

明治三十四年　一月号　「一日記事」
　　　　　　　八月号　「週間日記」（虚子選）
　　　　　　　十月号　「盂蘭盆記事」（虚子選）
明治三十五年　二月号　「歳暮又新年台所記事」

四月号　「初午」（碧梧桐選）
十月号　「俳句を可否する場合に自己が有する尺度標準如何」（鳴雪選）
十月号　「諸君は如何なる縁にて我新俳句を作り始めたるか」（虚子選）
十一月号　「吾人が所謂旧派俳人に対する態度如何」（鳴雪選）
十二月号　「新奇と陳腐」（鳴雪選）
明治三十六年　二月号　「趣味ある（成功）人事句と趣味なき（失敗）人事句」（鳴雪選）
二月号　「長さ一町の間を写生せよ」（四方太選）
明治三十七年　十一月　「催眠術」（これ以降、大正二年九月号の「夏書」までは短編小説
明治四十年　三月号　「お客にいくンだい」
明治四十三年　六月号　「上京」
六月号　「十年間」
十月号　「垣根の穴」
十一月号　「老境」
明治四十四年　一月号　「日蔭」
五月号　「芸者と従弟」
七月号　「来たッちやす」
七月号　「雪の下」
九月号　「第二年目」

明治四十五年　四月号　「死ンで行く人」
大正二年　一月号　「微醺」
七月号　「白菊」
九月号　「夏書」
大正四年　一月号　「真面目と哀れ」（これ以降は俳論が多くなる）
十月号　「写生の目的」
大正五年　二月号　「写生楷梯」
四月号　「俳句の異同は何に拠つて論ずべきや」
十月号　「杉風論（一）」
十一月号　「杉風論（二）」
大正六年　一月号　「水仙」
五月号　「少林山普茶吟行の記」
十月号　「俳句習作家に告げて写生の態度を正す」
大正七年　一月号　「余の趣味を述べて新年の句に及ぶ」
九月号　「俳諧懺悔」
十一月号　「蛤貝と唐黍」
大正八年　一月号　「俳諧秘伝」
大正九年　十月号　「其角研究　早苗より」

大正十五年　四月号　「春寒し」
　　　　　　七月号　「飯休み」

虚子の守旧派宣言

明治も終わりに近づくと、「ホトトギス」は一時の小説人気にも翳りが出始め、一方で、俳壇も河東碧梧桐を中心とする新傾向運動が拡散し、定型や季題の破壊が進むようになっていく。これに対し、高浜虚子は、明治四十五年七月に「ホトトギス」に雑詠選を復活させるとともに、翌大正二年一月の「ホトトギス」巻頭には、「高札」と題して、「平明にして余韻ある俳句を鼓吹する事　新傾向に反対する事」をはじめとした七項目の基本方針を示し、広く俳壇に自らの俳壇への復帰を宣言したのである。

一、虚子全力を傾注する事
　虚子即ホトトギスと心得居る事
一、号を重ぬる毎に改善を試むる事
　ゆくゆくは完備せる文学雑誌とする事
一、新年号の外は如何なる事情あるも定価を動かさざる事
　漫に定価を動かすは罪悪と心得居る事
一、毎号虚子若くは大家の小説一篇を掲載する事

これ大正二年より新計画の事。大家の原稿を請ふ場合には乏しき経費のうちより原稿料をしぼり出す事
一、写生文壇を率ゐて驀進する事
このうちより専門家、非専門家の文豪を輩出せしむる事
一、平明にして余韻ある俳句を鼓吹する事
新傾向に反対する事
一、「さし絵」を一芸術品として取り扱ふ事
常に新味を追ふ事

この頃の虚子の句を載せておく。

霜降れば霜を盾とす法の城　　　　**虚子**
春風や闘志いだきて丘に立つ

一句目は、大正二年一月十九日、虚子庵で病臥のままの句会で詠んだもの。二句目は、大正二年二月十一日の三田俳句会で詠んだもの。どちらも当時の虚子の決意が強く感じられる有名な句である。

この直後の大正二年四月に、鬼城は高浜虚子と初めて相見えることとなる。

四．高浜虚子との邂逅

虚子との出会い

大正二年四月二十日、高崎において、高浜虚子と内藤鳴雪（めいせつ）を迎えて俳句大会が開催された。六十人余りの地元の俳人が出席し、「雲雀」と「藤の花」の二題が課され、虚子が「雲雀」、鳴雪が「藤の花」の句を選評したところ、このうち鬼城の次の句が虚子選の天位となった。

百姓に雲雀揚つて夜明けたり　　鬼城

この時のことを、虚子は大正六年の『鬼城句集』（中央出版協会発行）の序文で詳しく述べている。

村上鬼城といふのは既に旧い名前である。「新俳句」を詠んだ人はすでに鬼城といふ名前に親しみを持つて居ねばならぬ。独り俳句のみならず、ホトトギスの早い頃の写生文欄に鬼城の名前はしばく〵現はれてゐる。それが暫くの間、句にも文章にも余り其名を見なかつたのであるが、数年前高崎に俳句会が催されて鳴雪翁と私とが臨席した時、其席上に鬼城君のあることを私は初めて知つた。実は其会に列席するまで、此日鬼城君に会はうといふことは格別待ち設けてゐなかつたことで、私は鬼城君が高崎鞘町の人であることは十分承知してゐながら、此席上に同君を見受けようとは予期しなかつた程、私は其頃同君を頭に止めてゐなかつた。といふのも畢竟同君の名を其頃ホトトギス誌上に見ることが稀であつて、同君は同じ時代の多くの俳人の如く今はもう俳壇に気を腐らして、ホトトギスも見ねば俳句も作らずに居るといふやうな状態にあるのであらうと予想してゐたのであつた。ところが此日地方で社会的地位を保つて居る多くの人とか若くは衒気一杯の青年俳人等が我物顔に振舞つてゐる陰の方に、一人の稍々年取つた村夫子然たる人が小さくなつて坐つてゐた。それが初対面の鬼城君であつた。其時は別に運座があつたわけでもなく課題句を二句宛持ち寄つたのを鳴雪翁と私とが選抜するのであつたが、其時私の天に取つた句が計らずも鬼城君の句であつた。僅か一人二句宛の出句であるから十分に同君の手腕を認める事も出来なかつたけれども、其二句共に稍々群を抜くものであることは直ちに了解された。其時俳話をせよとのことであつたので、私は何かつまらぬ事を喋舌つた。大方忘れて仕舞つたが、唯此地方に俳人鬼城君のあることを諸君は忘れてはいかぬといふやうなことを言つたことだけは覚えてゐる。其後私等は席を改めて会食した其中に鬼城君も見えた。鬼城君が不折君以上の聾であることは此夜初めて知つた。同君は極めて調子の迫つたやうな物言をしながら、こんなことを言つた。

「どうも危くなつてとても人中へは出られません。ちつとも耳が聞えないのだから、人が何を言つてゐるのか更に解らない。どうも世の中が危つかしくて仕方がない。今夜のやうな席に出たことは今日がはじめてである」とそんなことを言つて笑ひもせずにまじ〳〵と室の一方を視詰めてゐた。

虚子と鬼城との出会いの模様がつぶさに記されている。一方の鬼城は、その日のことを日記に次のように書いている。

百姓の句虚子氏選天位なり。藤の句選に入らず。後に鳴雪翁の誤なりしことを謝せらる。よみちがいされたるなり。右終りて講話あり。虚子氏余を激賞されたる由なれど耳うとく聞くことを得ざりし。三島屋に夕食して、虚子氏曰ク「貴君の耳の悪いことは不幸であるが、しかし君の主看が濃くなりて他の及ばざるところあるは、耳のために得たのだ。そのことを講演にも言ひましたが、心がまる〳〵聡くなるのでしよう」

（徳田著『新研究』）

この時、鬼城四十七歳、虚子は三十九歳である。

鬼城は、明治四十五年一月の日記に「旅行しないからといつても、写生のできぬ事はない。旅行家は大きく写生する。余は家居して小さく精細に写生する」とも言っており、そもそもむやみに出歩くことを前提としていない。鬼城からすれば、耳が聞こえにくいことから人前に出るのが億劫であった。おそらくこの会でも隅の方で小さくなっていたのであろう。虚子が褒めてくれたにもかかわらず、その言葉を自分で聞くことができなかったことを大変残念がっている。虚子からすれば、どうして年を重ねた人が自信なさげに後ろの方に座っているのだろうかと訝しく思っていたのであろうが、鬼城の耳が不自由なことを知り、昼間の状況を納得するとともに、その耳のことこそが鬼城の句を佳句たらしめていると感じたのであろう。

鬼城は、これまでも「ホトトギス」誌上において少なからず俳句や散文の選を受けてはいた。しかし、この地方の俳句関係者が居並ぶ面前で、「此地方に俳人鬼城君のあることを諸君は忘れてはいかぬ」とまで虚子に言われたことは、間違いなく大きな自信となったであろう。満足感はもちろんであるが、より一層精進しようと心に誓ったに違いない。

二人の出会った時期がよかった。この前年の七月に、虚子は「ホトトギス」に雑詠選を復活させており、「ホトトギス」を従来の小説、散文中心の雑誌から本格的な俳句雑誌に仕立て上げようとしていた矢先であった。人を育てることの上手な虚子は、新傾向俳句に対抗していくためにも、その旗幟下において意気を示す大きな駒の一つとして、村上鬼城を打ち出そうとしたのである。その後の動向を説明するまでもなく、経営センスに優れた虚子の思惑が当を得ていたことは歴史が示すとおりである。

ついに巻頭を飾る

この後、「ホトトギス」での鬼城の地位は確固たるものとなっていく。「ホトトギス」の大正二年六月号に雑詠選第五位として次の七句が掲載される。

虎渓山の僧まゐりたる彼岸かな　　鬼城

十五夜や障子にうつる団子突
蕎麦打つて雛も三月五日かな
涼しさや白衣見えすく紫衣の僧
君来ねば柱にかけし団扇かな
茄子汁の汁のうすさや山の寺
戸をあけて田螺の国の静さよ

「ホトトギス」に投句を始めて十四年が経ち、ようやく雑詠選の上位に選ばれるようになったのである。ただ、彼の境涯俳句と言われるような人口に膾炙した句はまだ見当たらない。その後も、大正二年九月号に五句、十月号に一句、十一月号に六句、十二月号に四句と、毎月のように掲載され、上位にも登場するようになる。

そしてついに大正三年一月号で、次の六句で初めて雑詠巻頭を飾った。

初雪の美事に降れりおもとの実　　鬼城
瓜小屋に伊勢物語哀れかな
樫の実の落ちて駈け寄る鶏三羽
秋空や天地を分つ山の王
小春日や石を噛み居る赤蜻蛉

茨の実を食うて遊ぶ子哀れなり

〈初雪の美事に降れりおもとの実〉〈樫の実の落ちて駈け寄る鶏三羽〉〈小春日や石を噛み居る赤蜻蛉〉これらの句を声を上げて読んでみてほしい。即座にありありと映像が浮かんでくる。写生が行き届いており、やはり、それまでの句とは一線を画しているように思える。

巻頭句の栄誉を得たことにより、「ホトトギス」に対する投句の意気込みや意識が益々高まってくる。その後も「ホトトギス」の雑詠の上位を占め続けて自信のついた鬼城は、写生を極めることを通じて、自らの生活・境涯を多くの俳句へと結実させていく。

境涯俳句の開花

大正四年までに「ホトトギス」に掲載された鬼城の生活・境涯を詠んだ句を見てみよう。

いさゝかの金ほしがりぬ年の暮　　鬼城
世を恋うて人を恐るゝ余寒かな
治聾酒の酔ふほどもなくさめにけり
綿入や妬心もなくて妻哀れ
今朝秋や見入る鏡に親の顔

いずれも自らの置かれた生活の実態、その思いを正直にさらけ出している。「ホトトギス」の巻頭を得る前にはなかったことである。巻頭を得ることによって大きな自信を得たが、これまで自らの裡で温めていた鬼城らしさというものを世に問うていく大きな契機になったと考えられる。

この中の〈世を恋うて人を恐る丶余寒かな〉と〈治聾酒の酔ふほどもなくさめにけり〉の二句は、大正三年四月、雑詠選で二度目の巻頭を得た時の句である。耳が不自由で思うようにならない日々の気持ちを「余寒（よかん）」と「治聾酒（じろうしゅ）」の季題に託したのである。鬼城が最も気にしており、コンプレックスを感じていたことを題材に、初めて俳句でもって世間に訴えかけたのである。

「世を恋うて」の句は、自分は世の中が嫌いなわけではなく、世間の多くの人とも交わりたいのだが、耳が不自由でそれができないということを訴えている。虚子も『進むべき俳句の道』で言っているように、鬼城の心持ちは深く強くこの句に現れている。また、「治聾酒の」の句についてもしかりである。「治聾酒」とは、社日に酒を飲むと聞こえない耳もよくなるという言い伝えにより、その日に飲む酒のことを言うが、酔ったと思う間もなく醒めてしまったというのである。飲んだ直後は気分もよく耳が不自由なことも忘れていたが、醒めてみるともとの耳、もとの自分と何ら変わらないというのである。表面に出ている軽みの底には悲痛な心持ちが潜在していると、虚子も指摘している。

実は、「治聾酒の」の句は、明治四十四年二月十六日の鬼城の日記に記されており、以前詠んでいたものなのである。注目すべきは、「ホトトギス」の巻頭を得た大正三年以降、鬼城はこうした句を世に出し、人々に訴えかけるようになった、という点である。自信を得た彼が、これまで温めていた自分らしさを積極的に出していこうと考えたのである。この頃、「ホトトギス」の雑詠には十句以上の多数を投句するのが当たり前であった。鬼城もその時作った句だけでなく、過去に作ったものを交えて投句することもままあったはずである。そういう中で、耳が不自由なこと、貧しいことなど、自らのコンプレックスを堂々とさらけ出していく決意をしたのである。つまり、そうした決意ができるだけの心の余裕が備わってきたということであった。

大らかな写生句や軽みのある句も

自信を深めた鬼城は、わが身ばかりでなく、様々な動物や植物の姿を借りながら、自らの境涯とも相通じるような主観の滲み出た写生句も量産していく。大正四年までに「ホトトギス」に掲載されたものには以下のようなものがある。

己が影を慕うて這へる地虫かな　　鬼城
夏草に這ひ上りたる捨蚕かな
五月雨や起上りたる根無草
痩馬のあはれ機嫌や秋高し
冬蜂の死にどころなく歩きけり

さらに自信がついてきた鬼城は、耳の不自由さなどのコンプレックスから解き放たれてコントロールできるようになった。そして、こうした自らの生活や境涯を踏まえた句のほかにも、俳諧味も豊富で明るい句柄の句も数多く詠むようになっていった。少しずつ、境涯へのこだわりをなくした上で、大らかな俳句の作りようも加味していくのである。「ホトトギス」における虚子の選でも、こうした句が増えてくる。

この頃の鬼城には、俳諧味あふれる明るい句柄のものも見られる。大正四年までに「ホトトギス」に掲載されたものには次のような句がある。

玉虫や妹が簞笥の二重ね　鬼城
麦飯に何も申さじ夏の月
死を思へば死も面白し寒夜の灯
治聾酒や静かに飲んでうまかつし
新茶して五ケ国の王に居る身かな

芭蕉の「軽み」や虚子がのちに言う「極楽の文学」にも通じるような境地にも似た句群である。こうした変化によって、大きな意識をせずに、晦渋を避け、よりわかりやすく読み手に伝えることができるようになってくる。極楽と地獄、生と死というように、物事には必ず表裏があり、もう一方の側から見ることでさらに強く訴えかけていくこともできるようになる、ということを学んでいったのだった。

東京の「ホトトギス」発行所訪問

大正四年六月には、虚子が旅費まで添えて、鬼城に「ホトトギス」発行所への来訪を誘う手紙を出している。

拝啓　本月十五日火曜日於当発行所、子規句輪講会を開き、終つて雑談会相催候。当地同人大兄の謦咳に接し度き希望のもの多く、当日御差くり御来会を得ば定めて満足致すこと丶存候。小生に於ても同様に存上候。午後二時より開会仕候。御都合により御一泊アルナラバ発行所にて差支無之候。旅費として実費に足らぬ程の額、為替にて差出候。失礼ナレドモ御叱留被下度候。　　敬具

（徳田著『新研究』）

六月十五日に、「ホトトギス」発行所において子規の句の輪講会を開くので、鬼城にも来てほしいという誘いであり、多分に「ホトトギス」の関係者皆で鬼城を慰めようという虚子の心温まる配慮であった。人前に出ることを嫌った鬼城ではあるが、六月十五日、重い腰を上げて東京に向かっている。

朝六時の汽車に乗り、まずは内藤鳴雪を訪問し、鳴雪から昼食などの歓待を受けた上で、鳴雪に連れられて「ホトトギス」発行所に向かう。この日集まったのは、鬼城の他に、虚子、鳴雪、原石鼎(せきてい)、前田普羅(ふら)、渡辺水巴(すいは)、長谷川零余子(れいよし)、嶋田青峰(せいほう)、西山泊雲(はくうん)、平福百穂(ひらふくひゃくすい)ら十五名である。虚子の指示により、石鼎が筆記をして鬼城の通訳を務めてくれた。その時の模様を普羅が「輪講より雑談会まで」と題して「ホトトギス」（大正四年七月号）に寄稿している。これ以前より、鬼城と石鼎は

書簡のやりとりをしており、お互いの境遇を理解していた。鬼城はその日の石鼎に非常に恐縮し、その後二人の親交が、さらに深まってゆくことになる。（102頁「原　石鼎」参照）

輪講会が果てて酒宴が始まると、虚子の提案で、鬼城に対して全員で自由な言葉を筆記して贈ろうということで、「鬼城君慰籍帖」が編まれた。百穂が絵を描き、それぞれが思いつくままに言葉を寄せた。今で言う寄せ書きである。

虚子は、鬼城は素晴らしい俳人だ。小林一茶と比べるような人もいるが、鬼城は独特の俳句を志すものであり、それは正しい評価ではない、という趣旨のことを書いている。また、世間は鬼城に対してそんなに冷たいものではなく、大手を振って世間を堂々と歩いてみてもいいのではないか、と温かい忠告を与えている。鬼城の本質を見抜いた上で、鬼城を慰めようとする虚子の心がひしひしと伝わってくる。

この時、虚子と鳴雪以外のほとんどの人間が鬼城とは初対面であったと思われるが、それぞれが短いながらも鬼城に対して感じたままを、心温まる言葉として投げかけている。鬼城の喜びはいかばかりであったろうか。

鬼城はその晩、虚子をはじめ皆の思いやりを噛みしめながら、「ホトトギス」発行所に泊まり、翌朝迎えに来た三女千代と四女村子を伴い、王子に嫁いだ長女直枝宅に寄って高崎に帰っている。

○「鬼城君慰籍帖」　大正四年六月十五日　於ほと、ぎす発行所

「あなたはもつとずつとお若い、コワイやうな方だと思つてゐました。写生文なんかでそう感じてゐたんです。すつかりちがひました。今、これを書いてゐるときあなたは御飯を召し上つてゐます。私は酒をやつてゐます。あなたを上戸だらうと思つたのも思ひ違ひでした」　楽堂

「私は諸君が此帖に鬼城君に就いて忌憚無く何でも思ふことを書くことを希望します。楽堂君の書いたことなど面白いと思ひます。鬼城君はえらい俳人です。前に一茶あり後に鬼城ありなど〻言つては鬼城君を軽蔑したものです。鬼城君は古今独歩の俳人です。唯鬼城君に忠告したいことは世間は君が想像しているごとく、君に対して惨酷では無いと思ひます。もう少し大道を大手を振つて闊歩されたら宜しからうと思ひます」　虚子

「鬼城さん始めて御眼にか〻つて日頃感服して居る元禄の杉風を思ふこと、更らに深いのです。あなたが高崎にかくれて一代の詞宗なること〻、杉風が江東の庵に閑居して身を終るまで俳句に向つて渾身の不平を訴へて居たことを思へば、わたしは正さに今の杉風と思つて心からあなたの健全を祈つて居るのです」　野鳥

「私は楽堂君の御説と反対に鬼城君はもつと年老つた人かとも思ひました。これは少し申訳ない事ですが、鬼城君の文章を読むと沢山御子様があるといふ事から種々に想像して見た決果です。私が高崎に出掛けた時、鬼城君に御逢ひが出来なかつたが電話で御声だけは拝聴したやうに思つ

てゐます。その御声も老いた人のやうに思ひました。今御逢ひして此想像は打毀されました。いつ迄も〳〵頼みある事が何より嬉しく思はれます。いつ迄も立派な句を示して戴きたく存じます」　零餘子生

「記念の為に持句を記します　塔の中に秘密なかりしちり葉哉」　水巴

「鬼城様と筆談せし一節を抜きます。『虚子先生はあなたを私達に遇はせたといふことが何より嬉しいのです』」　石鼎

「鬼城さん、どうぞこれにおこりなく度々御出でを願ひます」　青峰

「鬼城さんは私の想像した通りの善い人でありました」　霜山

「私は鬼城さんにお目に懸られた事が非常に光栄です。国への土産はこれであります。これは余り自我が勝つて失礼な申様でした御許しを願ます」　泊雲生

「鬼城君はこわい人と思ひしに僕より一廻り上のおぢ様ならんとは許らざりし。何事も好々爺やほとゝきす」　左衛門

「鬼城さんに　私のあごが百穂さんの画に出た程長くない事は御承知と存じます。あなたに御目にかゝり、あなたの茗荷汁の句が当然あなたから出なければならない様な気がします。大正四年六月十五日ホトトギス発行所にて」　普羅

（『村上鬼城全集』第二巻附録「鬼城君慰籍帖」）

窮乏を救う「鬼城短冊会」

大正五年三月に、鬼城は高崎区裁判所構内での代書業の営業を取り消されてしまう。やむなく、六月から構外での代書業を始めるが、裁判所公認の構内の代書人と違ってほとんど依頼が来ず、閑古鳥が鳴くような状況だった。当然ながら収入もわずかで、さらに厳しい生活を余儀なくされていた。

鬼城の窮乏を救うために、高浜虚子は、大正五年八月十七日付けの手紙で「鬼城短冊会」を計画している旨を知らせてきた。早速、「ホトトギス」九月号の消息欄（見開き雑詠の前頁の目立つところ）に、以下のような「鬼城短冊会」の告知と入会を望む旨が掲載された。

鬼城の公認代書人取消に当たり、鬼城の友人等が相談して、近く、文房具店を開く予定があるので、その費用の一部を得るために、鬼城短冊一枚と虚子短冊一枚で会費二円を求めている。

予定にない文房具店開店の話を持ち出すなど、虚子もなかなかうまいことまとめたものである。結果、十二月には、経費を差し引いても二百円余が集まり、鬼城のもとに届けられている。鬼城も

虚子の好意に大いに感謝したことであろう。

○「鬼城短冊会」

村上鬼城君は従来高崎地方裁判所公認代書たりし所、其聾が遠因を為して遂に公認を取消さるゝに至る。是れ同君生活上の大問題にして、同君の友人等相謀り今度文房具店を開かしむることになりたりとの事。即ち其の費用の一端を得る為めに、今度鬼城短冊会を催し度しと思ふ。其規定左の如し。同情の許に賛加あらんことを望む。

一、会費金弐円。
一、申込を受けたる翌日発送す。代金引替苦しからず。
一、短冊、発送費当方持。短冊は俳諧堂の短冊。
一、発送するもの左の如し。
鬼城短冊一枚。虚子短冊一枚。
一、句は当方の随意とす。
一、短冊以外のものは謝絶す。
一、百口を以て締切る。
一、短冊代、発送費等を差引き鬼城君に贈る。
一、取扱所東京市牛込区船河原町十二ほとゝぎす発行所代理部俳諧堂。
振替口座東京二二二五〇。

大正五年八月　虚子記

虚子の高評価

以上のように、虚子は鬼城の置かれた境遇、作句姿勢などを理解した上で、様々な支援の手を差し伸べている。もちろん、こうしたことは鬼城のことを高く評価しているがためである。この頃の虚子は、まだ、客観写生や花鳥諷詠などの言葉を使うようにはなっていない。客観写生を提唱していくのは大正時代の後半からであり、花鳥諷詠は昭和になってからである。したがって、大正時代のはじめまでは、作者の主観が直接表れているような句でも積極的に評価の対象としている。鬼城もこうした主観的な色彩の強い作家の一人である。若い頃から耳が不自由で、貧しい生活を余儀なくされ、不遇の環境にあったことが、鬼城の俳句の大きな背景をなしている、というのが虚子の評価なのである。

例えば、雑誌「太陽」の大正四年十一月号で虚子は、〈治聾酒の酔ふほどもなくさめにけり〉などいくつかの鬼城句を取り上げつつ、これらの句には作者の強い主観が伏在しており、鬼城の清らかな心と真面目な性格を土台として、耳が不自由なことによる苦悩、子沢山による貧乏、それらに起因する様々な不幸を経験してきたことが、鬼城句を芸術の高みへと引き上げていると評価している。

村上鬼城（五十一歳）君を見ると、同じく主観的の色彩の強い作家でありながら非常に趣きを異にしている。生来聾であるということの為に不遇の境遇にあり、衣食の上に常に余裕を見出ださずに居る。公会の席へ出ても動ともすると、人の侮蔑を受ける。これは負けぬ気な、自ら持することの高い、君としては憤懣に堪えぬことであつて、其おさえ難い鬱憤を常に文章や俳句の上に偶して今日に来たのである。世間の人は只君を一片奇矯の人として見るに過ぎぬようであるけれども決してそういう人ではない。

総じて貧ということは、聾ということが其俳句の大なる背景をなして居る。鬼城君の句は貧を怒り聾をうらみ、どこ迄も反抗的でありながら、而もじつと茅屋に籠居して、俗物共を相手にせず、常に心を高所に馳せて自ら安んで居る。—仕方がなしにあきらめようとしている。—於茲、其句は極めて高朗の調をなして居る。

治聾酒の酔ふほどもなくさめにけり　鬼城

あはれに寂しい作者の主観が表はれている。然し、作者はそれを少しもあはれ気にのべては居らぬ。あとでさびしく笑つたような容子さえ想像される。

春の夜や灯を囲みゐる盲者達　鬼城
月さして一間の家でありにけり　鬼城
綿入や妬心もなくて妻哀れ　鬼城
痩馬のあはれ機嫌や秋高し　鬼城

而も、どことなく其不具者を平気で見ている世間の人に対して不平を抱いている心持が看取される。其の女々しいことを云つて居らぬところに反つて作者の強い主観は伏在しているのである。作者は自分の家族の人々の上にも常にそういう涙のある眼をもつてながめて居る。

紙面に余裕があるならば、少くとも尚ほ、二三十句は並べて見ないと君の面目を明にすることは出来ぬ。といふのは、つまり君の俳句に変化があることであつて、或時は軽快、或時は荘重、或時は繊細、或時は朴茂、決して一方に片づけて仕舞うことは出来ぬ。

しかしながら総じてこれを言えば、君の境遇、並に君の性格から来る強い主観が常に背景をなして居て、錚々たる響きをなして居ることは蔽うことが出来ぬ。然し現実生活の不幸は、芸術の上に幸福となる場合が多い。鬼城君なども確かに其一人である。

鬼城の心根を看破していた虚子

また、虚子は大正六年に出版された『鬼城句集』の序文においても、〈世を恋うて人を怖る、夜寒かな〉の句を引いて、鬼城の内面にまで迫る高い評価をしている。また、鬼城の世間を恋い慕う気持ちは普通の人以上であって、その熱い血が身体の中を巡っている、といったようなことも述べている。世間の役に立ちたいという鬼城の本質的な思い、世の中と少しでも関わっていたいと願う気持ちをしっかりと捉えている。

さらに、こうした情熱が自分に対する滑稽ともなり、時には、自分以外の恵まれない人間はもとより、小さな動植物に対しても溢れるような同情となって表れてくる、との評価をしている。この時点で、虚子はすでに鬼城俳句の真髄に迫っていたということができよう。

大正六年版『鬼城句集』の虚子による序文を抜粋する。

其後同君の句を見る機会は非常に多くなつた。独り高崎の俳人仲間で頭角を現はしてゐる許りでなく、雑詠の投句家としても嶄然として群を抽ん出てゐて。今の若い油の乗り切つてゐる俳人諸君と伍して少しもヒケを取らぬばかりか、流石に多年錬磨の跡が見えて蔚然として老大家の観を為してをる。

もし同君を見て単に偏狭なる一奇人となす人があるならば、それは非常な誤りである。同君が高崎藩の何百石といふ知行取りの身分でありながら耳が遠いといふことの為めに適当な職業も見つからず、僅かに一枝の筆を力に陋巷に貧居し、自分よりも遥かに天分の劣つてゐると信ずる多くの社会の人々から軽蔑されながら、ぢつとそれを堪えて癇癪の蟲を噛み潰してゐるところに、溢れる涙もあれば沸き立つ血もある。併し世間の人は其を了解するのに余り近眼である。（中略）

世を恋うて人を怖るゝ夜寒哉　　鬼城

「世の中が危つかしくて仕方が無い」と言つた同君の心持は其時の言葉以上に深く強く此句に現はれてゐる。同君が世の中に出ないのは人を怖れて出ないのである。世を厭うて出ないのではない。同君が世間の人を怖るゝのは世間の人が皆聾でないからである。世間の人が皆聾であつたならば、同君は大手を振つて人に馬鹿にされず、人に圧迫されずに大道を濶歩することが出来るのである。只世間の人が皆よく聞える耳を持つてゐる。さうして耳の遠い聾者や眼の見えぬ盲者などを、軽蔑する獣性を持つて居る。同君が人を怖るゝのは其為である。恰も人間が人間以上の武器―爪とか牙とか―を持つて居る猛獣を恐れるのと同じやうな心持である。そこで何彼につけて尻込みをして人中に顔を出さずに居ると近眼な世間の人は直ぐ奇人だといふ一言のもとに軽く其人の心持を忖度して仕舞ふ。さうして自分等の住んでゐる世間とは全く没交渉な人のやうに解釈して仕舞ふ。何ぞ知らん鬼城君の世間を恋ひ慕ふ心持は普通の人間以上であつて、普通の人間以上の熱い血は其脈管の中に波打つてゐるのである。此熱情は或時は自己に対する滑稽となり、或時は他の癈人若くは人間よりも劣つてゐる生物等の上に溢れるやうな同情となつて現はれるのである。

虚子は、大正はじめのこの段階で、鬼城のこれまでの経験、置かれた境遇や心の内面、そしてその動きまでをもしっかりと理解した上で、鬼城の俳句の作り様、俳句そのものを的確に評価しつつ、世に打ち出していったのである。

なお、大正六年版の『鬼城句集』ができた直後の大正六年五月に、虚子が新潮社から依頼された『虚子句集』の選を鬼城に頼み、鬼城が快く引き受ける旨の手紙のやりとりもある。ただし、この句集は最終的には実現しなかったようである。

「ホトトギス」の選者になる

この頃、鬼城は「ホトトギス」の課題選者となっている。大正三年十月号の「花野」を皮切りに、毎年二〜三回、昭和四年六月号まで約十五年にわたって課題選者を続けている。また、大正に入っても、短編小説や俳論を数多く寄稿している。「ホトトギス」に掲載されたものだけでも相当数に上る。（47頁「小説や写生文に手を拡げる」参照）

鬼城の努力はもちろんのこと、虚子の温かい評価により、鬼城は大正七年までに「ホトトギス」の巻頭に選ばれること都合十八回を数える。「ホトトギス」の俳人の中でも揺るぎない地位を固めていき、原石鼎、飯田蛇笏（だこつ）、渡辺水巴、前田普羅らとともに、「ホトトギス」の第一次黄金時代の一翼を担うことになる。

大正十三年に「ホトトギス」では、初めて同人制を敷くこととなる。鬼城も当初二十三人の同人の一人になっている。鬼城没後の昭和十五年に刊行された『定本鬼城句集』の序において、虚子は「村上鬼城君は、雑詠というものをホトトギス誌上に設けた其第一期の出頭第一の人であった」と記している。

さらに、昭和十八年六月に『ホトトギス雑詠選集』が出版された。「ホトトギス」発行から昭和十二年九月号までに掲載された約十六万六千句の中から九千六百余句が厳選されてまとめられたものである。この中に、鬼城の句は、春の部五十一句、夏の部四十九句、秋の部五十七句、冬の部四十七句、補遺の春の部に一句と、合計で二百五句収録されている。俳句は数の多寡で云々するものではないが、のちのちまでも虚子からかなり高く評価されていたのは間違いない。

鬼城は、虚子と出会ったことにより、自らの俳句や俳句に対する姿勢に自信を深めていくこととなる。そして、写生の本質を、自らの来し方、境涯を踏まえながら、全身全霊をこめて万物に真面目に接することにより、物我一如の境地に達することだ、という考え方を確立していく。そして、世の中に訴えかけるような文学性・芸術性の高い俳句をさらに追求していくこととなる。世の中に対して少しでも貢献したいと考える鬼城にとって、俳句が世間との積極的な関係を維持するために必要欠くべからざるものになっていく。これは必然であったのかもしれない。

Ⅲ　豊かなる俳縁

一・愛知・西尾の俳人たち

西尾の俳人たちとのつながり

鬼城は耳が不自由なこともあり、人前に出るのが億劫でならず、学生時代を除いてほとんど遠出はしていない。高浜虚子に請われて東京に出たこと、補聴器を買うために東京に出たことなど、群馬を離れたのはごく僅かである。そうした中で、愛知県の西尾を中心とした地域に、都合六回（一部に七回との説も）も訪問している。出不精の鬼城を動かしたものは何だったのだろうか。

きっかけとなったのは、大正五年の夏に、西尾の「岸の間会」を率いる浅井意外（いがい）が、会の句稿の選を鬼城に依頼したことである。三、四百句送って選ばれたのはわずか十句ほどで、その句評の中で、「俳句になっていない。もっと真剣でなければならない」旨が書かれていたようである。

その後、「作楽（さくら）俳壇」（大正五年一月発行）という雑誌を発行していた富田うしほが、雑誌の雑詠選者を鬼城に依頼する。鬼城はうしほのたっての頼みを受けて、大正五年十月の「サクラ」（「作楽俳壇」が改題）十月号から雑詠の選者となっている。鬼城五十一歳の時である。

鬼城は、同号に「雑詠選に就て」と題して、選者としての抱負を述べている。雑詠でも募集句（題詠）でも両者に軽重はなく、作者たるもの、どちらも努力しなければならないが、題詠はすでに題が与えられ縛られているのに対し、雑詠は自分の欲するままに句作ができるという自由がある。

したがって、雑詠の選者が雑詠に秀句を求めるのは当たり前である。自分も選に当たっては厳選するつもりであり、採るべき句は何句でも採るが、採るべき句がなければ一句も採らないと宣言している。

雑詠でも募集句でも同じもので、句作上、二者の間に少しも軽重のあるべき筈はない、作者は、どちらに対しても、同じように努力せなければならぬ、乍併、募集句の方は、題を授けられて、一歩も其外へ出ることが能きず、ソコに、既に、拘束がある。反之、雑詠の方は、天地の間に飛び廻つて、己れの欲するまゝに、得来るのであるから、ソコに、大した自由がある。

この拘束と自由とが、どの位、句作に力を及ぼして来るか、言はずともものことである。ドノ雑誌を見ても、雑詠に佳句の多いのは、作者の努力に由ることは勿論であるが、而かも、其最大原因は句作の自由に在る。

雑詠の作者が、此自由を有する以上は雑詠の選者が、雑詠に佳句を強要するのは、当然のことにして、選者がドンナ高い標準を以て臨ンで来ようとも、作者は苦情の言えない訳である。

僕も本集を選するに当り、容謝なく厳選する積りだけれども、コンドは始めてのことであるから、御祝儀相場という訳ではないが、寛選をしてオイタ。次回から、追々と標準を高めて行く、ソウして、採るべき句は千句でも万句でも採る。ソノ代り、採るべき句がなければ、一句も採らぬ。願くは、諸君が、真の面目を発揮して来らんことを。

（徳田著『新研究』）

何とも厳しい宣言である。「サクラ」は、大正六年二月号より、「山鳩」（いくつかの名前の案から鬼城が選んだもの）と改題して、浅井意外、富田うしほら四人の同人で再スタートし、その後昭和七年まで続くこととなる。そして、この「山鳩」の招きにより、わかっているだけでも都合六回の鬼城の西尾行きが実現する。

西尾への旅

鬼城の西尾行きを具体的に見てみよう。

・第一回　大正六年六月十四日～二十三日　岡崎城、長良川（鵜飼）等を訪問

一回目は、岡崎城訪問や長良川での鵜飼見学などを行っている。

・第二回　大正七年四月十四日～二十七日　二見浦、伊勢神宮、奈良等を訪問

一回目の行程や歓待ぶりが良かったのであろう。二回目は、一回目の十か月後、前回より遠出をして、二見浦、伊勢神宮、奈良などの旅行を満喫している。

・第三回　大正十年十一月五日～十九日　琵琶湖、京都、名古屋等を訪問

三回目は、その三年後である。十五日間かけて遠出をしている。まずは、琵琶湖周辺、大津、唐崎などを経て、京都では、北野天満宮、高雄、嵐山などを巡る。その後、名古屋、瀬戸等を周遊して西尾、意外庵に戻っている。

・第四回　大正十二年一月二十九日～二月二日　豊川稲荷等を訪問（大阪行きの帰途に立ち寄る）

四回目は、後述する大阪行きの帰りに寄ったもので、短期間の滞在であった。
・第五回　大正十三年十一月三日〜十七日　敦賀、天橋立、与謝の海、瀬田の唐橋、石山寺等を訪問
五回目は、敦賀金ケ崎神社、天橋立、与謝の海、阿蘇の海、成相山、瀬田の唐橋、石山寺等を訪問する十五日間の旅であった。
・第六回　大正十四年十月十五日〜十九日　句会等（大阪行きの帰途に立ち寄る）
六回目も大阪の帰りに立ち寄ったもので、あちこち出向かず、句会等をしてゆっくり過ごす。

大阪行きの帰りに寄った時以外は、西尾周辺にとどまらず、非常に広範囲な地域を訪問している。西尾の人々は、普段、鬼城が外出の際に感じていた不便さ、不自由さを感じさせないようなもてなし方をしてくれたため、非常に居心地がよかったものと想像できる。

ヨボヨボの翁はいずこ？

中でも富田うしほは鬼城を大変信奉し続け、「俳句一筋、鬼城一本」などと称されたほどであった。そのうしほが、初めて鬼城が西尾を訪れた際に出迎えに出たときのエピソードを次のように書いている。

初見の翁を岡崎駅頭に迎えたのだ。お互に目標がなくては困るので、予め吾々は、山鳩を手に

していることを申し送ると、翁からは「馬喰の持つようなズックの鞄を提げているヨボ〳〵親爺がいたら鬼城だと思つてくれ」といつて寄せられた。翁の風容などを同人達は勝手に想像していた。そして岡崎駅頭に迎えた時に少からぬ滑稽談を作つた。

丁度その日は、鳥人スミス氏が岡崎で飛行したので、岡崎駅は未曾有の賑いであつた。五時幾分の下りが着いて、乗降客の影が一人もなくなつてしまつたが、更に翁らしい人を見出すことが出来ない。同人達の気遣はしさと言つたら言いようがない程だつた。私は山鳩を列車の窓近く掲げて走る。意外、百竹、萬松三氏は鉄橋の脇に蚤取眼をしている。中にも特に厚意を以て出迎えに加つた狂石氏の狼狽は笑止の極であつた。私は翁が耳が遠いので万一乗越しされるのではないかというような失礼な心配をした。狂石氏があはて、列車の後部へ走つて行く時、後部の二等室から出て来た老人があつた。その老人は私の手にした山鳩を眺めて近寄られた。一礼して、「西尾の方ですか、私は村上です」実は面喰つていた私には、村上といはれても一向感じなかつたのだ。「村上が何です」と慳突の一つも喰はしたい位だつた。

「鬼城です」と二度目に言はれて気付いたのだ。それは私の面喰つていたのも事実だが、翁も却々意地がわるいのでした。馬喰の持つようなズックの鞄、ヨボ〳〵した親爺……だなんといつて寄来して置かれたものだから、正直なところ、私の頭には、ズック鞄と、ヨボ〳〵親爺が目標であつたのだ。それが二等室から下りた気品ある老人……其人が村上鬼城翁とは夢想だにもし得なかつた事実だ。

私は翁からズックの鞄を受取つてその鞄を穴の開くほど見詰めた。此鞄を馬喰が持つているだろうか、少年の頃に、ある馬市を見に行つたことがある。毛布を二つ折にして紐を通し、背中から前に廻して被つている馬喰の姿を見た。そして手には皮革で作つた丸味を負んだ鞄を其馬喰が持つていた少年時代に見た馬喰の鞄――私にはそれが先入主となつていたので、今、翁の鞄を馬喰の持つ鞄と見ることは出来なかつた。

連立ちて駅前の待合で休憩したとき、翁は「大分、駅が混雑していたものだから、耳の不自由な私は、どんな失敗をやるかも知れぬので、一般乗客のなくなるまで待つていました。諸君に御気を揉まして済みませんでした」

と翁は言はれた。あはて者の自分たちが恥かしいように思える。それからの十日間の意外庵滞在は、翁と山鳩、翁と同人というような美しい深い関係が結ばれたのだ。

（徳田著『新研究』）

「山鳩」「若竹」との絆

いせの海見えて菜の花平ら哉　　鬼城

二回目の西尾訪問の際、西尾の東北端にある標高六十七メートルの八ツ面山（やつおもてやま）に登って伊勢湾を望んだ時に詠んだ句である。鬼城は八ツ面山からの眺めをいたく気に入ったようで、西尾訪問の折、都合三回訪ねているようである。

鬼城は、「山鳩」誌にほぼ毎号にわたたって近詠句を載せるとともに、俳話や写生文、自句自釈も掲載している。鬼城にとって「山鳩」は、自らが指導し、俳句の選をしているという関係上、「ホトトギス」と並んで、「棒三昧」「推敲論」「季感論」などをはじめとする多くの俳論発表の場ともなっていた。

なお、昭和五、六年頃の「山鳩」誌へは、水原秋桜子（しゅうおうし）に就く前の加藤楸邨（しゅうそん）が「柊村（しゅうそん）」の名で当時の粕壁（現・埼玉県春日部）から投句しており、鬼城の選を受けている。

「山鳩」誌における鬼城の指導および選は、当初、容赦なく厳選するつもりだという宣言どおり、その厳しさは一貫していたようである。鬼城の雑詠選は投句数のわずか数パーセントということがざらであり、浅井意外が雑詠選の落選句をさらに選評するようなこともやっていたらしい。

鬼城の俳句の考え方は、浅井意外や富田うしほなどの「山鳩」幹部に確実に浸透していった。一方で、選ばれない者の脱落等により、少しずつ投句者数を減少させていくこととなる。それまで五百の発行部数を数えていたものが、昭和初期には半分程になってしまった。うしほが、鬼城の亡くなった直後のラジオ番組で語ったところによれば、鬼城は、「つまらぬ作家は、二葉のうちに刈ってしまえ」とよく言っていた（徳田著『新研究』）そうで、そのような姿勢で日頃から厳しい指導に当たっていたと思われる。

昭和三年六月に、うしほの子、富田潮児（ちょうじ）、たけをら若者が中心となり、浅井意外を雑詠選者に置いて、新たに「若竹」を創刊した。この時、主宰である富田潮児は弱冠十九歳であったが、腹膜炎をこじらせて失明してしまっていた。光を失った潮児は、耳が聞こえず音を失った鬼城と鬼城俳句の本質を、身をもって理解をし、唱導していくべきものとして固く誓ったに違いない。

一方、鬼城も潮児の失明のことを意外の句〈盲子の膝撫で丶ゐる袷かな〉で知り、うしほに労りの手紙を書いている。

御令息とう〳〵失明とのこと意外君の句を見て、ビツクリ致し、実は名古屋の病院へ入院して快方とのこと聞及居候ところにて一段とビツクリ致し候

今更何を申しても詮なきことながら、老い先長き身のこれからというところにて、失明され候て御当人は申すまでもなく、大兄の御心中サゾかしと察入申候、命なる哉。僕すゞろに我身にくらべて長大息を禁じ得不申、どうぞおいたはり被下度願上候

盲子の膝撫で丶ゐる袷かな

さら〳〵とよみくだして、一見、何のこともなく再読三読して涙、禁じ得ざるものあり感極まつていうところを知らず、惨又惨

此句の如きは実情あるものにあらざれば、とても作れる句にあらず、大兄の数年の作中有数の句恐らく随一の句ならん、目出度とも目出度しこれを

噴水の飛沫に虹の立ちにけり

に比べて見るに噴水の句の如きは、駄句の親方にて比べものにはなり不申

俳句は内に在りて外に在らず

（徳田著『新研究』）

一方、「山鳩」は昭和六年一月に富田うしほが同人を退くこととなり、翌七年二月に休刊、九月に廃刊となる。こうして、その後の西尾の俳壇は「若竹」が中心となっていく。

以後、鬼城が没するまで、「若竹」と鬼城の親密な関係は続いていくこととなる。例えば、「若竹」への鬼城近詠の掲載はもとより、鬼城の句碑の建立、鬼城を偲ぶ殿堂「守石荘（しゅせき）」の建設、鬼城の古希記念祝賀会の開催等を行っている。そして、今日まで歴代の主宰が、鬼城俳句の本質を継承している。

二　大阪俳壇との交流

大阪の俳壇とのつながり

鬼城は大阪俳壇とも深い関係を築いている。鬼城が本格的に大阪俳壇との関係を深めていくのは、大正十一年十二月の俳誌「山茶花」の創刊からと言ってよいであろう。鬼城は創刊と同時に選者となっている。それ以前にも俳誌「春夏秋冬」の題詠選者として鬼城の名前が見られるものの、「山茶花」の相島虚吼（きょこう）および浅井啼魚（ていぎょ）の二人との交流により関係が深まっていくこととなる。虚吼は大阪毎日新聞副主幹であり、衆議院議員でもある。啼魚は山口誓子（せいし）の岳父である。誓子も若かりし頃、鬼城から少なからず指導を受けている（114頁「山口誓子」参照）。

同じ頃、大正十一年十月より、「大阪時事新報」の時事俳壇で鬼城選が始まる。十月二十日付の大阪時事新報社社告として、鬼城選俳句の第一回目の題詠を「行秋」と「蜻蛉」として、十月三十日締め切りで募集している。

こうした状況の中で、鬼城は、虚吼から大阪での俳句会に参加してほしいと手紙で依頼され、大正十二年一月に最初の大阪行きが実現する。鬼城五十七歳の時である。


第一回目は、大正十二年一月十九日～二十九日の日程で、萩の寺（東光院）等での歓迎句会、京都方面を訪問し、帰りに西尾に立ち寄る旅であった。

行く時は、啼魚がわざわざ東京駅から鬼城に同行してくれた。鬼城は初めての寝台車を経験する。なかなか快適な旅であったようだ。在阪中は啼魚邸で下にも置かない歓待を受け、（104頁「皆吉爽雨」参照）。鬼城も大いに感激している。

そして二年後に二回目の大阪行きとなる。

西尾訪問もそうであったが、大阪行きの際も大阪にとどまらず、京都や兵庫、和歌山等、かなり足を延ばしていろいろなところに案内されている。

虚吼の印象記

第一回目の鬼城来阪の時の大阪梅田駅の模様を、虚吼が印象記として大正十二年三月号の「山茶花」に書いている。

一月二十日の朝であつた。九品太氏と共に九時二十六分着の西行汽車を梅田プラットホームに待つていると、徐々としてその汽車がはいつてきた。列車の止らぬ前から、眼を光らして目的の人を物色したが見当らない。軈て汽車がとまつたので眼ばやに各列車の検閲を始めた。後の方へ歩いてゆくと啼魚君がプラットホームに立つて私をさし招いていた。

その時私の眼には豪傑らしい啼魚君のみが見えて、鬼城翁は眼に入らなかつた。啼魚君に近ずくに従つて、君の側に悄然と立つているお爺さんを見た。色の蒼い、痩せた小さい爺さんではあるが、それが鬼城翁であることは争はれない。その後方に泊月君が現れて、お前立ちらしい態度を見せたけれども一向霊験を増す仏ではなかつた。併し私は帽子を取つて礼をした。鬼城翁も礼を返した。その時翁の頭を見たが、小さな丸い頭で二十年前に京都の東洞院で同じ路地に住んでいた碁打の先生によく似ていた。有体にいうが私は少し失望した。如何となれば、私の想像していた、又文通していた鬼城先生は、こんな生やさしい人ではなかつたからだ。尤もこれは始めて翁を見た刹那の感じで、面会しての感じではない。

いよ〳〵謦咳に接してみると、小気味のよい、殺気のある、それかと思うと涙ぐましい程の温情をもつ、私の想像した通りの鬼城先生であつた。私は前に失望したゞけ一層嬉しく、親わしく、尊敬の念が津々として沸きくるを禁じ得なかつた。事情が許すものなら永く大阪に住んで貰つて、朝夕ラッパのお相手をし度いと思つた。

（徳田著『新研究』）

西尾では富田うしほが鬼城を「気品のある老人」と評していたが、それは「ヨボヨボ親爺」を想像していた彼の先入観のなせる業であろう。総じて、初対面の時の鬼城の第一印象はあまり芳しくなかったようである。鬼城の句風や指導内容、手紙の文面からすると、もう少し凛然とした厳格で立派な紳士を想像するのであるが、実際に会うと、その印象と現実の容貌とが嚙み合わないのである。

第一回目の大阪行きでは、鬼城は連日句会を催して過ごしている。参加者は虚吼、啼魚のほか、田村木国（もっこく）、野村泊月（はくげつ）、皆吉爽雨（みなよしそうう）、久保田九品太（くほんた）らである。来阪初日は啼魚邸で晩餐会と句会を行う。また、一月二十五日から二十八日は京都を訪問し、京都でも歓迎句会が催されている。そこには京大在学中の日野草城（そうじょう）の名前も見られる。

美食して身をいとへとや寒の内　　鬼城

歓待を受けて感謝の気持ちを込めた鬼城の句である。
その後、「山茶花」誌や大阪時事俳壇での選や指導などを通じて、鬼城と大阪俳壇との交流はますます深くなっていく。

二回目の大阪行き

戦前、「山茶花」の運営委員を務め、戦後、改めて「山茶花」を創刊・主宰した田村木国が鬼城の句を次のように評している。

鬼城の句は、その平明ということにおいて近代これ位の作者はないといってもいゝと思う。虚子先生が唱道された「平明にして余韻ある句」の典型的俳句は、近代の誰よりもこの鬼城の作品であろう。

私は昔、碧梧桐の新傾向にかぶれたりして、俳句に復活した当時は、やゝもすると佶屈ごうがの句で、当時誰の句に学ぶべきかと考えた揚句が、鬼城の平明こそわが進むべき道だと思つて、それからはひたすらに自らの道を啓開して今日に至つているが、それでもどうかした拍子にツイ変な句を作ると、ふと鬼城の平明を想い起しては自ら戒めとしているのである。

（徳田著『新研究』）

第二回目の鬼城の大阪行きは、この木国が企画している。日程は大正十四年十月一日〜十五日、各地で歓迎句会、和歌山、岡山、明石、須磨、京都等訪問し、また帰りに西尾に立ち寄っている。

前回と同様、来阪初日は啼魚邸で歓迎の宴が盛大に催されている。また、初日の啼魚邸での歓迎句会をはじめ、多くの句会が開催されている。

ほろ〱と老酒にゑふて月見哉　　鬼城

三日目の「山茶花」による歓迎句会には、阿波野青畝（あわのせいほ）の名前も見られる。青畝は、鬼城と同様に耳が不自由で、彼は若い頃から、鬼城の厳然たる姿とその格調高い句作りに対するあこがれのようなものを抱いていた（106頁「阿波野青畝」参照）。

数々の句会に加え、多くの名所を訪問している。二日目には大阪城、四日目には住吉神社、さらに五日目には和歌浦、十日目には高松栗林（りつりん）公園、十一日目には琴平神社、観音寺、十二日目には岡山後楽園、須磨、十三日目には京都円山公園、知恩院を訪れ、そのまま愛知の西尾を経由して帰途に着く。鬼城にとっては自身の見聞を広める貴重な機会になったはずである。

この間、六日目の「木槿会」という句会において、鬼城は腹痛を起こしてしまう。句会メンバーに医者が多かったことも幸いし、大阪医科病院に緊急入院することができた。浣腸、洗腸等により、大事には至らず翌々日に退院し、啼魚邸でゆっくり静養している。後日、啼魚の逝去に際して、追悼文の中で、この時の模様を鬼城が述べている。

木槿会だかの句会の席で、急性腸カタルにかゝつた時だ。あからさまに申すは憚り多いが乞諒。外へ出たことがなく、西洋流儀に慣れないところへ、さすがに、場所が場所だから、用所の構造も目新らしく、おじけが先に立つて、用を弁ずべくもなく、スゴ〱外へ出た時だ。勿体ないことだが啼魚氏がお案じくだされたと見えて、ドコにかいられた啼魚氏が、再び僕を誘うて、見る前に一切を演習して見せて下されたことがある。笑い事ではない、思い出す度びに、恐懼に堪えず暗涙催す。

（徳田著『新研究』）

腹痛の原因は、意外な痩せ我慢にあったようである。

大阪「鬼城会」設立

その後、大正十五年三月に、啼魚は鬼城の経済問題を支えるため、そして新たな鬼城句集を発行するために、「鬼城会」を設立する。

鬼城会趣旨

一、鬼城句集発行資金凡参千円ヲ集ムル事、
二、資金醵出ノ申込ハ一口五拾円ノ事、
三、集リタル資金ハ今ヨリ鬼城翁ニ無利息ニテ貸与シ、句集発売ノ利益ヲ以テ漸次返済ヲ受クル事、
四、今ハ総代三名ヲ選ビテ句集発行ノ管理資金ノ出入等一切ヲ委任スル事、
五、総代選挙ノ方法ハ発起人ニ一任ノ事、以上

大正十五年三月

（徳田著『新研究』）

これにより、大正十五年十二月に『鬼城句集』が、昭和八年八月には『続鬼城句集』がそれぞれ発行されている。鬼城としては感謝に堪えなかったに違いない。大正十五年の『鬼城句集』の自序において、啼魚に対する感謝の気持ちを述べている。

先きに、乙字君の編纂してくれた句集のある上に、自分で、又候、句集を作る必要もないやうだが、顧れば、其後、早くも十年を過ぎたので、削るべきは削り、加ふべきは加へて、新たな一集として見たく、本集には既往二三十年間の拙作中から、約千八百句を集録した。

本集は、一応、誰かの検閲を受けたく思つたが、誰しも忙しい中で、迷惑至極のことだし、且、諸先輩の選評を経た句が土台になつてゐるのだから、念を入れて選定したら、大した不都合もあるまいかと考へ、取捨選択、一切、自分で取行つた。

本集は、啼魚君の厚情に依り、発行の運びに至つたことを記し、長く、同君に謝す。

これらの句集の発行により、鬼城の後半生における句作りを世に問うことができたのである。

啼魚は、昭和十二年八月、鬼城が亡くなる前年に六十一歳で急逝している。

三、地元・群馬の俳人とのつながり

似た者二人、蛃魚と鬼城

鬼城の群馬での俳句の関係者と言えば、まず上がるのが村上蛃魚（へいぎょ）こと村上成之（しげゆき）である。

蛃魚は慶応三年九月二十七日、愛知県東春日井（ひがしかすがい）郡旭（あさひ）村（現・尾張旭市）の浅見敬邦の次男として生まれる。鬼城より二歳若く、正岡子規と同い年である。幼名を甚三郎といい、明治二十年二十歳の時に成之と改名する。

明治二十五年に村上家の養子となり、村上成之となる。明治三十年に国語伝習所高等科を卒業し、文部省中等教員検定試験に合格、その後千葉県成東中学に奉職し、明治四十年五月に高崎中学の国語教師として赴任している。

蛃魚は、成東中学時代から句会に参加するなど、鬼城より俳句歴は長い。また、短歌もよくし、高崎中学時代の教え子、土屋文明を伊藤左千夫に紹介している。

蛃魚は、高崎に赴任して、当時「ホトトギス」に俳句と写生文を投稿していた高崎在住の村上鬼城に是非とも会って話をするという願いを持っていた。しかし、学校の同僚や近所の人に聞いても誰も村上鬼城を知る者がおらず、なかなかその願いは実現しなかった。本屋を何軒か当たり、「ホトトギス」を購読している人を調べてもらって、ようやく鬼城の住まいを知ることができたという。

明治四十一年七月に鬼城宅を訪問、二人はたちまち意気投合する。そして九月には、鬼城と蛃魚が興した「紫苑会」の第一回句会が蛃魚宅にて開催される。この時、鬼城四十三歳、蛃魚四十一歳である。

徳田次郎著『村上鬼城の新研究』に、鬼城と蛃魚の親密さを窺わせるエピソードが載っている。

ある日、鬼城から蛃魚の許に一通の手紙が届けられた。それには次のようなことが認めてあった。「二、三日君を見ぬのでばかに淋しい。君の顔をかいて壁に貼つておきたいが何かいゝ工夫はないか」とあった。蛃魚は写真が大嫌いだったし、また自画像を描くなどは思いもよらぬことであった。一瞬、蛃魚の脳裏にある考えが閃いた。そこで直ぐに子供を呼んで台所から擂鉢を持って来させ、それに一杯墨をすらせてその中へ顔を突っ込んでそのまま、広げた唐紙へ顔を押しつけたら真っ黒な南瓜が出来上がった。いま一枚同じものを作って早速、鬼城を訪問した。さすがの鬼城もこの奇想に一驚し、直ちに筆をとって一枚に、

誰やらに似て静かなる南瓜かな　　鬼城

と書き、別の一枚には、

これをたゝけばホ句〳〵といふ南瓜かな　　鬼城

と賛し、前者を蛃魚に呈し、後者は自分の手許にとどめた。その後数日して、鬼城はあらためて大きな南瓜を二つ描いて、「鬼城南瓜の図」と題し、

似たものの二人相逢ふ南瓜かな　　鬼城

と賛して贈った。

（徳田著『新研究』）

「紫苑会」

「紫苑会」は、第一回目を蜗魚宅で子規忌を修することに始まり、登録メンバーは十人前後、このうち常時四人くらいが参加する小句会であった。鬼城と蜗魚の都合で開催されたようで、この二人が必ず出席し、そのほかの出席はまちまちだったようである。大正五年から参加した蜗魚の教え子、浦野芳雄（号は「黒泉」）によれば、題詠が二題、席題が一題出て、それぞれ五句ずつ、一人が十五句を持ち寄ったそうである。鬼城が丁寧に一句ずつ批評をするのが常で、夜中の一時、二時はよくあることで、朝まで四人で句会を続けたこともあったとのことである。蜗魚は、句会を何とか賑やかにしようと思い、いろいろな人を勧誘したらしいが、皆、鬼城と蜗魚に恐れをなして、隅の方で畏まっているばかりだったという。

「紫苑会」の句会は、大概土曜日の晩に行はれた。大概一、二日前に蜗魚から通知してくれた。句会は宿題が二題、席題が一題で各五句宛、都合十五句出す理であつた。そのうち、席題も二題になり各題とも十句宛にしようといふことになつた。四人（鬼城、蜗魚、吾雲、芳雄）で百六十句という勘定である。鬼城が一々批評した。誰も時間のことなどを考へては居ず、何時になつても素知らぬ顔である。一時、二時は常例で鶏の啼くこともあつた。

蛃魚は、何とかして句会を賑やかにしようとして、随分、人々に勧誘したらしい。然し、いづれも鬼城と蛃魚に恐れをなし、出ても隅の方に小さくなつて居て端座を崩さない。

概して、鬼城は句を出すのが早かつた。それも十句出すのに、十句作つて出すのではなく、気に食はぬと見えてどし〳〵鉛筆で筋を引いた。それは捨てる句であらう。

蛃魚が、「鬼城君は非常に多作なんだ。沢山作つてその中からよい句を出すから、よい句が出来るんだ。鬼城君は非常な多作家なんぢやよ。物が聞えないから、外に気が移らないんだ」と常に口にしたのだ。

（徳田著『新研究』）

鬼城の批評は句会の席においても相当に厳しかった。また、蛃魚が厳格な教師であることから、教え子らも誘われてもそうそう気軽に集まらず、浦野芳雄のような気後れのない者は別として、大きな句会に発展しようがなかったとも言える。

「紫苑会」は、大正十三年五月に蛃魚が高崎中学を辞め、名古屋に戻る直前まで続く。発足から約十六年間続いたことになる。

蛃魚、突然の死

蛃魚は、大正十三年六月に私立名古屋中学校に奉職するも、その年の十一月三十日に大腸カタルが原因で、突然、帰らぬ人となる。鬼城は、大正十三年十一月三日～十七日に五回目の西尾訪問をしているが、この折、十一月九日の鬼城歓迎句会に名古屋から駆けつけてくれた蛃魚と会っている。その直後の突然の死ということになる。

悼蛃魚君

故郷へ死にに帰りしや河豚の友　　鬼城

鬼城の弔句である。

高浜虚子の『進むべき俳句の道』には、二十五人目の俳人として、村上蛃魚が取り上げられている。その中で虚子は、蛃魚のことを「君は決して白熱的に熱する人ではないけれども、一度やりかけたことはどこ迄もつづけるというような極めて地味な、着実な人である。したがって君の句も醇朴にして敦厚、軽佻浮薄の態は少しもない」と評している。また、蛃魚の句〈灯一つを厨にも向けて蕪汁〉に解説を加えながら、「貧を詠じたところは鬼城君の句などに似通ったところがあるが、しかしその貧に安んじて格別の不平もなさそうなところが大分趣を異にしている。すなわち鬼城君の句に見るような激越な調子は少しもない。むしろ貧賤に安居している静かな趣が窺われる。この句の如きは最もよく蛃魚君の心持を現わしたものであろう。現在の高崎の俳句界にあって君と鬼城君とは親しい交りを結んでいるようである。まったく性質を異にした両村上君の対照は興味深いものである」と述べ、貧に関する蛃魚句と鬼城句を比較しつつ、鬼城との性質の違いを強調している。「紫苑会」解散の後は、浦野芳雄、田島武夫らによって、鬼城の教えを請う「五日会」という組織が立ち上がる。「五日会」については、後ほど詳しく述べることとする。

沼田の「茅の輪会」

そのほか、群馬県内では、沼田の「茅の輪会」が鬼城の指導を受けている。「茅の輪会」と鬼城の関係は、利根信用組合の理事長であった金子刀水と植村婉外が、大正七年に句稿の指導を仰ぐべく鬼城を訪問したのが始まりである。大正十年に刀水の招きで、鬼城は沼田の茅の輪まつりを見に行っている。当時、沼田ではどういうわけか夏越が毎年九月一日に行われていたらしく、鬼城は諏賀神社での茅の輪まつりを見学させてもらい、大変感動して次の句を詠んでいる。

なつかしき沼田の里の茅の輪かな　　鬼城

このことが縁で、会の名を鬼城が「茅の輪会」と命名することになった。

刀水はその後、愛知・西尾の「山鳩」および「若竹」の選者を務めるなど、「茅の輪会」は「山鳩」および「若竹」等の沼田支社的な働きをしており、鬼城との深い関係を維持し、鬼城の考え方をよく唱道していくこととなる。刀水は後年、鬼城句の本質をしっかりと捉え、端的に言い得ている。

翁の句は孤高であつて地味である。絢爛たる華さは乏しい。人情の迂余曲折や、都会的の粋とか、心意気とか艶めかしい恋愛を歌つた句も少ない。然しながら自然現象に根ざした悠久感や、高山大沢の壮大美を歌い、写生の透徹した叙景、人生苦を嘗めつくした境涯から滲み出した真実の叫びは、人の胸を打ち、自己が苦しんで得た境地は、生きとし生けるもの、動物や昆虫又は非常の木石に迄及んでいる。

　推敲に推敲を重ね、彫琢の跡を止めないために、巧みさ、面白さが沈潜して表面淡々たる如く、底の動乱や熱火はうわべには現われていない。珍奇を衒はず、正しい格調緊張したるリズム、多くの作家が意識して避ける、「や」、「哉（かな）」の感動詞も堂々と使つて、はばからない、然も句品が時流を抜いて高いのである。


（徳田著『新研究』）

その他の群馬の俳壇関係

前橋には、倉田萩郎（はぎろう）らにより明治三十年に設立された「いなのめ会」があった。倉田萩郎は、松山時代の「ほと、ぎす」の頃から「ホトトギス」の購読者、投句者であり、「ホトトギス」との縁は鬼城より古い。萩郎から代替わりしてからの大正十二年一月に鬼城の招待句会が開催され、鬼城は俳句のことで初めて前橋を訪問する。以後、しばしば前橋で句会を開くなど、前橋俳壇との関係も深めている。

　地元高崎における鬼城ゆかりの組織としては、大類町の「囀（さえずり）会」がある。囀会はもともと明治三十七年頃から活動をしていた句会であるが、吉井露山（ろざん）が参加した大正三年から露山が住職をしていた中大類町の萬惣寺（まんそう）で開かれるようになった。鬼城と蚋魚は、大正五年に初めてこの句会に参加し、以後親密な関係となり、「紫苑会」と「囀会」の交流も深まっている。その後、露山が倉賀野町の養報寺の住持になったことで、鬼城最初の句碑が大正十三年に養報寺に建てられることになる。

小鳥この頃音もさせずに来て居りぬ　　鬼城

また、鬼城晩年の昭和九年十月には、当時、高崎商工会議所専務理事であった重田寛城（「五日会」にも所属）が「商工俳壇」を創設し、鬼城を選者として迎えている。

この他、群馬県内では、藤岡や吾妻の俳句会の人々とも活発な交流をしていたようである。

鬼城俳句の系譜

以上のように、鬼城は群馬においても、活発な俳句活動を展開してはいたが、ただ非常に残念に思うのは、鬼城の思想や基本的な考え方を引き継ぎ、広めていくような組織として、後世に残るような大きな結社と後継者を群馬に残すことはできなかった。

鬼城は生前、「山鳩」や「若竹」、「山茶花」などの他の結社を指導することには熱心であったが、自らの句会としては、「紫苑会」や「五日会」という小さな集まりを組織していたにすぎない。

また、俳誌に至っては、一時期「櫻草」を若手に任せていたというわずかな実績はあるものの、むしろその運営の難しさを若手に厳しく説いていた。鬼城は、組織運営の難しさを十二分に知り尽くしていたからこそ、組織運営の苦労に忙殺されることなく、純粋に俳句作りとその指導に携わっていたいという気持ちが強かったのであろう。

角川『俳句年鑑』（二〇二三）等で調べる限り、現在数ある結社の中でも、師系として明確に「村上鬼城」と置いているものは、高崎の「櫻草」（代表：村上郁子）と愛知・西尾の「若竹」（主宰：加古宗也）の二つがあるのみである。

「櫻草」は、鬼城の長男信（俳号：春風）が平成三年に復刊した俳誌であり、現在は鬼城の孫幹也の妻である村上郁子が代表を務めており、「五日会」の名のもとに句会を開催している。

「若竹」は、鬼城一本と称された富田うしほの子、富田潮児が創刊した結社であり、鬼城の死後、現在まで毎年欠かさず「鬼城忌句会」を開催している。

四．様々な俳人からの評価など

原　石鼎

原石鼎は明治十九年（一八八六）三月に、島根県神門郡塩冶村（現・出雲市）に生まれる。明治四十一年、京都医学専門学校に入学するも、俳句、短歌に熱中し、二年続けて落第、放校となる。吉野で次兄の医業を手伝いながら「ホトトギス」に投句し、高浜虚子に師事。大正四年（一九一五）にホトトギス社に入社し、虚子の口述筆記などを行う。大正十年に小野蕪子発行の「草汁」を譲り受け、後に、「鹿火屋」を創刊、主宰。神経衰弱に苦しみ、昭和二十六年（一九五一）に逝去。

石鼎は、大正四年六月の「ホトトギス」発行所での子規句輪講会では、虚子の命により、耳の不自由な鬼城のために筆記による通訳を務めた俳人である。二人はこの輪講会が開かれる前から、手紙のやりとりによる交流をしていた。句作や虚子のことに限らず、身の上話も含めて幅広く本音で情報交換をしており、そうした手紙の中で鬼城に対する思いなども語っている。

心を病んでいた石鼎にとって、師である虚子だけでなく、心の支えになってくれるような存在を求めていたのかもしれない。耳が不自由というハンディを抱えていた鬼城に対しては、どこか自分と相通じるものを感じていたのであろう。鬼城との深い交流を期待する手紙を出している。また、虚子の温かい指導のもとに二人が俳句に精進している状況に満足はしているものの、何か不安に襲われる複雑な心のうちも吐露している。

○大正四年五月十日付の石鼎から鬼城宛書簡（抜粋）

ホトトギス同人の中でも私はあなたを最も親しい人のように考へてゐるのです。私は地方をうろついたり東京へ来たりして、いよ〳〵人間臭い俳人を見廻すことが出来たのです。権勢といふような、そんなものを張らう〳〵として徒らに腐心する人達の多い中に、独りあなたほどのお人はまたとありやしないといふことをも感づいてゐるのです。私はいつまで〳〵あなたと今の心、より多く親しい心を以てお交りがしたいのです。虚子先生といふ、時によつては親子もかへられないと思ふことのある師の下に、あなたといふ兄さんを見出し、それがまぼろしではなく、永く〳〵兄さんであるやうなお交りがしたいのです。私は此間一寸所用があつて乙字さんのとこへ行つて数時間種々な物語をいたしました。時にあなたのお話も出で、あなたから乙字さんへお出しになつた御手紙をも読みましたが、他人への書面の上へ、人しれず涙をこぼしました。

（松本旭著『村上鬼城研究』）

皆吉爽雨

皆吉爽雨は明治三十五年（一九〇二）二月に、福井県福井市に生まれる。大正八年（一九一九）、住友電気工業入社。大橋桜坡子（おうはし）の導きで「ホトトギス」に投句を開始し、高浜虚子に師事。大正十一年「山茶花」創刊に参画。昭和二十一年（一九四六）に「雪解（ゆきげ）」を創刊、主宰。第一回蛇笏賞受賞。俳人協会副会長などを務める。昭和五十八年に逝去。

鬼城が初めて大阪を訪問した時、爽雨は二十歳の若者であった。来阪初めての晩の啼魚邸での晩餐の模様や後日の「山茶花」主催の歓迎句会での鬼城の様子を書き残している。

爽雨は鬼城が大阪に来ることになった経緯などは知らなかったようであるが、遠く高崎から年老いた俳人が来るようだ、誘われたので行ってみようか程度の気持ちだったのではないだろうか。最初の晩には、鬼城のほろ酔い加減の陶然とした声の印象が残っただけのようだ。ただ、句会での講評を聞きながらその印象が一変したようである。

鬼城の講評が徐々に耳を打ち、心に響いたのである。それまで取っていた速記の手が止まり、用紙から顔を上げ鬼城の顔を見た時の驚きの様子が伝わってくる。眼光は鋭く、喉は震えを帯びて、身体まで大きく見えるようになった、と言っている。爽雨の心の変化がよくわかる。

○『山茶花物語』（皆吉爽雨／昭和五十一年）抜粋

啼魚さんは、まず村上鬼城翁を大阪俳壇の舞台の上に招いた。遠い高崎に住んで耳の不自由なこの老大家を、大阪あたりまで呼びよせるなどということは、空想以上には出なかつたにちがいない。それを、大阪時事新報の俳壇選者に翁を迎えていたことを足がかりにして、その新聞の要職に在つた相島虚吼翁と相計って実現にまで漕ぎつけたのである。（中略）

私たち、山茶花の若者は、直接この計画にあずかっていなかったので、歓迎の斡旋をしたのは山茶花会だけであったが、来阪の夜の啼魚邸での夕食には私も御相伴にあずかった。（中略）

その広間に西下第一日の鬼城翁を迎えて、支那料理の馳走が並べられた。老酒というのは始めてらしく、眼鏡を押し上げてその琥珀色をたしかめながら盃を重ねておられたが、食後東の丸窓へいざり寄って、ぽっと染まった顔をあげながら、「陶然というのは、こういう按配なんだな」とつぶやかれた。そのまこと陶然とした思入れの声が今も耳にのこっている。丁度満月が一筋の雲にのって生駒山の上にのぼってくるところだった。

○「鬼城先生歓迎山茶花句会」（皆吉爽雨／「山茶花」大正十二年三月号）抜粋

先生の批評が始まつた。私は紙を拡げて速記を始めた。始めはやゝ軽妙に爽かに縷述されてゐたその音声が、だん〳〵に高まつて耳を打つてきた。同時に惻々として胸に応えてきた、とう〳〵

速記の筆などを持つていられなくて顔をあげた、ところがどうだ。先生のあのしよぼ〳〵としていた眼は血走つて殺気立ち、喉笛は亢奮にかすかな震えをおび、殊に痩せつぽちでいたいけに見えていたその体軀が、見上げるばかり偉きく堂々と、私の眼に映つたことではないか。

（徳田著『新研究』）

阿波野青畝

阿波野青畝は明治三十二年（一八九九）二月に、奈良県高市郡（現・高取町）に生まれる。「ホトトギス」第二次黄金時代を築いた四Sの一人。小学校の頃から、鬼城と同様耳が不自由であり、対人関係には苦労する。畝傍（うねび）中学校在学中より、「ホトトギス」の読者となり、原田浜人（ひんじん）について俳句を学び始める。高浜虚子からは「客観写生」の道を進むよう諫められ、その後の句作の方針とする。昭和四年（一九二九）より「かつらぎ」を創刊、主宰。昭和二十二年、カトリックの洗礼を受ける。平成四年（一九九二）、心不全により逝去。

青畝は著書『俳句のこころ』（昭和五十年）の中で、いわば彼の句日記のような「わが句物語」の部分に、鬼城の二回の大阪行きの模様をはじめとして、鬼城への思いを詳細に記述している。

鬼城の耳の不自由さは青畝より酷かったが、彼は鬼城には憐憫の情のようなものを兆すことはなかったと語っている。むしろ、厳しい禅師の前に引き据えられたような気になり、鬼城に入選するのも、うまく批評の矢表を外れるのも嬉しかった、と語っているように、一種の畏れにも似た尊敬の念を抱いていたことがわかる。
また、鬼城の句は「ホトトギス」においても断然群を抜いて格調高いものであると考え、鬼城を模範として精進していこうと考えていたが、あまり鬼城の選には入らなかったようである。ただ、鬼城に出会ってからは、俳句の格調を正していくことを一つの目標として、鬼城の秀句に接し、鬼城の句作りを体現していく。鬼城との出会いが、それ以後の青畝の俳句生活の礎になっているといっても過言ではない。

鬼城は非常に難聴であった。私と較べると一層気の毒なようであったが、その人に会っておると憐愍の情というものは全くきざさないで、厳しい禅師の眼前にひきすえられた感じがして、鬼城翁の口からとび出す言葉の矢をどうして除けようかというふうに気がまえさせられていたものだった。その頃は鬼城に入選するのも、またうまく批評の矢表を外れるのも嬉しかった。
私は鬼城を尊敬した。聾者であるから私としてなお尊敬してやまなかった。何よりも鬼城の句は「ホトトギス」においても断然群秀を抜いて格調の正しいものであった。私は鬼城を模範として肉迫して行こうと願っていた。

どびろくやゑうておろしし尻からげ
十五夜のこそつく風や烏瓜

例えばこの二句の如きは、目標が鬼城にあるのである。鬼城も私も聾者という点で共通しているが、俳句は共通に同じところをねらってゆくことがいいかどうか。私はまだその時分のことだから、ただ鬼城のひそみに倣おうと、鬼城の句を大いに学んでいた。

鬼城は、こういう工合に追うている私を甘やかすような人ではなかった。選に入ることは余りなかった。あるいは私のような、そんな浅薄さで真似ておる人間を嫌っていたのであろうとも考えられるのである。

格調を正すという勉強は、鬼城の秀句からしっかり授かってきたことは事実で、調子の低い句、俗臭に近い句などほんとうに嫌な人間に接するような気がしたのである。

「儲かりまっか」「儲けたはりまんな」という大阪人の挨拶は、「今日は」と同義語に取扱われているのであるが、そういう無風流な混濁した世間といっしょに住んでいて、それから抜け出せる術はなく、ただ俳句の一筋を守りとおしていれば、心がしぜんに清まり澄んでゆくのであって、どうしてもその俳句は格調の正しい香りの高いものであらねば気がすまなかったのであった。

（阿波野青畝著『俳句のこころ』）

日野草城
日野草城は明治三十四年（一九〇一）七月に、東京上野（現・台東区）に生まれる。父の影響もあり、十代より文学に親しむ。大正八年（一九一九）、「京大三高俳句会」を設立。大正十年、二十歳で「ホトトギス」巻頭を飾る。大正十三年、京都帝国大学法学部を卒業。「ミヤコホテル」十句の発表を経て、昭和十一年（一九三六）、虚子の逆鱗に触れ「ホトトギス」同人除名（晩年に復帰）。昭和十年に「旗艦（きかん）」創刊、主宰。「無季俳句綱要」を発表するなど、新興俳句の主導的役割を担う。

昭和三十一年に逝去。

草城も俳句を始めた当初は抒情性豊かな俳句を作っていたようである。若くして鬼城を知り、深く傾倒する。彼は、鬼城の生い立ち、生活態度や文学への理解など、鬼城の俳句に対する姿勢を十二分に理解していたものと思う。しかし、新しいもの好きで早熟な草城にとって、いかに表現手法が堅牢強靱であっても、風格鬱然たるものがあっても、鬼城俳句に対しては一種の古臭さを感じていたのではなかろうか。

鬼城が亡くなる直前、草城は「俳句研究」（昭和十三年九月号）に鬼城に関する小論を掲載している。当時、新興俳句の主導的役割を果たしていた草城にとって、三十五歳以上も歳が離れた鬼城の晩年の俳句を物足りなく思うのは当然かもしれない。最近の鬼城の句作りは老衰の感が顕著だとの厳しい評価を下している。病状が悪化していた鬼城を心配して、家人らは、この小論を鬼城には見せておらず、鬼城本人は知らずに逝っている。

ただ、彼は、鬼城という強情な作家が一筋に生き抜いてきた証しとなる過去の作品に対しては深く敬意を惜しまないとも言っており、大正時代までの鬼城の作品群に対しては非常に高く評価をしている。また、鬼城の足跡は深く大きく、次の世紀へ続いて容易に忘れ去られるようなものとはならないであろうとも語っている。

以下に、家族が病床の鬼城には見せなかった「俳句研究」昭和十三年九月号の草城の小論を紹介しておく。

ひと頃の村上鬼城は僕たちの渇仰の的であつた。僕は大正六年（十七歳）俳句を始めると間もなく鬼城の名を知り、それ以来数年間、僕は相当深く鬼城に傾倒したものである。石鼎、普羅といふその頃の新進気鋭の大家に比して、鬼城は俳壇の閲歴も古く、表現の手法も堅牢強靱で、長老の風格鬱然たるものがあつた。小林一茶もその貧乏ぶりにまで一種の憧憬を覚えるといふ始末であつた。鬼城翁に私淑するあまり、翁の貧乏ぶりを隠そうとはしなかつたらしいが、村上鬼城は貧乏ぶりを堂々露呈して独特の詩境を構成した。貧乏を売物にするなど、蔭口をきくものもないではなかつたが、それは難者のひがみである。貧乏は翁にとつて切実な生活の本質である。翁が貧乏を詠むのは、即ち生活俳句の実践であり、翁自身意識するとしないとに拘らず、また、自ら欲すると欲しないとに拘らず、翁の如きは生活俳句の先覚者であり、すぐれた生活俳人であつた。而も翁は貧乏を嘆いたり悲しんだりはしない。泰然として晏如として貧乏のまん中に盤踞する。貧中明朗にして静穏である。一種の悟達が得られてゐるのであらう。翁の帯びる堅牢強靱な感じは、その先天的性格と共に、この後天的生活条件に養はれたものであらう。

一頃の翁の声望は実に隆々たるものであつた。その作品の価値を虚子先生の作品の価値よりも高く計算しようとする人さへあつた。

翁の作品や風骨は俳壇の外からの注意をも惹き、殊に東大講師の文学士松浦一氏の如きは、講莚に於て著書に於て、翁を推讃して措かなかつた。

だが、翁の黄金時代は「鬼城句集」（大正六年版「鬼城句集」、大正十五年版「鬼城句集」）の上梓迄ではなかつたかと思ふ。「鬼城句集」の中には実際古鏡の如く不易の輝きをもつ佳品が尠くない。これは後代に残るべき句集である。しかし、昭和に入つてからの村上鬼城には老衰の痕が否めないどころか寧ろ顕著である。「続鬼城句集」を読めばそのことがよく解る。この句集には、「鬼城句集」以後の作品、つまり大正十五年から昭和七年までの作品が輯録されてあるのだが、前集に較べて大いに見劣りがする。感受の鈍気磨、力の衰退、表現の硬化、従つて作品の繰返し、類型化が指摘される。それ迄にも若くはなかつた鬼城氏が更に年をとり、始終欠乏を感じ勝ちの単調平板な生活裡に在り馴れて居れば、さういふ風になるのも無理からぬことであり、止を得ないことであろう。

忌憚なく言つて、村上鬼城は既に過去の人である。或は辛うじて現在に生き延びてゐる人である。そして、将来性は先ず絶対にない。それは勿論さうであるべき——とはいへまいが、さうであつても仕方がないことである。だからといつて僕はこの大先輩の存在を無視しようなどとは考へてゐない。この操守の固い老作家が俳壇の趨勢や進歩的な作品に認識、共感を充分に有つてゐやうとは思ひもしないし期待もしない。要請もしない。この人はこの人らしい作品で、老いて尚矍鑠たるところを見せてさへ貰へばそれで僕は満足するだらう。僕は、この「強情な作家」が一すぢに生き抜いて来た航跡を示すその過去の作品に深厚の敬意を吝まない。孤高狷介の聾詩人の足跡は案外に深く大きく、次の世紀へ続いて容易に消却し去られないのであらうと想像される。

（徳田著『新研究』）

水原秋桜子

水原秋桜子は明治二十五年（一八九二）十月に、東京市神田区（現・千代田区西神田）に生まれる。大正七年（一九一八）、東京帝国大学医学部医学科卒業。高浜虚子の『進むべき俳句の道』を読んで俳句の世界に入り、大正八年より「ホトトギス」に投句開始。高浜虚子に師事。「ホトトギス」第二次黄金時代を築いた四Sの一人。その後、主客論争の中で「ホトトギス」を離脱し、「馬酔木（あしび）」を主宰。その後の新興俳句運動の端緒を開いた。昭和五十六年（一九八一）、急性心不全で逝去。

秋桜子は、当時、高野素十（すじゅう）らの客観写生に対して主観の滲み出た抒情ある写生論を掲げて新たな一歩を踏み出そうとした俳人である。自らの真剣な生き方を踏まえつつ、俳句に真心を込めて真面目に接しようとする、鬼城の考え方などからすれば、むしろ秋桜子の作句姿勢に近いものがあるようにも思う。

しかし、秋桜子は、「ホトトギス」の昭和二年七月号において「鬼城句集私見」として、鬼城句集を読んで感服することは、調べが緊張して不熟な言葉を使っておらず、なおかつその調べが豪壮で鬱然たる大樹のようだとしながらも、鬼城の長所だけでなく、短所も研究することを忘れてはならないとしている。そして鬼城の句境の狭さと文字の繰り返しを指摘し、このことは、心持ちを主とし、写生を従としているためにほかならないとしている。鬼城に学ぶべきは、調べの緊張であり、句を貫く気魄であるとして、鬼城の体得する古俳諧の味について、我々学徒にとっては特筆すべき価値はないと結論づけている。秋桜子三十五歳、若い時の評価とは言え、鬼城俳句の表面しか理解していないのは少し残念である。

鬼城句集を読んで感服することは、矢張り調べが緊張して、不熟なる言葉の全然用ゐられて居らぬことだ。而もその調べは豪壮でまことに鬱然たる大樹の感じである。人然しながら我々は先輩の長所を学ぶと共にその短所をも研究することを忘れてはならない。人は鬼城氏の句境の狭きを言ふ。また同じ文字の常に繰り返さるゝを指摘する。まことにそれ等は読者の等しく心付く点で、繙読半ばならざるに我々は一種の窮屈さを覚えずには居られぬのである。

これは要するに氏の句がなべて心持を主とし、写生を従とする為めに他ならぬ。かく考へて再び鬼城句集を通読せよ。そこには写生道に於ける大なる隙の数々が見出さるゝに違ひない。かへすぐ〵も我々が此の偉大なる先輩に学ぶべきは調べの緊張である。而して句を貫く気魄である。をはりに多くの人が言ふ古俳諧の味——現代の俳人中最も鬼城氏が体得するといふ古俳諧の味が、我々写生学徒にとつて特筆すべき価値の無いことは勿論である。

鬼城が亡くなった直後、秋桜子は「サンデー毎日」（昭和十三年十月九日号）に「鬼城翁の事ども」と題して追悼文を書いている。〈鷹のつらきびしく老いて哀れなり〉の句を引いて、きびしい中にも哀れが籠り、作者の心が気高く澄み入っている、との評を加えている。「哀れなり」と主観をはっきりと吐露しているにもかかわらず、この句は読む者の心をとらえて離さない描写と調べを備えている。このことこそ、写生がしっかりと行き届いているということを表しているのではないのか。

明治、大正、昭和の三代を通じて、鬼城翁は実に俳壇の鬱然たる大樹の如き存在であつた。生涯高崎の地を離れること殆どなく、而も耳の不自由なために、談論風発するといふこともなく、全く隠遁的の生活をしながらも、常に俳壇現役の作者達から畏敬の眼を以て見られてゐたのは、一にその作品が、立派なためであった。（中略）

鷹のつらきびしく老いて哀れなり

（中略）「鷹のつら」の句は、きびしい中にも哀れが籠つてゐる。翁には初期の作から動物を憐れがつたものが多いが、この句などかなり晩年のもので、心境としては高い境に澄み入つてゐると思ふ。（略）繰り返して言ふが、明治以後の俳壇に残した翁の足跡は実に大きい。現在名を残してゐる作者は皆翁の句を敬慕し、多少に拘らず翁の影響を受けてゐるのである。いま翁の長逝にあひ、深く哀悼すると共に、誰か有志の人によつて、正確な翁の伝記が書かれることを切望してやまない。（九月二十三日記）

（徳田著『新研究』）

山口誓子

山口誓子は明治三十四年（一九〇一）十一月に、京都市上京区に生まれる。大正九年（一九二〇）、京大三高俳句会で鈴鹿野風呂（のぶろ）、日野草城の指導を受け、本格的に俳句を志し、「ホトトギス」に投句を開始。大正十一年、東京帝国大学法学部に入学、東大俳句会に入会し、水原秋桜子と出会う。「ホトトギス」第二次黄金時代を築いた四Ｓの一人。その後、「ホトトギス」を離れ、水原秋桜子の「馬酔木」に依る。昭和二十三年（一九四八）、「天狼（てんろう）」を創刊。現代俳句を牽引するとともに、多くの俳人を世に送り出す。平成六年（一九九四）に逝去。

誓子の妻は、浅井啼魚の長女梅子（俳号「波津女（はつじょ）」）である。こうした関係もあり、彼は若かりし頃、岳父啼魚を通じて鬼城にも教えを請うていた。この頃は、水原秋桜子などと同様、抒情性の深い句を作っていたが、その後、即物非情の句作りに傾倒していく。そういう意味では、鬼城の抒情性あふれる作句姿勢とは異なるが、誓子の文学論や俳句に接する態度など、当初の確立期には少なからず影響を与えていたものと思う。

鬼城の亡くなった直後、昭和十三年十一月発行の「俳句緒論」に、鬼城との関係を回想した「鬼城翁と私」がある。鬼城の俳句は俳句の伝統における一つの極致であり、高峰どころか絶峰をなしていたと述べ、その後のホトトギスの俳句も別の方向を歩んでいて、今や鬼城の格調高く抒情性に富んだ俳句を引き継ぐ者もいないとの趣旨の評価をしている。鬼城が亡くなった直後の評価であり、若干割り引いて理解する必要があるものの、鬼城に敬意を抱いていたのは確かであろう。また、誓子のいくつかの句に対する鬼城の指摘の厳しさを回想した描写は、なかなか面白いものがある。

鬼城翁と私との交渉を書きのこすのがこの一文の意図である。私は、とう〳〵鬼城翁に見る機会を持たなかつた。因縁が熟さなかつたのである。私が鬼城翁を知つたのは、ひとつはホトトギスの雑詠欄であつた。その頃雑詠は二十句まで投ずることが出来るという放漫時代であつたから、屢々巻頭を占めていた鬼城翁の作品は、雑詠欄の第一頁を埋め尽くし、更に溢れて第二頁に及んでいた。それ等の豊富な作品を愉しみ、愉しみ読んだものである。

それと、もうひとつは松浦一氏の「生命の文学」という本であつた。これは鬼城俳諧に文学的な礎を定めた貴重な文献であつて、鬼城翁を広く世間に紹介するのには与つて力があつた。その証拠に俳壇の外にあつて鬼城翁を知つている人々は、殆どみな、「生命の文学」の読者であつた。俳句を作りはじめて間もない私もまた同書の一読者として鬼城翁を尊敬しはじめたのであつた。

勿論、鬼城俳諧が俳句の伝統に於ける一つの高峯であることは、俳壇内部に於ても既に意見が定つていたのであるから、「生命の文学」はたゞその意見を強化したに過ぎないことは云ふ迄もない。

（ある意味に於て、鬼城俳諧は俳句の伝統に於ける一つの極致であり、高峯どころか絶巓を為していたと言つても差支えはない。鬼城以後の俳句は、ホトトギスの道すらも鬼城翁とは別の道を歩いている）

浅井啼魚のはからいによつて「水無月吟社」に関係を持つことゝなつた。遙かに高崎在の鬼城翁に教を乞ふていた。これが為に、私の作品もまた鬼城翁の眼に触れ、叱正を受くることになつたのである。

岳父の尊敬している鬼城翁に、主観的にはより接近したといふ感じを懐いていた。もつとも私の作品は、いつも出来が悪く、その上圭角があつたので、鬼城翁の選には容易に入らなかつた。その教はきびしかつた。

荒縄や乾鮭の顔歪むばかり　誓子

此句も面白し、首ツ玉ノ吊し縄ノことならんもアレを特に荒縄という要なかるべきか、いかがや。

父母のすでにいまさぬ蚊火の宿　誓子

今一歩進めねばハッキリ分るまじ可惜、御参考までに記しますが、「父母の既にいまさぬ」ト「父母の今はいまさぬ」と同じようなれど「既に」といつては感慨が鈍くなり不申や。

竜胆の花も踏まれぬ狩の場（には）　誓子

「花も」ノ「も」面白からず。〈リンダウの花踏まれたる狩場哉〉としてハ違ふべきや。

〈誓子注：この句は翁の注意にもとづき、その後〈竜胆の花踏まれあり狩の場〉と改めて発表した〉

翁の加朱は殆どすべての詠草に及んでいたが、中には朱線をぐいと横に引いていくつかの作品を十把一からげに「凡」と評し去つたのもあつた。私の作品はよくそういう「凡」一群のなかに見出された。

また詠草の裏表紙にはきまつて翁の近詠が書き添えられていた。それが吟社の人々を鼓舞し、啓発した。

（徳田著『新研究』）

Ⅳ　円熟期の鬼城

一．よき友、その出会いと交流

小野蕪子

小野蕪子、本名は賢一郎。明治二十一年（一八八八）七月に、福岡県遠賀郡蘆屋村（現・芦屋町）に生まれる。十六歳で小学校準教員検定試験に合格、代用教員になる。明治三十八年大陸に憧れ「朝鮮タイムス」に入社。同四十一年に復帰、「毎日電報」に入社。大正八年欧米視察帰朝後、東京日々新聞社社会部副部長に就任。同十四年東京放送局理事、東日社会部長就任。昭和九年日本放送協会文芸部長に就任。同十六年日本放送協会企画部長を歴任。同十八年二月逝去。この間、俳句では「草汁」「鶏頭陣」を創刊、主宰。そのほか、陶器に関する著作多数。油絵も描く。

鬼城との交流は、蕪子が大正六年初頭に、「東京日々新聞」誌上の「日日俳句」欄の選者を鬼城に依頼してきたことに始まる。この年の三月より、東京日々新聞に鬼城選の俳句コーナーが登場した。また、同新聞の文芸欄への寄稿も依頼され、鬼城は「俳諧不可能境より見たる文芸殊に俳句」なる一文を送り掲載されている。

鬼城は、この前年、大正五年三月五日に裁判所構内代書人の営業許可を取り消され、多くの関係者からの支援を受けつつ、復職に向けて奔走していた時期である。このような新聞の稿料もなにがしかの生活の助けになり、少なからず鬼城の心を慰めていたに違いない。

大正六年の四月に、蕪子が鬼城の家を訪ねてきた。鬼城五十一歳、蕪子二十八歳の時である。初めて相見えた。もちろん尊敬の念を持っているのだが、同時に憐憫の情が募って心を痛めた蕪子は、帰京して早速、鬼城の復職に向けて動き出した。

この年のはじめに、蕪子自らが新聞界や法曹界の仲間を募って「無名吟社」を興していた。その仲間のうち弁護士の沢田薫に鬼城の復職についての支援を依頼した。さらに、沢田から句会に属していた弁護士の作間耕逸（東京弁護士会会長、衆議院議員）、名合（なあい）猛らに協力を呼びかけ、三人の弁護士が前橋地方裁判所長に直談判に行くこととなった。大正六年五月四日、東京からやってきた三人は、途中高崎の鬼城のもとに立ち寄り、鬼城を加えた四人で前橋地方裁判所に乗り込んでいる。名合は、自分も「ホトトギス」に投句していることから、鬼城の俳句の実力、これまでの「ホトトギス」誌上での活躍なども交えて、鬼城の復職を熱心に訴えかけたという。

こうした働きかけにより、五月十二日、鬼城は晴れて復職許可書を得て、代書人に復職することとなる。その後六年間、大正十二年十二月三十日に「司法代書人廃業届」を提出するまで、大過なく代書人としての仕事を全うすることとなるが、その大の恩人が小野蕪子なのである。鬼城は蕪子に、仕事を続けられるように尽力してもらった感謝の手紙を、何度も出している。

また、昭和二年に鬼城が火災に遭って家を失った時にも、蕪子は銀座松屋で個展を開いて自らの絵画の売り上げを鬼城の支援に回している。二人は二十歳以上歳が離れていたものの、鬼城が亡くなるまで、二十年以上にわたって気の置けない交わりが続くこととなる。鬼城の死に際し、鬼城の句作の姿勢を蕪子はこう語っている。

「永遠に生命をもつ句——それは鬼城であるといつも私は思つてゐた、喧ましい議論やチカ〳〵する刺戟を俳壇から受けてゐても、私は決して遅れてゐるとか進んでゐるとか、そんなことは考へないでゐられた。翁の句作態度が私に教へてくれたところは大きい。翁から享けた人間としての清浄感、それはどれだけ私の気持を浄化してくれたかしれない。有難いことだと感謝しなければならない」(徳田著『新研究』)

大須賀乙字

大須賀乙字、本名は績(いさお)。明治十四年(一八八一)七月に、福島県宇多郡中村町(現・相馬市)に生まれる。福島尋常中学校(現・安積(あさか)高等学校)、宮城県第一中学校(現・仙台第一高等学校)および第二高等学校を経て、明治四十一年、東京帝国大学国文科を卒業。その後、曹洞宗第一中学林に奉職、のち東京音楽学校(現・東京藝術大学)教授に就任。河東碧梧桐に師事したのち、臼田亞浪(うすだあろう)と俳誌「石楠(しやくなげ)」を発刊。大正時代の稀有の俳論家。特に「ホトトギス」、虚子に対する批判多し。大正九年に逝去。

鬼城との交流の始まりは、大正四年一月号の「ホトトギス」に、鬼城の一文「真面目と哀れ」と虚子雑詠選の次の一句が掲載されたことによる。

冬蜂の死にどころなく歩きけり　　鬼城

鬼城のもとに、突然、乙字からの大正四年一月十一日付の手紙が届く。「真面目と哀れ」の内容に全く同感である旨を説くとともに、「ホトトギス」の他の句と比較しつつ、〈冬蜂の死にどころなく歩きけり〉の句がいかに心に響いたかが綴られていた。あなたの言うとおり、悲哀の人生を経験してこなければ、物事に真面目に接することはできず、真面目になって初めて、自然はそのものに対して光り輝くその姿を見せる。最近は自然を弄ぶような科学者の態度でしかない写生をなす者の多いことは大変嘆かわしい、と言っている。

（前略）ホトトギス新年号にて「真面目と哀れ」といふ御文拝見、頗る同感に不堪、卒然申上度相成ホトトギス社に問合せ御住所承り候次第に御座候。ホトトギスの雑誌努力不足且つ低徊享楽の生活より産るる道楽不学の俤ありて感服の句少きは遺憾の至りに候。然るに玉句

冬蜂の死所なくて歩きけり

の如き嶄然他を抜き感傷不浅敬服仕候。

ただ、「死所なくて」といふは其動作を抽象的にいひ過ぎ主観露骨かと被存候。つまり表現上に多少の遺憾あるやう覚え候。表面はただ自然の気象をそのまま詠ぜる如く見えて抑へ難き作者の感傷の調子、其他の上ににじみ出づるやうの句を小生は好み候。

御説の如く悲哀の人生にふれねば真面目にはなれ不申、又この人生不可抗に深くふるる時、自

然は自ら光り来り儼然たる姿を見せ可申被存候。人生の不可抗を経験せる者にとりては、自然も又其ままにて道義あり力あるやうに感ぜられ、小主観など加ふる余地なきを覚え候。ホトトギスの句に限らず近年一般の句皆冥想境より自然を玩弄せるやうのもの多く、然らざれば悲痛の人生との対照より現前する自然を知らずして、科学者の態度にて徒らなる写生をせる者のみ多きは慨嘆の至りと存候。今日は文壇思想界一般が悪いから青年は皆遊びとなり申候。

（松本旭著『村上鬼城研究』）

この時、鬼城四十九歳、乙字三十三歳である。その後、乙字が若くして亡くなるまでの五年間という短い期間ではあるが、何度となく書簡による持論を交換するようになる。例えば、乙字の二句一章論に対し、鬼城は当初は反対意見を持っていたが、何度か書簡のやりとりをするうちに鬼城の理解も進み、その後の鬼城の作句にも影響を及ぼしたこともあったようだ。

鬼城と乙字が直接相見えるのは、大正四年十一月二十七日、乙字が、高崎のある俳人の歓迎句会に訪れた際に、鬼城の家に立ち寄った時のことだった。乙字はこの時に抱いた鬼城の印象について、鬼城の句が清らかにして力があることが、鬼城の寡黙さによってかえって雄弁に物語っていると感じたこと、主観的な句は鬼城のようにして初めて成り立つものだと感じたことなどを、件の高崎の俳人宛ての手紙に認めている。

さらには、「ホトトギス」雑詠句の中で、鬼城句は「泥中の蓮」であり、その他の句は学ぶ対象たり得ないとまで評している。やや言い過ぎの感もなくはないが、それほど鬼城および鬼城の句に傾倒していたことがわかる。
　乙字は、臼田亞浪にも予選を依頼した上で、鬼城の最初の句集を編集している。大正六年四月に中央出版協会より発行された『鬼城句集』である。鬼城は自らの句の整理の悪さを自認しているが、それを季題別の小冊子にまとめるのは大きな苦労が伴ったものと思われる。これは鬼城の句を世に問う初めての句集であり、鬼城の喜びもいかばかりであったろう。大正六年版『鬼城句集』より、乙字の序の一部を引く。

（前略）古来境涯の句を作つた者は、芭蕉を除いては僅に一茶あるのみで、其余の輩は多く言ふに足らない。然るに明治大正の御代に出でて、能く芭蕉に追随し一茶よりも句品の優つた作者がある。実にわが村上鬼城氏其人である。（中略）氏は自然に対してまことの同情を有するが為め、何物を詠じても直に作者境涯の句となつて現はれるので、句俳優の輩の遠く及ばざる處である。（中略）冬蜂の死所なくての一章、何ぞ凄惨なる。かの捨蚕といひ石を噛む蜻蛉といひ、皆作者の影である。氏の写す自然は奇抜の外形ではなく、深く其中核に滲透したる心持であるから、一見平凡に見えて実は大威力を蔵して居る。（中略）鬼城氏は作者として杉風を凌駕するのみならず、実に明治大正俳壇の第一人者なりと。又謂ふ彼の蕪村子規の徒の作は之を作ること敢へて難からず、鬼城氏の作は竟に学び易からずと。之を以て序となす。

当時は、今と違って簡単に句集にまとめて出版できるような時代ではなかった。ことに、鬼城のように経済的に苦しい生活を送っていればなおさらで、夢のような出来事であったろう。それまで「ホトトギス」の雑詠選として毎月数句ずつ取り上げられてはいたものの、鬼城の前半生の代表句を網羅したもので、俳句における鬼城という全人格を世の中に訴えかけることができたのである。鬼城は、このとき初めて俳句で世の中と本格的につながることができるようになった。そして鬼城の可能性が一気に広がっていくのである。

その後、乙字は、大正八年十月十二日に、突然、鬼城を訪問している。前日、秩父の長瀞（ながとろ）に泊まっていた乙字は、鬼城を驚かそうと、何の前触れもなく高崎の鬼城宅を訪ねた。あいにく鬼城は留守であった。家人に行き先を聞いて、子供たちを連れて烏川あたりを散歩している鬼城に会うことができた。わずか二時間ばかりの筆談であったが、鬼城にとっては嬉しい邂逅の時を味わうことができたことだろう。

写生も細かくなつて馬鹿らしい事ばかりよんでをるので、ホトトギス傾向益々だめです。子規の考へた写生とは違つたところへ脱線しました。子規の写生さへももつと進めば写意にならねば芭蕉に到達しないのです。況や、つまらぬ報告句は俳句の大堕落です。詩人はまれに産れるものです。言ふだけ言つた後、賢をまつ、やむにやまれぬものがありますから。俳人などどれもこれもつぶしてしまへです。

（徳田著『新研究』）

乙字ははっきりとした物言いをするところがあった。俳句会において批判を受けることもままあったのは、思ったことをこのように直截に言葉にしていたことが原因となっていたのであろう。

乙字が不意に鬼城を訪問した三か月後、大正九年一月、乙字はインフルエンザをこじらせた肋膜肺炎が原因で、三十八歳の若さで帰らぬ人となる。

鬼城は、「いつの頃にてか、鳴雪乙字及予、たま〳〵、常盤木社に会し三人居並んで撮影す、乙字最も年少、而して乙字先づ逝く」の前書のある弔句を詠んでいる。

春寒や二人居残り老ぼるゝ　　鬼城

松浦一と藤陵紫陵

松浦一は明治十四年（一八八一）一月に、東京市牛込区（現・新宿区）に生まれる。第一高等学校、東京帝国大学文科大学英文学科を卒業し、同四十四年東京帝国大学文科大学講師に就任。大正十四年同大学退任。同十五年から昭和十九年まで大正大学教授、同二十年より駒澤大学教授、同二十五年より中央大学教授をそれぞれ歴任。著書は、『文学の本質』『生命の文学』『文学の絶対境』など多数。昭和四十一年に逝去。

藤陵紫陵（しりょう）、本名は繁雄。明治十八年（一八八五）に、福岡県嘉穂郡に生まれる。同三十七年盛岡中学卒業後、法政大学等に学ぶ。同四十三年東京帝国大学文科大学英文学科に入学、大正二年同学科卒業。この間、松浦一に師事。

鬼城と藤陵紫陵の交流の始まりは、紫陵が大正六年十月に、宮崎の都城中学より高崎中学の英語教師に赴任してきたことによる。赴任直後に村上蚋魚の紹介で「紫苑会」での句会に参加。直接的な交流は、紫陵が大正八年十一月に静岡の掛川中学に赴任するまでのわずか二年間であったが、その間に鬼城に松浦一を紹介するなど、終生にわたる三者の深い絆のきっかけを作っている。その後も、紫陵は中学教師として全国を転々とするが、鬼城との心温まる手紙のやりとりは続く。

鬼城が亡くなる直前に、会ってみたい人として挙げたのは、小野蕪子、浅井意外、そして紫陵の三人であった。鬼城の妻ハツから、意識がはっきりしているうちに鬼城に会いに来てくれないかと手紙で頼まれた。また、鬼城の死後十四年経ったのちにも、紫陵から遺族に宛てて鬼城の遺品が散逸しないよう心を配った手紙を寄せてもいる。

紫陵が高崎に赴任して「紫苑会」に参加すると、鬼城は紫陵から度々松浦一のことを伝え聞くようになった。松浦の『文学の本質』と『生命の文学』を紫陵から借りて読み込んでみた。『生命の文学』の中で、松浦が、大正四年「早稲田文学」に掲載されたオスカー・ワイルドの「獄中記」から「芸術の心理は苦痛の中にある」という考えを引いて文学論を展開していることに共感を覚える。鬼城もこの考え方を参考にしつつ、自らの境涯を踏まえて「杉風論（さんぷうろん）」を書き、大正五年に「ホトトギス」誌に掲載していることから、文学に対する共通の考え方を持つ者として、松浦一に対する親しみと関心を抱くようになっていった。

　その後、鬼城は、紫陵を通じて大正六年版の『鬼城句集』を松浦へ送っている。松浦も鬼城の俳句を読み、鬼城と頻繁に手紙を交換する間柄となる。さらに、鬼城の境涯を理解していく中で、大学での講義や講演、著作の中において、鬼城の俳句を引きながら文学論を展開するようになっていく。鬼城と松浦一が直接相見えるのは、大正十年七月二十四日である。松浦は鬼城を生きた詩そのものであると評し、この段階ですでに鬼城に相当傾倒していた。特に、大正十年八月の國學院大學での夏季講演とそれをまとめた大正十二年七月出版の『文学の絶対境』がその双璧をなしている。

　彼は『文学の絶対境』の中で、アメリカの十九世紀の詩人、ウォルト・ホイットマンの文学論を展開するに際して、鬼城の〈小春日や石を噛み居る赤蜻蛉〉の句を引きながらホイットマンの死の詩を解釈している。

〈小春日や石を噛み居る赤蜻蛉〉の句は力みなぎる生き生きとした叙述であり、生の墓場に噛みついている人間とも連想することができ、我々の生の哀調をこの句の中に聞くことができると言っている。つまり、赤蜻蛉のような小動物の生の描写を通しても、我々人間が生きていく上での哀調が滲み出てくる。そしてその生は死の裏返しとしての生なのであり、鬼城の孤独悲哀なるものは、このことがわかって初めて理解できるとしているのである。


　村上鬼城翁の句に、「小春日や石を噛み居る赤蜻蛉」といふのがある。「石を噛み居る」とは何といふ力ある而して生き〳〵とした叙述であらう。併し実際之れが可憐なる赤蜻蛉と、堅く冷たき石との間の事柄である。此石を噛むとまり方を、私は又生の墓場に噛み附いて居る人間と連想する。赤蜻蛉の句が、秋の縮図を摑み出して、其れを覆ふ荘重なる哀調をしぼり出す時、吾々は又之れを以て吾々の生の哀調を此句の中に聞くことが出来る。けれども大切なのは此処である。此生の基調となる死の哀調にしみ〴〵と我が心を浸さなくては、魂の釈放のかの喜びは出ないのである。（中略）

鬼城翁が此頃私にくれた書面の中に、かういふ句があつた。――「只今の日本出来の文学といふもの多くは道楽文学にて俳句の如き其最たるものに有之畢竟痛い目に逢ふたことなき人達の遊び仕事故と愚考仕候願ふことには無之候へども凡人は是非とも一たび痛い目に逢ふて死の顔を見て来ること肝要と奉存候。」是れは真理である。真実であつて想像ではない。ホイットマンの死の詩は、即ち此死の顔を見て来た人の正直な話である。（中略）

死の顔を本当に見て来た人の魂は、皆一様に生きて居る。而して生きてる魂には、涙の洗礼は一様に、苦の洗礼は一様である。此引締つた魂を懐き、浮いた世間に暫しの間目を塞いで黙念すれば、鬼城翁が言ふやうな孤独悲哀が真に分る。

（松浦一著『文学の絶対境』）

この後、鬼城が没するまでの十五年間、鬼城と松浦はお互いを尊敬しつつ、深い交流を続けていく。松浦は鬼城の死に際しての惜別の辞として、「村上鬼城翁は私が知り得た真の詩人であつた。文学の白道を連れ立つて語るによき真の詩人であつた」と述懐している。

伊藤左千夫

伊藤左千夫、本名は幸次郎。元治元年（一八六四）九月に、武射郡殿台村（現・千葉県山武市）に生まれる。明治法律学校（現・明治大学）中退。錦糸町駅前で牛乳の製造・販売。明治三十一年新聞「日本」に「非新自讃歌論」を発表、正岡子規に師事。「馬酔木」および「アララギ」の編集者兼発行者。島木赤彦、斎藤茂吉、土屋文明らを育てる。明治三十八年「ホトトギス」に「野菊の墓」を発表。大正二年逝去。

鬼城と伊藤左千夫との交流は、明治四十年に高崎に赴任してきた村上蚋魚の紹介によるものであろう。蚋魚は左千夫の故郷の成東中学へ赴任していたので、短歌会での同席等の縁で親しかったに違いない。左千夫は明治四十四年九月、信州旅行の帰りに高崎に寄った際に、蚋魚の紹介で初めて鬼城に会っている模様である。同年十一月にも蚋魚に会いに高崎を訪れているが、この時にもおそらく鬼城に会っているものと考えられる。

高崎訪問の直後の同年十一月から翌年一月までの鬼城の日記に、長女直枝の縁談を左千夫に頼む手紙のやりとりを何回かにわたって行っていることを思わせる記述がある。直接会った際に、長女の来し方、行く末などについても語り合ったのかもしれない。会ってもいない人間にはなかなか頼めないことである。左千夫も鬼城同様、子供が多かったため、鬼城の境遇や考え方に共感するものもあり、同情の念を持っていたのではないかと想像する。

大正二年に左千夫が死ぬまで、文学論や俳論の交換をしている。大正二年六月十六日付の左千夫の手紙の一部を載せておく。虚子の句もやはり感心はしないと言い、俳句は芭蕉のもののみが面白いと言っている。また、鬼城の句を挙げ、理屈が勝ちすぎていないかとも評するなど、しっかりとした写生の上にも心情を大切にした柔らかい表現ぶりを重視していた彼の考え方を踏まえた論を披露している。

アララギ近刊にて俳句と叫びといふ題にて俳句も少し論じ候。近日御送り可致候、一句指教願上候。小生には、碧子の句も、其論も、不可解にて、賛成出来かね候。さりとて虚子の説も句も、矢張り敬服は出来なく候。

要するに、発句は芭蕉のものだけが面白く候。始めは小生等も蕪村の句が非常に面白く候ひしも、今は其面白さが遊び過ぎた感じが致して困り候。御垂示の、

浅間山の破裂知りたる牡丹哉

は、聊か不服有之候。其着想と感興とに理智の働きが多きに過ぎずやと存ぜられ候。破裂といふ詞も余り概念的、記号的に候はずや、如何。

老兄に対して俳句を論ずるは、釈迦に説法の感有之候へども、歌と俳句との関係を考へ居候際とて、思はず筆が走り申候。

（松本旭著『村上鬼城新研究』）

そしてこの一か月余り後に、左千夫は突然、四十八歳の若さで、脳溢血によりこの世を去る。

野茫々野菊の下に蹊を成す　鬼城

鬼城が「ホトトギス」に発表した左千夫への弔句である。

二　鞘町での暮らし

鞘町の家

鬼城は、高崎の中心部である宮元町や鞘町（さやちょう）など狭い範囲で何回か転居を繰り返している。最も長く暮らしたのは鞘町二十一番地一号の住宅で、少なくとも三十三年以上の長きにわたって住んでいた。

鞘町は、高崎城の壕にも近く、高崎の中心街の一角にある。当時も今も高崎の中心市街であることに変わりはない。ただ、モータリゼーションの発達により、多くの地方都市の歩んできた歴史に違わず、官庁や城址には近接しているものの、現在の人の流れは、高崎の郊外や高崎駅周辺の一部に移ってしまった感がある。鞘町の表通りは、今から半世紀近く前の私の学生時代には、中央銀座通りと呼ばれており、中心街北側へと続くアーケード街の入り口に当たっていた。しかしながら、ご多分に洩れず、今ではシャッター街と化し、地元の大学生が地域の活性化のための研究をしているなどという話も聞こえてくる。

もちろん、鬼城の鞘町旧居は現存しない。今は、地元資本のスズランデパートの立体駐車場となっており、当時の面影は全くない。現在のスズランデパートの建屋があるあたりは、当時の刑務所と鬼城が毎日通っていた裁判所があったところである。鬼城の通勤距離は百メートルもないほどの至近距離であった。今は、鞘町の表通りから、小さな稲荷神社の前を抜けて、スズランデパートの駐車場へ向け細い路地がある。この北側のデパートの駐車場の一角が鬼城の鞘町旧居のあった場所である。

当時、家の敷地面積は五十四坪余り、間口三間半、奥行き十三間の南北に長い長方形で、北側の大通りから南向きに、一間幅の路地が約九間続く奥まったところの突き当たりにあった。路地の突き当たりの敷地内には大きな桐の木があり、その奥に北向きの格子戸の引き違いの玄関があり、木造トタン葺きの二階建ての家であった。その二階の六畳間が鬼城の書斎であったようだ。

朝顔の栽培

一時、鬼城は朝顔の栽培に凝っていて、その頃は、庭が朝顔で埋め尽くされていたという。

当時の鬼城は、朝顔栽培のうちに坐禅と相通じる功徳があると感じていたらしく、「ホトトギス」明治四十三年十月号の「垣根の穴」にこう書いている。「マア栽培て見給へ、天地の化に賛するナンて、よくいひますが、そんなことはお茶漬前だ。そんなことは畢竟初心者のことです。少し研究が積んでくると、殆んど造化の工を奪ふことが出来る。が、マア那麼(そん)ナことは別として、栽培(やつ)てるうちは、正に思慮を絶して全く坐禅と同一の功徳がある」

また、「ホトトギス」明治四十四年九月号掲載の写生文「第二年目」によれば、「私は朝顔を栽培(つくり)始めて廿年にもなる、其間、シャツ一枚で、炎熱と戦て、船頭見たいになつちまッた。最初は、団十郎だの、浴後の美人だのッて朝顔(やつ)を栽培(つくつ)た、ラッパ咲の、釣瓶を取る性質(たち)のだ、其の時分は朝顔の趣味は、野趣に存するものとばかり思つてゐたから、従て一重咲の極(ご)く瀟洒(あつさり)したものを愛した」と言っている。

月さして一(ト)間の家でありにけり　　鬼城
朝顔のつる吹く風もなくて晴れ
春寒やぶつかり歩く盲犬

この家で詠んだ鬼城の代表的な句である。狭いとは言え、一間の家であったわけではなく少々の誇張が入っている。

二十坪余りの決して広いとは言えない庭には、四十種以上の草木を植え育てていた。鬼城は、日頃から庭木などの面倒もよく見ていて、自ら取木や挿木なども行っていたようである。

南隣に福田さんというお宅があり、そこの飼い犬マルは、蚕の蛹を食べすぎたせいで糖尿病を患い、目が見えなくなっていた。その犬が鬼城になついていたらしい。

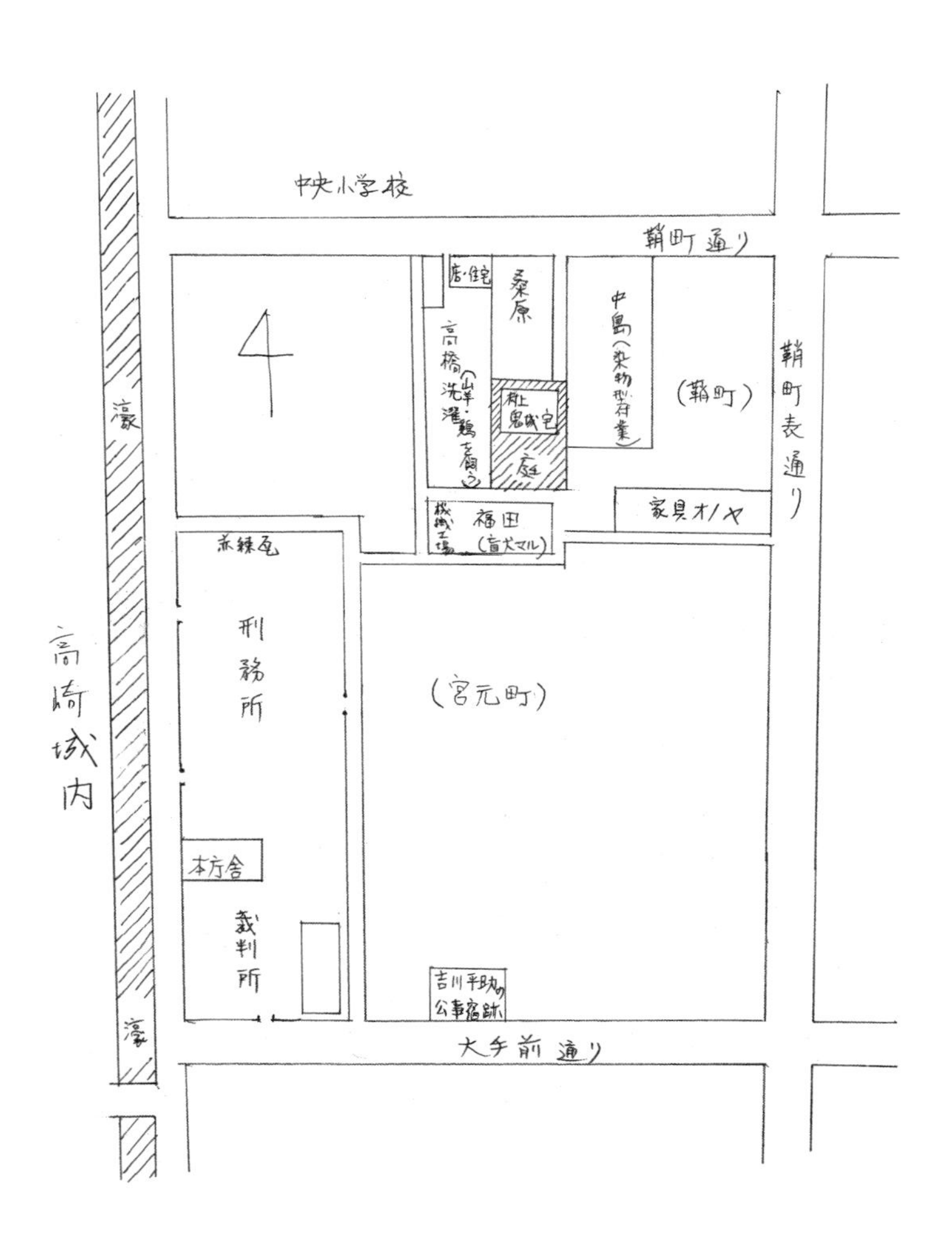

大正時代の鬼城宅周辺地図（鞘町）
（村上幹也著『俳諧生涯』より筆者が模写）

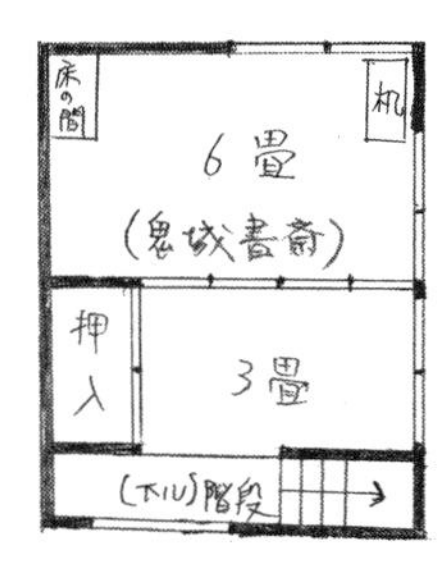

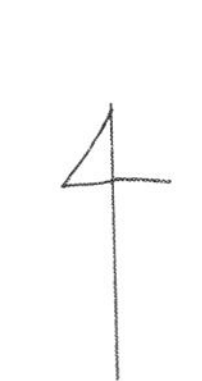

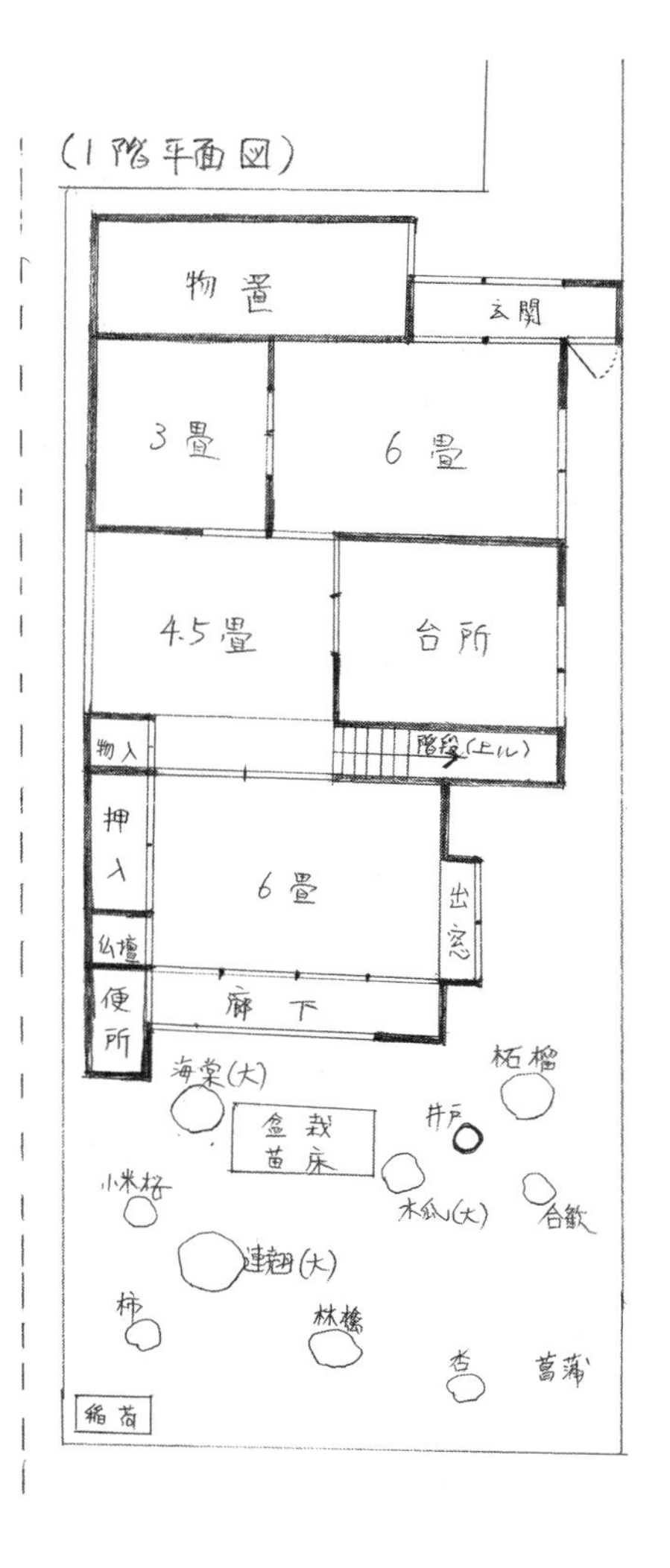

鬼城旧居（鞘町）見取図

（徳田次郎著『村上鬼城の新研究』より筆者が模写）

火事で焼け出される

鞘町の家の周囲は非常に細い路地が入り組んでおり、鬼城は毎日、福田さんの庭から通称毛虫横町へ抜けて、刑務所の高い塀を脇に見ながら裁判所へ通っていた。

この家が昭和二年六月四日未明、火事に遭った。火の手は隣家の染物型付業をやっていた中島光太郎方から午前三時過ぎに出たものとされる。折からの北風に煽られ、鬼城の家も含めて、あっという間に近隣の十六戸を全焼させた。翌日の上毛新聞には、「類焼に逢つた俳人村上荘太氏（筆者注＝荘太郎氏の間違い）は毎夜の例として、深更まで俳句の選をして居て寝について程なく出火したのであるが、聾の為之を知らず。令嬢に助けられ身を以てのがれ、裏口から知人の家へ辿りついたが百穂、鳴雪、虚子、其他名家の軸物をはじめ、東京大阪新聞雑誌社から委託になつた俳句原稿を全部烏有に帰したさうである」という記事が載っている。

当夜、家にいたのは、鬼城と妻のハツ、六女松寿子ら六人であった。松寿子の語るところによれば、火事に気づいた松寿子が二階に上がって鬼城を揺り起こした。鬼城は、補聴器と手文庫などわずかばかりの物を葛の中に入れて、寝巻のままで避難したようだ。鬼城はさらに運び出したいものがいろいろあったようであるが、松寿子に止められ、家族とともに、火勢の強い玄関を避けて、垣根を壊して隣家の庭を抜けて逃げ出したとのことである。

この火災によって、鬼城はほぼすべての財産を失ってしまった。鬼城の書斎には、大正六年版『鬼城句集』の表紙絵として用いられた平福百穂の「巌頭の松」の原画をはじめ、数多くの絵画や短冊の類や、貴重な資料等が所狭しと置かれていた。この時期、鬼城はこれまで様々な形で発表してきた数々の俳論をとりまとめた文集を制作しようとして準備を進めていたが、原稿や印刷物が灰燼に帰することで、この文集が世に出ることはなかった。何とも惜しまれる。

三．新たな草庵「並榎村舎」

「鬼城庵」再興のために

昭和二年六月四日未明に焼け出された鬼城一家は、とりあえず「五日会」同人の田島武夫宅に一か月余り身を寄せた。その後、七月に、「紫苑会」時代からの同人、浦野芳雄の紹介で、絹問屋の中島仙助所有の柳川町（やながわちょう）の別荘（柳川町百七十一番地）に仮寓することとなる。

その間、「五日会」同人や愛知・西尾の「山鳩」同人らが協力し、鬼城の新たな家「鬼城庵」を再興するために、「村上鬼城揮毫会」を設立し、資金を集めることとした。発起人には、浦野芳雄、田島武夫、中曽根白史、浅井意外、富田うしほ、金子刀水、浅井啼魚ら七十五名が名を連ねている。また、高浜虚子、河東碧梧桐、原石鼎、前田普羅、平福百穂、若山牧水、吉井勇、鈴木三重吉、野口雨情、土屋文明といった著名人たちも、賛助員として名を連ねていた。

その「村上鬼城揮毫会」の申込書が残っているのでその一部を掲載する。清規として、それぞれの金額があるが、この頃の一円の価値は今で言うと七百円近くになり、なかなか結構な値段である。

○鬼城庵再興について

過日類焼の難に遭つた村上鬼城はその後高崎市柳川町一七一に仮寓中であるのですが、この機にその草庵を閑静にして水火の災に犯されぬ郊外に移したいと考へます。

それはとりもなほさず、日本が稀に生んだ詩人として、其芸術と生活の痕跡を永遠に残したいからであります。今度も俳論集とか文法論とか云う既に世に出づべくして出でずにあつたものを焼いて了ひました。それ等は翁の余生を傾けても再びなし難く、俳道のため、否日本の文献に貴いものでありました。

かゝる見地から翁の将来を有意義に生かしめることは、又国家的事業の一と考へます。且、芭蕉の幻住庵とか一茶の俳諧寺とか云ふ、その名を聞いてさへある懐しみを感ずるやうな名蹟が、も一つ位日本にあつてもよくはないかと思はれます。

又今度の火災は翁の芸術及び生活の一大転換期であります。裸跣足で再び大地に立上らうとする翁の意気に従つて、翁の揮毫会を起しその費を得べく、企てまして左の清規によつて広く天下に同志を求めつゝあります。（中略）

揮毫会清規

一、種類　自画賛半切　拾五円
　　　　　半切（句）　拾　円

色紙　五枚（新年及四季）拾五円
　　　二枚　　　　　　　六　円
　　　一枚　　　　　　　参円半
短尺　五枚（新年及四季）拾　円
　　　二枚　　　　　　　五　円
　　　一枚　　　　　　　参　円

（徳田著『新研究』）

見晴らしのよい並榎町に新たな居を構える

この揮毫により、鬼城は筆跡も俳画も見違えるほど上手くなっていったようである。浦野芳雄ら地元の同人たちは、揮毫会で三千円が集まった頃から家探しを始めている。市の中心地と違って火事も少なく、鬼城が晩年を俳句に勤しみながら、ゆっくりと暮らしていける郊外の家を探していたところ、並榎町二百八十八番地に百七十八坪の好適地が見つかった。

今、村上鬼城記念館（鬼城草庵）があるところである。烏川を望む高台の土地で、現在は、国道十七号線と国道十八号線が分岐するあたりに近い。今ではすっかり家が建ち並び、眺望がよいとは言えなくなっているが、当時は田畑に囲まれた土地で、遠く赤城（あかぎ）、榛名（はるな）、妙義（みょうぎ）の上毛（じょうもう）三山や浅間山を仰ぎ、眼下には烏川の流れを望むことができる眺望のよい土地であった。

鬼城は、昭和三年七月にこの土地に移り住む。こののち十年余りここで暮らし、ここが鬼城の終の棲家となる。
鬼城はここに移り住むのがよほど待ち遠しかったのであろう、家が完成する前に早々と引っ越している。その直後に子供に宛てた手紙の中で、眺望の良さや風通しの良さを語っている。

半出来ノ中へ引移り、まだ大工が来てゴタ〳〵して居候。
新居ハ西上州の山河をひとり志めにして、眺望よろしく誠に普通の二階家より少し背が高いので、十ケ国位の山が見えるだろうと皆々申居候。この十五夜は定めてい丶月が見られ可申たのしみ居候。ソレに風通しが宜敷、暑さ知らずに御座候。
町へ出るのが、ちと不便だつたが、十五日から市内自動車がグル〳〵廻つて居、市営住宅ノところまで来ることになり候に付大きに便利になり候。

（徳田著『新研究』）

鞘町の住宅のように足の便は良くなかったものの、眺めのよい心地よい環境の中で俳句を作ることができるようになったことへの鬼城の喜びようが伝わってくる。

「並榎村舎」と名づける

鬼城は、この家を「並榎村舎（なみえそんしゃ）」（時には「寂莫山荘（じゃくばくさんそう）」とも言っていた）と名づけ、以後「五日会」等の句会はここで催すなど、自らの俳句活動の本拠にしている。

二階の書斎からは、君が代橋や烏川が眼下に見渡せ、その向こうに観音山（かんのんやま）、さらにその奥には、遠く浅間山を望むことができた。周囲には槙樝の垣根を巡らし、一面の田畑が広がっている。俳句の題材に事欠くことはなかったであろう。鬼城はこの部屋を「俳諧満室（はいかいまんしつ）」と呼び、大変喜んでいたようである。

鬼城は引っ越しの直後に、「山鳩」誌に「並榎村舎之記」として、二回に分けて、新たな鬼城草庵の模様を記している。一回目では、群馬から見た浅間山の景観を、長野から見たそれよりも優れていると贔屓目に見て詳述している。また、草庵からの妙義山、榛名山、そして赤城山の眺望の素晴らしさについても、事細かに記述している。さらに二回目では、君が代橋とそれを巡る歴史を、芭蕉や蕪村、一茶をも絡めて訥々と述べ、草庵から見る烏川と碓氷川（うすいがわ）の景観やそれに連なる乗附山（のつけやま）、観音山、そしてその向こうの妙義山の眺望について記している。

○並榎村舎之記（一）

妙義山がだん〳〵北へさがつて、榛名山の方へ這ひ寄るところに、浅間山が顔を出してゐる。浅間山はいふまでもなく信州の山（正しくは信州と上州のちょうど境の山：筆者注）だが、看望は信州よりも却つて、上州の方が優つてゐるやうに思はれる。いはゞ、信州は所有権を有するに止まり、収益権は上州にあるといつた形だ。其証拠には、信州路から浅間を詠じたものよりも、上州路から詠じたものが多いやうに見える。

誰だつけか、僕の浅間山の句を見て、上州人が、浅間の噴火に脅威を抱いてゞもゐるかのやうにいつたが、大昔は知らず、今日では、ちツとも、オツカナイことはない。（中略）ソレはソレとして、浅間山を上州路から見た寒中の景観は、恐らく、天下の奇観といつても、強ち、過言であるまいと思ふ。

名は忘れたが、或人滄浪の詩を評して「蛾眉天外雪中看」といつたことがある。峨眉山が雪をかむつて、白皚々として天外に聳つところ、厳の又厳、一字を加ふること能はず、神の前には頭がさがるのみ。

若し夫れ、寒凪の一日、草庵に来つて、浅間山を望見するものあらば、正さに之れ、一幅滄浪の詩を展開して、今に見るの感あるべきを信ずる。（以下略）

（『村上鬼城全集』第二巻「創作・俳論篇」）

○並榎村舎之記（二）

（前略）君が代橋は、昔の仲仙道の通路にして、烏川を跨いで、市と碓氷郡をつなぐ西毛随一の長橋だ。古老は、ジヤウ橋といふ、ドンナ字を書くにや、蓋し、ジヤウ橋は定橋ならんか。街道の開けて以来、こゝに架つて一日もかゝさず旅人を渡した古い橋らしい。

汽車が出来てからこのかた、旅人らしいものゝ通らないのは、いふまでもないが、其昔、和宮様は、関東御下向の御道筋、西から東へ御駕籠を渡させられ、明治大帝は、東山北陸御巡幸の御時、東から西へ鳳輦を進めさせられ、其外、幾多の人の渡つた橋だが、橋に問へども橋答へず、芭蕉も蕪村も、一度は渡つたらしく、一茶の如きは出入のたびに、幾度も渡つたのであらう。

（中略）

君が代橋から、十五六丁下流で、烏川が碓氷川に落合ふ。二川の落合ふとこは、草庵から見えないが、君が代橋をへだてゝ、ところ〳〵、田圃中にチラックのは碓氷川だ。碓氷川を、市外まで送つて来た小山が、君が代橋附近で、グイと、ソレて、乗附山となり、観音山となり、南の方へウネツて行く。

草庵と君が代橋と乗附山とは、一直線の上になつて、草庵から乗附山まで、一里半、二里はあるまじ。何米突位の山だか聞いても見ないが、シツカリと痔バンドをして、半日かゝりで、ユル〳〵登れば、どうかこうか、登れる山だから、大した山ではない。所謂、端山とか外山とかいふのであらうが、同じやうな山が幾つも重なり合ひ、つながり合つてゐるから、横に長く奥に深い。大正天皇が、皇太子でゐらせられた御時、こゝに鶴駕を駐めさせられた御跡が今に拝める。（中略）

乗附山が、西の方へ裾を曳いて、碓氷川へダラ〳〵とさがつてくるところに、遠く、妙義山が顔を出して浅間山の前を横切つて、榛名山の方へ這つてくる。（以下略）

（『村上鬼城全集』第二巻「創作・俳論篇」）

至仏山
武尊山
谷川岳
日光白根山
草津白根山
四阿山
小野子山
子持山
赤城山
袈裟丸山
浅間山
榛名山
烏川
高崎市
前橋市
妙義山
碓氷川
利根川
荒船山
鏑川
雨降山
赤久縄山
西御荷鉾山
10Km

群馬県の山河の地図

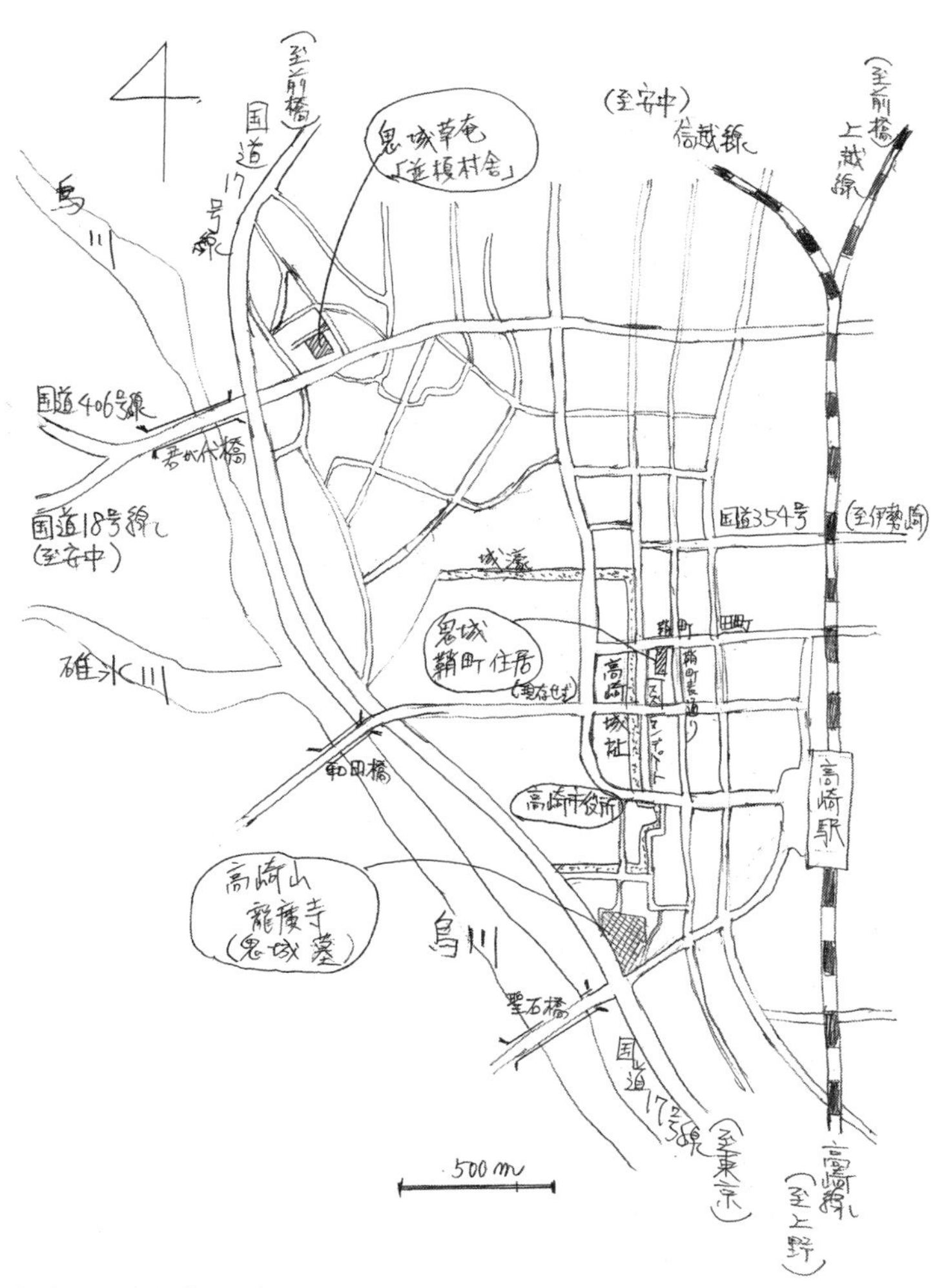

(至前橋)
国道17号線
鬼城草庵
「並榎村舎」
(至安中)
信越線
(至前橋)
上越線
烏川
国道406号線
君が代橋
国道18号線
(至安中)
国道354号
(至伊勢崎)
城濠
碓氷川
鬼城
鞘町住居
(現存せず)
鞘町
田町
高崎城址
鞘町表通り
和田橋
高崎市役所
高崎駅
高崎山
龍廣寺
(鬼城墓)
烏川
聖石橋
国道17号線
(至東京)
高崎線
(至上野)
500m

高崎市街中心部の地図

四．鬼城の俳画

六十の手習い

鬼城の絵画への関心については、彼が四十代の頃には雪舟や蕪村の絵も鑑賞しており、自らもいくつかの絵を描いていたようである。彼は、「紫苑会」をともに起こした盟友村上蚋魚との交友の中で、明治四十一年、彼が四十三歳の時に「鬼城南瓜の図」と題して、大きな南瓜を二つ描いたものに〈似たものの二人相逢ふ南瓜かな〉と賛したものを蚋魚に贈ったと書いたが、こうしたものが彼の初期の作であろう。

六女松寿子が言うように、鬼城が本格的に絵を描き始めるのは、高崎裁判所構内での司法代書人を辞めた六十歳前後からである。特に、蟷螂（とうろう）が好きで熱心に蟷螂の絵を描いていたそうである。「父の俳画は、六十の手習いで、最初に写生したのが玉蜀黍と記憶してます。庭に二、三十本実ったのですが、実よりも葉の方が勢いよく壮観でした。この時期はまだ絵の具は用いず墨一色でした。次によく写生したのが蟷螂です。庭で地面に這うような格好で描き始めると、蟷螂が向きを変える。父は蟷螂の動きに合わせ位置を移し長い時間の末描きあげました」（徳田著『新研究』）

鬼城は並榎村舎に移ってしばらくして、本格的に俳画を始めている。昭和三年に、大阪在住の日本画家、竹村秋峰(しゅうほう)との付き合いが始まったことによる。秋峰は鬼城に俳句を師事し、鬼城は秋峰に日本画を師事している。昭和四年五月、六十四歳から秋峰に絵の指導を受けるようになった。

鬼城は、俳画についての考え方をまとめた「琴中の趣」の中で、「俳句に入る心理経過と、俳画に入る心理経過とは、殆んど同じきが如く、どちらも、表現形式が、甚だ簡短だから、誰にも朝飯前の仕事のやうに見えるが、扨て、這入つて見て驚く、手も足も出ない。ムツカシイ哉。作画の業。先づ、目玉の錬磨を思ふ」（徳田次郎著『鬼城と俳画』）と言いつつ、画家の眼の鍛錬、頭の錬磨について、縷々論じている。

徳田次郎は鬼城の俳画についても詳細な調査をして『鬼城と俳画』を著しており、鬼城の賛句のある画賛総数は三百八あり、賛句の数は百九十九句あると述べ、賛句として頻度の高い次の九句を挙げている。

一〇点　吉日のつゞいてうれし初暦
七点　泉わくやとき〳〵高く吹上ぐる
七点　露涼し形あるもの皆生ける
五点　いとし子の手にも首にも菖蒲かな
四点　うと〳〵と生死の外や日向ぼこ
四点　お屏風に影一つ〳〵雛かな

四点　白雲の志つかに行きて恵方かな
四点　二人してひいて遊べよ糸桜
四点　水鳥や雪もよひする比良の山

見てわかるように、賛句としてよく使われているものには、彼の主だった境涯句はない。徳田次郎によれば、鬼城は、「俳画を単なる余技としての楽しみだけに考えず、画賛を通して自己の生活に潤いをつくりあげたのではないかと思う。何故なら物質的豊かさだけでは得られない精神的豊かさを、換言すれば、精神貴族とも自負しうる誇りと心の安らぎを画賛という芸術を通して求めたのではないかと思う」と分析している。絵を描くことは、晩年の鬼城にとって大きな生き甲斐となっていたと思われる。鬼城も死の間際の子規と同じように、絵による写生を難しい、難しいと言いながら、その鍛錬を楽しんでいたのであろう。

五.「五日会」と「櫻草」

晩年の句会「五日会」

ところで、鬼城の晩年には、句会はどうだったのだろうか。

大正十三年に村上蚋魚が名古屋に去ると同時に、それまで十六年間続いた句会「紫苑会」は解散となった。その頃の鬼城は、愛知の「山鳩」、大阪の「山茶花」、沼田の「茅の輪会」をはじめ、数多くの句会、新聞、雑誌等の選者を務め、多忙を極めていたが、自らの膝下に句会を開いていないことに、少し寂しい気持ちを抱いていたに違いない。

「紫苑会」がなくなって一年後に、鬼城はかつての「紫苑会」同人の浦野芳雄と地元高崎での句会の再開について話し合っている。芳雄は、鬼城の相談を受け、早速、高崎中学の六年後輩で小学校の教師をしている田島武夫に相談を持ちかけ、武夫が中曽根白史、竹中白夜らを誘い、句会再開の運びとなる。大正十四年四月五日（鬼城五十九歳）、再開後初めての句会が開催される。鬼城が「五日会」と名づけ、毎月五日に鬼城宅（当初は、焼失前の鞘町の家）において開かれることとなった。

鬼城の句会は厳しい。句会のメンバーでも何ら気遣うこともなく、辛辣な指導を繰り返していたに違いない。ともすると若い新たなメンバーは鬼城の指導に耐えられなくなり、すぐに辞めてしまう。結局、「五日会」も当初は、「紫苑会」同様、芳雄、武夫、白史、白夜ら限られた、少数精鋭による句会となってしまった。

句会の当日は、鬼城の句評や指導、俳談義に熱が入ることはもちろんであるが、俳句とは関係のない雑談が延々と続くこともあったようで、いつも日付が変わるような時間にお開きになっていたらしい。徳田次郎が「五日会」について面白いエピソードを紹介している。鞘町の家時代のことである。

大正十五年頃の「五日会」の句会について、鬼城の娘松寿子の語るところによると、鞘町の居宅二階で句会が始まると、深更にまで及ぶことは、しばしばであった。当時家には、母と娘四人に弟二人の合計七人が階下の部屋に居り、娘達は皆が帰るまで寝ずに起きていた。それというのも、部屋の間取りが二階から降りてきて、手洗に行くのに真中の室を通り抜けなければいけなかったこともある。句会の日は末っ子の肇（はじめ）は押入れの中で寝入るのが常であった。ある日、武夫が降りてきて部屋を横切ろうとした時、どこからか大きな鼾が聞え吃驚して周囲を見廻していたことがあったという。

（徳田著『新研究』）

「五日会」の俳誌「櫻草」

その後、鬼城が並榎に移ってからまもなく、市内の金融機関に勤める者たちの「稗の芽会」という句会が「五日会」に合流している。これにより、少しは賑やかになったようである。「五日会」も順調に句会を重ねる中で、浦野芳雄が「五日会」の俳誌発行を企画し、鬼城に相談している。当初、鬼城は雑誌発行の難しさを説き、思いとどまるように忠告した。だが、最後には芳雄らの熱意にほだされて、鬼城自らが「櫻草」と名づけ、題字を書き与えている。

ただ、昭和六年四月（鬼城六十五歳）に創刊号が出たものの、わずか一年で廃刊に追い込まれる。昭和七年三月号までの発行が確認されているのみである。

その後も、「五日会」の若手が雑誌の再発行を企図してはいるものの、鬼城に一蹴されている。

鬼城は、雑誌発行には、「『智慧』と『力』と『金』とが必要だ」と繰り返し、特に「力」のところを声を大にして、一同を見回して、あなたがた若者にはこれらが足りないと言わんばかりに切々と説き、諦めさせたようである。そんな大それたことを考えるよりも、若者には「先ず句作なるべし」さらに「句を作るより、先ず句を作る心を作れ」と忠告していた。

老いても歯に衣着せぬ句評は健在

「櫻草」には、毎号「鬼城俳談」が掲載されていた。鬼城の歯に衣着せぬ句評の一部を載せておく。

花曇寝覚めて寒き書院かな　　千鶴

（評）書院の寝覚めつていうなあ変なものだと思う。寝覚つて云うと昼寝をしていてだろうが、書院という所は昼寝をする所じゃあねえのだからなあ。「かみしも」をつけて昼寝をしているやうなもんだ。

春風や辻の地蔵の赤頭巾　　武夫

（評）辻の地蔵はひどい。これは三人組（最近二回ばかり来たが罵倒しつくされて撃退された月並の連中）の方で此方のものではないねえ。（一同失笑）

暗がりにこゞみて話す涼みかな　　三嶺

（評）なんだい。これはエロチックだ。（一同大笑）も一歩進めば風俗壊乱になる。

袴着に眉宇昂りたる笑顔かな　　芳雄

（評）これは浦野君の句だな。よし。君。眉宇昂つたと云うのは怒つたと云うことなんじやねえか、笑顔なんてえのは変だ。（一座失笑）

涼み人に裏戸の灯流れたり　　白史

（評）これも普通の句だ。僕が思うに涼み人といふのは素人臭いと思ふ。人というのは要らねえと思ふ。人事だからなあ。

電灯を戸口に出して涼みけり　　鏑泉

（評）詩のねえ俳句というものだ。

種市ののうれん赤し春の風　　思水

（評）こりやい丶句だ。種市ののうれんが赤いのは確かに春の風だ。こ丶にいて百姓のことなんかなか〳〵分らないねえ。種紙なんて云つたつて東京人には、から分らないねえ。先達つても東京の連中が五六人埼玉へやつて来て種紙といふ題を出されて閉口仕つて了つたそうだ。（叩頭して見せる）

どうだね白夜君、蚕のことなんかあ、もう長くこゝに居られるがさつぱり分るまいねえ。（白夜、補聴器を取って大分分つて来ましたと云う）それでも踏込んで聞かれりやあ参つて了うだろう。蚕が四度皮をぬいで、それをどうにしてぬぐなんて、（此頃は外で飼うのまで覚えましたよ。）皆踏込んで聞かれりや分らねえさ。そりやあ参つて了うよ。

（徳田著『新研究』）

袴着や宮居の桜返り咲き　　北零

（評）袴着ではこの句が圧巻だ。

なかなかはっきりした物言いである。いいものはいい、悪いものは悪い。さらに具体的な指摘をもって評しているので、大変きつい言い方だが、わかりやすい指導ではある。「こりゃいい」となるのは稀で、ほとんどが「ざらにある句だ」「よくわからねえ」「一通りの句だ」「平凡だ」などの言葉の連発であったらしい。田島武夫によれば、鬼城は、よく次のように言っていたようである。「選をする場合、僕は遠慮なんかしていられない。他に気がねをしていたら選などできるものではない。そんなことに気をかけていたら、芸術の道に忠実でないし、お世辞やオベッカは、みずからあざむき、他をあざむくもんだ。選と誘掖とは別個のものだ。こゝでこうやっている事は、竹刀で叩かせているようなものだから、どこを叩かれてもよいが、さて選となると、そうは行かない。互に白刃を提げて立ち会う時になると、のろまをしていれば、此方が斬られてしまう。もうそうなると稽古とはちがつて、弟子だから、親だからつて遠慮しているわけには行かない」（徳田著『新研究』）

鬼城の厳しさの一端を垣間見ることができる。

「五日会」は、鬼城が七十三歳で亡くなる直前の昭和十三年六月まで続いた。

六．鬼城の最期

最後の俳句

これまでも述べてきたように、鬼城は、大正三年一月号で「ホトトギス」の初巻頭を飾ってから、大正七年までに都合十八回の雑詠巻頭の座を占めている。この頃が鬼城の絶頂期ではなかろうか。「ホトトギス」の雑詠選上の一大スターであり、つまりはわが国俳壇のエースとなったのである。またこの頃、「真面目と哀れ」や「杉風論」などの主だった俳論が発表され、鬼城の俳句に対する考え方や姿勢が確立していった時期でもある。日々の生活を疎かにせず、真心を込めて、真面目に人や自然、そして人生に対処してきた結果、地味ではあるものの、詩情が深く、格調高い俳句を詠む俳人として、広く認められるようになったのである。有名になれば彼に教えを請う者も増え、

「山鳩」をはじめ様々な俳誌の選者、新聞紙上の選者、俳論の投稿等の仕事が一挙に押し寄せてくる。「司法代書人を辞め俳句が本業となるも、多忙を極め自らの作句に精力を注げないような状態となるのも必然である。

一方で、「ホトトギス」の雑詠選においても、大正十三年七月を最後に選ばれなくなり、若手の作家の台頭が進んでいく。鬼城をはじめとした第一次黄金時代の面々から、西山泊雲、鈴木花蓑の時代を経て、大正年代の末には、水原秋桜子、山口誓子、阿波野青畝、高野素十ら、いわゆる四S世代の面々にその席を譲っていくのである。

昭和に入ってからの鬼城に、これはというような句は存在しないと評する向きも多い。日野草城が言うように、以前よりも比較的恵まれた生活の中で、年老いて変化のない単調な毎日が続くことによって、追求する心が失せたのか、人生の厳しさに対して鈍感になってしまったのか、過去の類想句も多く、読む者の心を貫くような強烈なものは影をひそめてしまっている、といった指摘もなされている。私には、晩年の句が、それ以前のものと比べてみても、そう大きく劣るとも思えないが、そのような指摘があることには、多少のさびしさを禁じ得ない。

次の五句は昭和十三年二月、「高崎商工会議所月報」の「商工俳壇」に発表された鬼城最後の作品である。力を入れて悲哀を主張するようなことがなくなり、達観したような柔らかい感じのする心地よい写生句になっている気もするのだが、いかがであろう。

補聴機を祭つて年を送りけり　　鬼城

冬されや低くさがりて鳶の声
芝草の紅葉色濃く枯れにけり
うすらひの夕日にとくる芹田かな
べにがらをすてて濁りぬ春の川

死の間際

鬼城は、昭和に入り、新築なった「並榎村舎」に寄って「五日会」をはじめとした句会への参加、新聞、雑誌等の選者、俳論の寄稿など、充実した毎日を送っていた。昭和十一年八月に利根川落合簗へ吟行、九月には金子刀水宅での鬼城句碑の除幕式に出席したのを最後に、遠出をすることはなかったようである。

そして、昭和十三年二月には、寒さ負けからきた胃病と神経痛と称して、自宅に引きこもるようになる。この月の「五日会」を休んでいる。妻ハツをはじめ家族から見ても、この頃からめっきり身体が衰え、病状が本格的になっていったようだ。また、四月から五月にかけて近郊の磯部温泉に、休日の度に療養に行くもほとんど効果は得られなかった。

六月になると、医者から「意識の確かなのは今月中くらい」という診断を下された。もっとも、家族は本人には病状を知らせていなかったという。妻ハツは、朋友の藤陵紫陵（繁雄）宛に、鬼城の衰弱が甚だしいので訪問してもらえぬかという手紙を認めている。その際、鬼城本人には病状を伏せることも併せて頼んでいる。

また、七月には、浦野芳雄も、鬼城が会ってみたいと言っていたとハツから聞いて、小野蕪子、浅井意外、藤陵紫陵の三人に同様の手紙を書いている。

この時期になると、鬼城は、家の中を歩くこともままならなくなっていた。知らせを受けた小野蕪子が鬼城を見舞った時の様子を書き残している。


翁の病のことは全然知らなかつた。浦野芳雄氏からの便りで知つた。微熱があつたけれど生前もう一度会ひたく倅を介添にしていつた。翁は案外元気だつた。枕頭に私から贈つた油絵がかけてあつた（何か御見舞をときくと目で見る物以外は――といふ夫人の便りだつたので送つたのであつた。）私の自画像のヱハガキを幾度も見てゐられたといふ便りがあつた。――会ふと「やア変らねエ、君は若い、うらやましいなァ、僕もモウ七、八年生きねエことには」と頻りに仕事のことを云つてゐられた。六尺の床から動けねエなんてカラ意気地がねエともいはれた。小便垂れ流しなんテなさけねエとも云はれた。相変らずの翁でどうしても粥を食べないで困るといふ夫人の話であつた。

「俳句もいけねエのと戦ふんだ」と翁ははつきりいはれた。帰る時「見送れねエ、失敬」といふ声が聞えた。

（徳田著『新研究』）

この頃、日野草城が鬼城にとって手厳しい小論を「俳句研究」（昭和十三年九月号）誌上に掲載している。しかし家人らが病床の鬼城を気遣って、そのことを鬼城には知らせなかったことは前述したとおりである（108頁「日野草城」参照）。

浅井意外が鬼城を見舞った折には、医者である意外が診察し、ハツに「九月二十日頃まででしょう」と告げている。

俳人鬼城翁逝く

昭和十三年九月十七日、鬼城は胃癌のため七十三年の生涯を閉じることとなる。鬼城自身は最後まで胃癌であることを知らずに逝った。

亡くなる前日の九月十六日は、秋晴れでこんな気持ちのよいことはないとすこぶる上機嫌であった。家人に、「不如意の身分で大勢の人の見舞を受け、男子二人は専門学校へも出したのだから身に過ぎた事だ。有難い」と語り、葡萄二、三粒を口にして、「美味いから食べてみよ」と傍らで見守る妻にも勧めた。その後、おはぎを作るように言いつけたとのことである。しかし、翌朝には危篤状態になり、午後五時頃、介抱をしている周りの人も気づかぬうちに、眠るように静かに大往生を遂げた。

告別式は秋雨が降る中、九月二十日午後二時より「並榎村舎」で行われた。荼毘に付された遺骨は、高崎市若松町の曹洞宗高崎山龍廣寺（りゅうこうじ）に埋葬された。戒名は「青萍院常閑（せいひょういんじょうかん）　鬼城居士」である。

新聞各紙や雑誌が特集を組み、鬼城の死を悼んでいる。

○「上毛新聞」　昭和十三年九月十九日付

俳人鬼城翁逝く

上毛の持つ大きな誇り

高崎市並榎の寓居に宿痾の胃癌を養つていた俳壇の巨星鬼城村上荘太郎翁は十七日朝来病勢あらたまり夫人ハツさん、長男信氏等の家人を初め門人多数にみとられつゝ、遂に同日午後五時逝去した。享年七十四。

翁は慶応元年五月十七日鳥取藩の江戸屋敷内に於て三百五十石を頂く藩士小原平之進氏の長男として生れ故あつて母方の村上姓を名乗り、廃藩置県の際県吏を拝命した父平之進氏と共に高崎市に来たり高崎学校を卒業、（中略）現在の並榎に鬼城庵をむすび爾来清貧にあまんじ孤独を好み名利を超越し、自然の風物を友として淡々たる生活を送つていた。

有名な句としては、

ゆさ〳〵と大枝ゆるゝ桜かな
からかさにいつか月夜やほとゝぎす
浅間山の煙出て見よ今朝の秋
榛名山大霞して真昼かな

その他多数ある。

○「報知新聞」　昭和十三年九月二十一日付

霊前大家の句列

巨匠・鬼城の葬儀

全日本翁を悼む

俳壇の巨匠村上鬼城翁の告別式は秋雨煙る二十日午後二時から高崎市並榎の鬼城庵にしめやかに執行はれた。門下生のつどひ五日会を初め各方面から贈られた花輪に飾られた祭壇中央に〝青萍院常閑鬼城居士〟の位牌も哀しくハツ子夫人、長男信氏を初め遺族、親戚、知人の姿ひとしほに涙新たなものがあった。（中略）なほ翁の訃に接し俳壇諸名家から寄せられた弔句も高浜虚子氏の

鬼城翁（九月十七日）露月（同十八日）子規（同十九日）と奇しく並べるを読める

鬼城忌や露月忌子規忌相並び

を初め逝去を惜しんで寄せられた主なるもの次の通り

秋風のつゝみ申せしおん仏　松原地蔵尊
秋雨の音にかなしくゐたりけり　長谷川かな女
茶の木がつぼんでゐるに立つて冷えびえ　中塚一碧楼
補聴器も棺に納めん虫の声　貝島春光
大いなる仏ぬらすや秋の雨　大沢雅休

○「東京日日新聞」　昭和十三年九月二十一日付

全国から弔句山積

鬼城翁告別式宛ら俳句葬

秋雨そぼ降る昨日

俳壇に巨大な足跡を遺して十七日夕刻死去した村上鬼城翁の告別式は秋雨そぼ降る廿日午後二時から高崎市並榎町の鬼城庵でとり行はれた。若竹吟社門人連の五日会をはじめ各方面から贈られた花輪に埋もれた祭壇は庭園に南面した翁の臨終の部屋に設けられてゐた、参列者は実つた稲田の中を雨に濡れつゝ続々と同庵に赴いて俳人に適はしい告別式場につめかけ心から俳聖ともいふべき翁の冥福を祈つた。（以下略）

（『村上鬼城全集』第二巻「創作・俳論篇」）

鬼城は高崎山龍廣寺に眠っている。墓は寺域の北西の一角にあり、鬼城の墓石と村上家代々の墓が並んでいる。墓は市の指定史跡となっており、案内板が設置され、迷うことなく辿り着くことができる。鬼城忌の九月十七日頃は、山門から境内にかけて咲きほこる白萩が静かに風に吹かれている時期である。

鬼城の墓（龍廣寺）

鬼城が愛した自然・風土

高崎は、戦国時代までは「和田」と呼ばれていた。徳川家康の江戸入府の直後、慶長三年（一五九八）井伊直政が榛名山麓の箕輪（みのわ）からこの地に移った際に、初めてこの地を「高崎」と命名した。進言したのは、箕輪龍門寺の住職白庵（はくあん）である。井伊直政が、城地を決定するために鷹を放ったところ、現在の城跡の松の木にとどまったことから、「鷹が崎」や「松が崎」などという名が候補になっていてなかなか決めかねていた。直政が白庵の意見を求めたところ、白庵は「生物には、生死栄枯あり、公が命を奉じて、この城を築かれることは、盛事大名である。成功高大の義を取って『高崎』とされてはどうか」ということで命名された。翌年、白庵は、直政より高崎に呼ばれ、「高崎山龍廣寺」を開山している。龍廣寺には村上鬼城の墓と彼の句碑がある。

大寺や松の木の間の時雨月　　鬼城
泉わくやとき〴〵高く吹上ぐる

高崎は、江戸時代より、江戸からの上州の玄関口として、関東と信越を結ぶ交通の要衝として、相当な賑わいを見せていた。古くは鎌倉街道の終点として、また、信州への中山道と越後への三国街道の分岐点ともなり、東へは日光例幣使（れいへいし）街道が走っていた。さらに、烏川を利用した水運による物資輸送も盛んに行われ、江戸時代には、その賑わいにより「お江戸見たけりゃ高崎田町」とも唄われていた。

地形的には、関東平野の北西端に位置し、三方を山で囲まれている。ちょうど高崎のあたりで山が尽きて、坂東太郎と言われる利根川をはじめとした、いくつかの河川が出合って関東平野へと緩やかに注いでいる。

鬼城は七十三年の生涯のほとんどを高崎の地で過ごし、上州の山河、自然、そして風土をこよなく愛した。

記念館になった草庵

鬼城が「並榎村舎」と呼んで愛した草庵は、令和四年四月までは鬼城の孫である村上幹也、郁子ご夫妻により管理されていたが、現在は「村上鬼城記念館」として高崎市により管理されている。

周辺には、もはや田畑はない。住宅地の真っ只中、車がやっと通れるほどの細い路地の奥まったところにある。赤城、榛名、妙義の上毛三山や浅間山は言うに及ばず、近傍の烏川や観音山さえも望むことはできない。

記念館は、一般拝観が可能である。一階受付から玄関を上がり（現在の受付は少し奥まった別棟に変更されている）、右側が床の間となっており、往時「五日会」の句会はここで開催されていた。二階には鬼城自身が「俳諧満室」と呼んだ書斎があり、鬼城が使用していた机や硯、屏風、写真類など、各種資料が展示されている。なお、二階に上がっても、残念ながら榛名や浅間、妙義などの故山の遠望はかなわない。観音山から続く乗附の山がわずかに見えるだけである。

鬼城は当時、屋敷の周りに榠樝の木を数多く植えていたらしいが、今でも垣根代わりに何本かの榠樝の木があり、秋の実りの時期には甘い香りに包まれている。私は以前、この草庵を訪れた時に、村上郁子氏から黄色く熟した榠樝の実を一つ頂戴し、大変恐縮した記憶がある。

好日に一つたまはる榠樝の実　たくみ

鬼城記念館一階客間

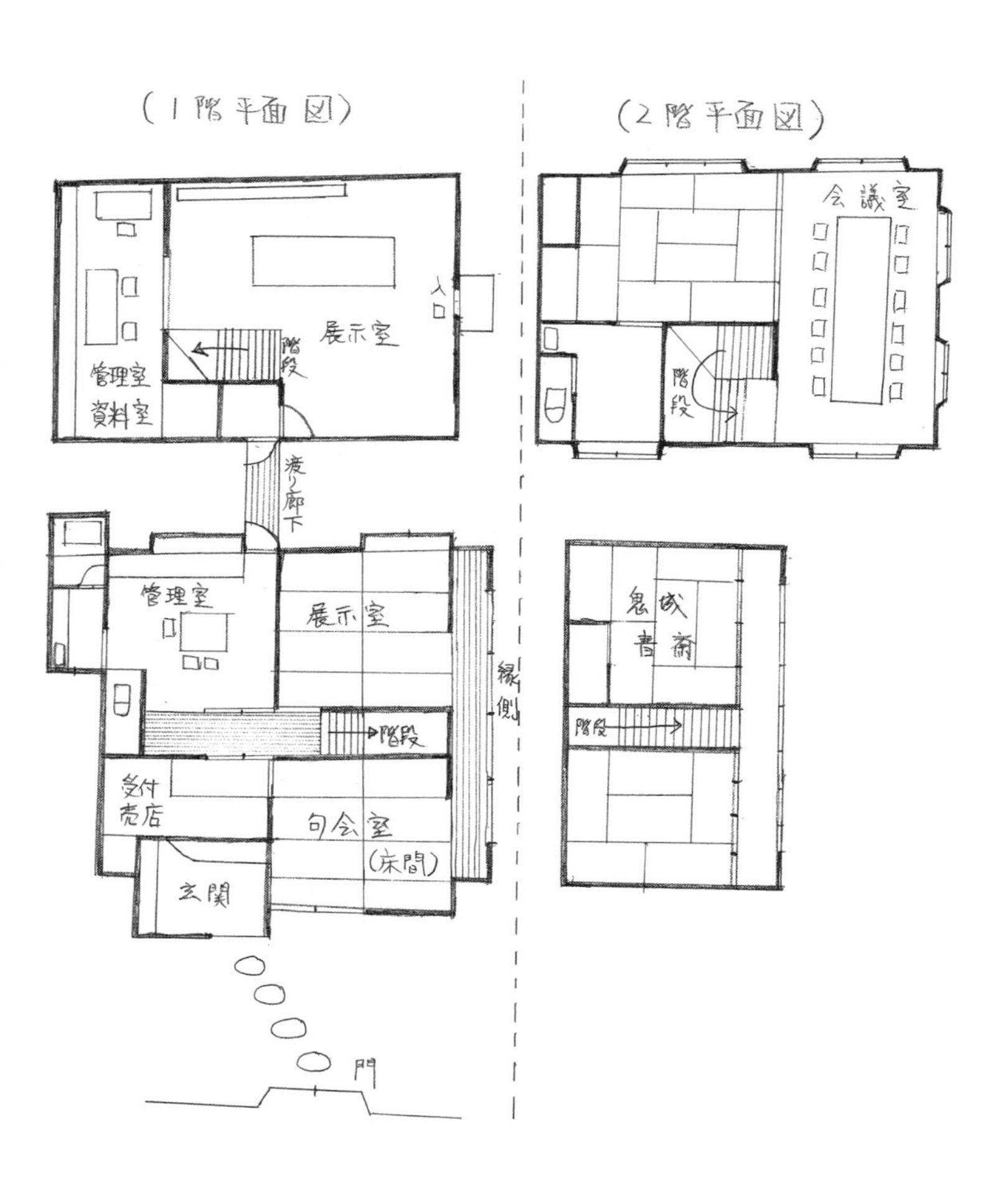

村上鬼城記念館見取図
（村上鬼城記念館備え置きのものを筆者が模写）

V 鬼城俳句の真髄

一・上州人鬼城

風土の中で培われた気質

鬼城は、江戸において鳥取藩士の家に生まれ、幼少期は神田界隈で暮らしていたが、その後、上州・群馬の人となっている。本人は、自分は生粋の江戸っ子であるとよく口にしていたようであるが、東京にいたのは少年時代、それも六、七歳までである。世の中のことについてある程度の判断ができるようになる頃から上州に住み始め、さらに成長して、最も多感な時期を、そして青春時代を、上州の山河に囲まれて、上州の風土の中で過ごしていく。青春の真っ只中に耳疾を患ったことにより、上州を長期間離れることもなく、東京、愛知、大阪およびその周辺に何回か旅をしたに過ぎない。むしろ上州に逼塞していたと言っても過言ではないだろう。そういう意味で、鬼城は紛れもない上州人である。

上州は、三方を山に囲まれている。そのうち北西方向の山並みは、わが国の脊梁山脈の一部をなし、高山が連なる。このため、冬には、日本海側に雪を降らせた季節風がこれらの山々を越え、「空っ風」となって、乾燥した冷たい強風が吹き荒れる。一方で、夏には、内陸性の気候のため猛暑となりやすく、時には山々を越えた風がフェーン現象を引き起こす。また、暑さと山がちの地形のために上昇気流が発生しやすく、激しい雷雨をもたらす。年間を通じて寒暖の差が激しく、冬の乾燥と夏の蒸し暑さを繰り返す厳しい環境の地である。

また、関東平野の北西端に位置し、そのほとんどが山岳地帯である。平坦な土地は、高崎、前橋より南東の、関東平野がわずかにかかる一部の地域に限られる。今でも噴煙を上げる浅間山や白根山など活火山が多く、榛名山も千年ほど前までは噴火を繰り返していた山である。このため、ほとんどの土地が火山灰土で覆われ、痩せた土地を形成している。したがって、水田にできる肥沃な土地は少なく、昔から麦や蕎麦、蒟蒻（こんにゃく）、桑などの工芸作物中心の作物栽培に限られていた。

こうしたことから、歴史的に見ても多くの人口を養えるような地域ではなかった。例えば戦国時代においては有力な領主が出てくることもなく、むしろ周辺の大大名の支配対象となる辺境地であり、常々その主が変わっていたところである。人々は厳しい環境の下で忍耐強く生き抜いていくことが当たり前となっており、その術を身につけていったのである。

群馬で子供時代を過ごした文学者でありキリスト教思想家の内村鑑三（かんぞう）に、「上州人」という漢詩がある。

上州無智又無才
剛毅朴訥易被欺
唯以正直接萬人
至誠依神期勝利

上州人は、貧しい地方に暮らし、井の中の蛙然として、無知無才である。飾り気もなく、人に騙されやすいが、人を騙すようなことはせず、真っ直ぐな心で人々に対する、とある。

村上鬼城その人も、毎日毎日、上州の山河を目にし、上州の風を受け止めて、そして多くの上州人に接することによって、「上州人気質」が醸成されていったに違いない。

沼田の「茅の輪会」の金子刀水は、「鬼城は引込み思案であったが気概はあつた。負け嫌いで多分にきかぬ気をもち癇癪もときぐ〳〵起した。上州人気質丸出しで口調も熱を帯びると巻舌でベランメーと云つた調子である」(『鬼城俳句俳論集』)と述べている。こうした「上州人気質」が、鬼城の俳句に大きな影響を与えていくことになる。

二、鬼城の俳論

人生観の礎

鬼城は慶応元年、武士の家に生まれている。仁義、忠孝などの儒教的な倫理のもとに、いわゆる武士道精神というものが身についていたに違いない。明治に入り、忠節をもって天皇に仕えることが国家、国民の道徳であった時代にあって、鬼城の中には、国家・社会のために尽くすという倫理観なり、基本的な精神性というものが、幼い頃から植えつけられていたことであろう。このため、青年時代の鬼城は、上州の厳しい環境のもとでも、漢詩や英語等の勉学に励み、自由民権思想に熱くなるとともに、軍人を目指すなど、国家の役に立つことを第一の目標として生きようとしている。どんな境遇に置かれても、何事に対しても、一途に、真面目に対処し、社会のために何かをなしていく人に憧れ、また、そのような人を目指していたものと思われる。

しかしながら、鬼城は若くして耳が不自由となり、前途洋々たる将来をすべて諦めざるを得なかった。鬼城の心の奥底には悲しい諦めの念が、少しの間、澱んだに違いない。これを、鬼城が捨てることのできないある種の諦念と呼ぶ者もあるが、あくまでも一時的な迷いのようなものではなかったか。やはり、先祖代々引き継がれた武士としての血潮が根底に流れ、その後徐々に植え付けられていった上州人としての気質が、彼の人生観を決定づけていったものと考えられる。

こうした鬼城の人生観を土台として、彼の俳句に対する姿勢は、松尾芭蕉の俳諧、正岡子規の俳句革新、高浜虚子の俳句復興等の考え方に接することにより、少しずつ形づけられていくことになる。そんな鬼城の俳論のうち代表的なものをいくつか取り上げてみたい。

「真面目と哀れ」

明治の時代にも、「俳句を可否する場合に自己が有する尺度標準如何」（「ホトトギス」明治三十五年十月号）、「新奇と陳腐」（同三十五年十二月号）、「趣味ある（成功）人事句と趣味なき（失敗）人事句」（同三十六年二月号）などの俳句に関する小論を投稿しているが、本格的な俳論と言えるものは、「ホトトギス」の雑詠巻頭として俳句が掲載され、その名が広く知られるようになった頃、「ホトトギス」大正四年一月号に掲載された「真面目と哀れ」である。鬼城の俳句に対する姿勢の本質を考える上で、非常に重要な資料である。まずは、この「真面目と哀れ」について見てみよう。

鬼城は、「真面目と哀れ」において、俳人の姿勢として大事なことは真面目であること、そして、そのためには哀れを知ることが必要であると説いている。

世の中には大切なこととそうでないことがあるが、俳人にとって最も大切なことは真面目であることだと、まず冒頭で簡潔に結論を主張している。

真面目というものは、儒者であれば誠意、仏者であれば仏心、そして俳諧では芭蕉の真心であり、つまりは一生懸命になった時の心の状態のことであるとしている。また、世の中のすべてのものは誰が見ても同じものであるはずなのに、見ようによって無意味なものに見えたり面白いものに見えたりするのは、心の持ち方によるものだとしている。

そして、真面目になるためには、ものの哀れを知ることが不可欠であり、哀れを知るということは我と天地と一つになること、天地を理解することだとも言っている。まさに、私心を捨て天地自然と我の合一を説く松尾芭蕉の「風雅の誠」を拠り所として、正岡子規の近代的な写生論をも参考としつつ、こののち、高浜虚子が提唱することとなる「客観写生」や「花鳥諷詠」にも通じる、俳句実作の基本的な心構えを説いているのである。

「真面目と哀れ」(「ホトトギス」大正四年一月号)から、一部を抜粋する。


何事にも本末といふことがある、古人も知所前後則近道矣と申して居、本末を正すといふことは大切なことである、今特にこれを俳人について考ふるに俳人は先以て真面目でなくてはならぬ。

（中略）

古いことを申すやうであるが、儒者は誠意といゝ、仏者は仏心といふ、ものに実行上から言つたことであるが、これを俳諧的に解釈すれば、芭蕉の所謂俳諧の真心となる、真面目と申したのは、これを態度の方から見たからである、其名は何ンと異ならうとも、要するに、厳粛なる意味に於ての、一生懸命になつた時の心状態である。

天地間の事物は、どう見たとて、たゞの事物である、誰が見たとて、同じであらねばならぬ、其同じかるべき事物が或は無意義に見え、或は有意的に見るといふは、畢竟心の持方、ソレたゞ一つである、即ち胸の鏡の良否に由るのである、（中略）俳人は善き鏡を持たねばならぬ。（中略）哀レを知ると言ふことは、我と天地を一つになるといふことである、天地は己レにして、己レは即ち天地である、他の語を以ていへば、天地を理解するといふことである、（中略）

いかに発明な人といへども、真の俳諧は、決して小手先では得られない、己が少しばかりの小手先の器用を恃んで、俳諧を侮る如きは、世智弁聡の小賢しき人間のすることである、涙一滴こぼさずに、真の俳諧が知れるものではない。

「写生の目的」

このような考え方は、鬼城が書き残した数々の写生論にも通底している。

例えば、「写生の目的」（「ホトトギス」大正四年十月号掲載）の中では、芭蕉の俳諧はすべて写生に帰するとした上で、俳諧の修行イコール写生の修行であると説いている。また、無情のものでも人情と少しも違うところはなく、ものの本性を知るべきであるとしている。この本情とか本性をしっかり写すのが写生の目的であり、自分と対象とが一体となったところで初めて写生がなるとしている。また、ここでは「愛の力」にも触れ、一瞬の愛の力がよりよく万物の情を知るとも言い、写生を全うするためには、対象を愛を持って見つめることが不可欠であるともしている。

俳句を志す者、あらゆる事物に全身全霊を込めて真面目に接することを基本としなければならない。そして、この写生の基本を体得するためには、自らの生き方、境涯を十二分に認識することが前提となると主張する。いわば広い意味での境涯俳句のすすめと言えるのではないだろうか。この境涯俳句とは、己が人生経験をよくよく踏まえた作句姿勢といった意味合いのものである。「写生の目的」(「ホトトギス」大正四年十月号)から一部を引く。

芭蕉一代の俳諧は悉くこれ写生にして、一つも浮きたるところはあらず。去来抄にも他門と蕉風とは第一案じ所に違ひありと見ゆ、蕉門は景情ともに有所を吟す、他流は心中に巧むと見えたりと言つて居る。

されば俳諧の修行といふは、写生の修行にして、写生即俳諧と申して差支はなく、写生するといふことは真実を求むるといふに異ならぬ。

(中略)無情のものといへども、草木瓦石より道具ひやうしに至るまで、己レ〳〵の本情を備へて、人情に少しも異りしところはない、(中略)物を作するに其本性を知るべし、若し、本性を知らざるときは、珍らしきもの、新らしきものに、魂を奪はれて、外のことになれり、(中略)

この本情とか本性とかいふものを写すのが写生の目的であつて、我と対象と、ピタリと一枚になつたところに、写生が終るのである。

（中略）この愛するといふことは、取りも直さず、神と交通するといふことであつて、愛の力は何よりも強く、愛の力一たび動いて、串通せずといふことはない、（中略）数ヶ月の看察よりも、一瞬の愛の方がよりよく万物の情を知ると、宜哉言や。

愛はやがて写生といふことである、写生は深遠の妙理である、いさゝか苦辞を陳ず。

「杉風論」

次に取り上げるのは、「杉風論」（「ホトトギス」大正五年十月号および十一月号掲載）である。芭蕉十哲の一人、杉山杉風も耳が悪く苦労人であったことから、自らの姿と重ね合わせた上で、杉風に関する俳論をまとめたもので、多分に鬼城本人の俳句に対する基本的な考え方を主張した作品ともなっている。

本論に入る前の前段部分で、誰でも人生の孤独や悲哀を経験し、物事の真の姿を知った上で、物我一如の境地に達すれば、俳諧を解することができるとして、「真面目と哀れ」にもあるような写生や俳諧に対する基本的な考え方を述べ、こうした考え方を体現しているのが杉風であるとの論を展開していく。

また、鬼城に対する虚子の「文芸的には、不幸は即ち幸福なり」との言を引き、人生の解釈は「苦しみの一事に帰す」とし、それぞれの経てきた経験のうちでも、特に「苦しみ」がその人生を決定づけるとしている。さらに、一般の人は目も見えて当たり前、耳も聞こえて当たり前と思っているが、それらをなくして初めて大切なものであったとつくづく納得させられる。杉風も単なる富豪であったならば、真の芸術や真の俳諧へと近づくことはなかっただろうとしている。

頑に月見るやなほ耳遠し　杉風

次に、杉風のこの一句を挙げて、己のすべてを十七文字に包んで投影していると評した上で、芭蕉の言「淋しさに居る者は、淋しさを以て、主とする」を引きながら、月を友として淋しさに棲んでいる杉風の姿を描き出している。

また、障害者の悲哀を言うときに、単なる障害だけでなくそれに貧乏が加わったときに、さらにその悲哀が増加することを説き、仮に、杉風が耳の不自由なことに加えてさらに貧乏を経験していれば、芭蕉を凌駕し、西行を凌駕し、杜甫までも凌駕して、大宗匠にもなったであろうとしている。なお、この貧乏の例として「十人の子を養う」ことを挙げ、稼ぎも少なく子沢山の、鬼城自らの悲哀に比肩しながら、論を進めている。以上は「小生の我田引水論にあらず」と念を押すことも忘れていない。

次に、誰の句集にもあることだがと前置きをしつつ、杉風の平凡なる句とまあまあ面目ある句をそれぞれ十数句ずつ挙げて、このくらいの句であれば、月並の俳人でも詠めるものだと言っている。その上で、杉風の境涯より生まれた句として、前出の「頑に月見るや」の句をはじめ二十数句を挙げて、これらの句は杉風の咽喉を破って出る哀音であり、骨肉の断片であるとして、苦しみ尽くした境涯より生まれた句をよしとしている。

また、杉風は、耳の不自由なことや老いに苦しみ、人生の辛酸をなめ尽して、「ものの哀れ」を知ることができた。また、己に泣くことができて、初めて他人を泣くことができる。己を哀れみ、そののち妻子を哀れみ、その心が天地の間に広がって、ついには万物を哀れむ心となると説くのである。その上で、慈悲や仁義、愛さえも自らの涙の結晶に外ならないとしている。

さらに、天地の悠久に対してちっぽけな人間の無力を知り、自らを投げ出したときに利己の観念が消え去り、利他の心持ちが生じてくると言う。

また、次のようにも述べている。芸術家、特に、俳人の技量は、物事の本質をいかに捉え、そのことをいかに言葉として表現するかによって決定する。このうちいずれかが欠けても駄目だとして、この二つが備わった者が名人となり、古来、この名人となれたのは唯一芭蕉一人であるとしつつも、その芭蕉でさえ誤ることがあるとしている。

そして、最後には、詩人としての杉風の聴覚の鋭敏さを示す句をいくつか列挙しつつ、音の奥に潜んでいる音、つまり、誰でも聞こえる音ではなく、特別の人に限って聞こえる音、その「真音」とも言うべき音を聞くのが詩人であるとしている。また、見ても見えず、聴いても聴こえない「鬼神」を取り扱うのが詩人の感覚であり、耳目をもってする単なる見聞だけではなく、「心眼心耳」をもって、物事を見極めなければならないとの詩論をもって結びとしている。

杉風論は、オスカー・ワイルドの『獄中記』の中の「芸術の心理は苦痛の中にある」との考えや、松浦一の『文学の絶対境』の中の「死の哀調にしみじみと我が心を浸さなくては、魂の釈放のかの喜びは出ない」との考えなどを踏まえつつ、「真面目と哀れ」における写生論を、杉風の境涯と俳句を例に、さらに掘り下げたものとしてまとめられている。特に、人生の苦悩や悲哀を土台とした写生のあり方、作句のあり方を丁寧に説いている。鬼城自身と同様に杉風が耳が不自由であったことで、自らの来し方、境涯と重ね合わせることによって、詳細な論を展開することができたのであろう。また、鬼城自らも、これから先こうした考えのもとに突き進んでいくという決意とも受け止めることができる。

その他の俳論

これらのほか、鬼城は俳論の中で、俳句はこうあるべしということを、様々な喩えを駆使してわかりやすく解説しているものも多い。いくつか例を挙げてみる。

「俳諧しやべり初め」(「山鳩」大正八年一月号)という文章の中では、俳句表現の際の心構えとして、剣客の試合を例に引きながら、簡単な考えで物事をつかみ、簡単な言葉を選んでくるのではなく、あらゆる努力を尽くして言葉を極めるべきだと述べている。

曾て、久米の平内(江戸時代前期の剣術家：筆者注)の話しを聴く。彼は、なか〲の剣客であつて、大概の奴にヒケを取つたことはないのだが、一日、柳生飛驒守と仕合した処が、上には上があつて、流石の平内も気力がつゞかず、竹刀持つ手も覚束なくなつた時に「ソレ其処だ」「今一ト息だ」と飛驒守に大喝されて、夢中に打込だ一本によつて、柳生の極意を悟つたといふ事だが、俳人も、其摑むべきものを摑んで、ソレを表現することが能きないで、苦心惨憺、必死の時は、平内が、へと〳〵になつた時であつて、最後の一撃コソ、悟りの開けると否との境目なんだから、苟も、名を成さんとする人は、其苦しい処に向つて驀進する覚悟コソ肝要なれ。

（『村上鬼城全集』第二巻「創作・俳論篇」）

また、「俳諧田地」（「山鳩」大正十年四月号）の中では、杜氏を例にして、理窟でもって小智小才を玩弄せず、対象物を作者の曇り無き内心の鏡で写し取れと言っている。

俳句を作るは、猶ほ、杜氏が酒を検する如くなるべし。思慮も分別も容れない処に向つて、宇宙の実相を看取し、而して、速かに、すくひ取つてしまうこと肝要なり。嗅ぎそこなつた匂ひを、追廻はす杜氏の如きは、思慮分別を以て、直観に代へんとするものにして、人意を以て、天意に比し、人間の声を以て、神炙の声となすものなり。

（『村上鬼城全集』第二巻「創作・俳論篇」）

「文学の元に還れ」（「山鳩」大正十年十一月号）では、写生を語る中で、鰻を例にして、文学としての俳句には永遠に残るような余韻が必要だと述べている。

某店の鰻でも竹葉（旨いことで有名な店の名前：筆者注）の鰻でも、同じもんだけれども、某店の鰻は、喉仏が、一回転するとそれ切りだ、あとに、何にも残らない。竹葉の鰻は、尻から抜てしまつても、あとに残つてゐるものがある。ココに至つて、同じ鰻にあらず、両方ともに、ウマイことは、ウマイけれども、一は、一時のウマサにして、一は、永久のウマサなり。松浦先生の生命の文学に、笛を吹き、太鼓を敲いても、其音が、笛を吹いてゐる時だけ、乃至、太鼓を敲いてゐる時だけに止まつて、笛から手を放し、太鼓から手を放すと同時に、其音が、バタリと止んでしまつては、永遠の生命はない。笛にしろ、太鼓にしろ、其音が余韻となり、余情となつて、漂々渺々として、無限に続いて行く処が尊いのだ、と教へて居られる処がある。千古の至言と謂つべく、こゝの処は、よく〳〵考へて貰ひたい。俳句は文学だ、しかも、堂々たる文学だ。一時の座興に弄ぶものではないから、眼先きも魂胆だけではいかぬ。文学の元に還れ。

（『村上鬼城全集』第二巻「創作・俳論篇」）

ほかにも多数の俳論から、鬼城の俳句に対する考え方や姿勢を読み解くことができる。簡潔に整理してみた。

・「俳句の異同は何に拠つて論ずべきや」（「ホトトギス」大正五年四月号）
　俳句の違いは、単にその外形により決すべきものではなく季題による
・「俳句習作家に告げて写生の態度を正す」（「ホトトギス」大正六年十月号）
　自然と人間とを結びつけることを写生の基本と説く

・「棒三昧」（「山鳩」大正六年十月号ほか）
　俳句表現のあり方を切々と説く
・「美化といふこと」（「山鳩」大正八年二月号）
　俳人は自然をよく研究し、写生に当たっては小才を弄することなかれと説く
・「緑陰幽草」（「山鳩」大正八年七、八月号）
　思いつくままの俳諧随想集
・「推敲論」（「山鳩」大正八年十二月号、大正九年一月号）
　いくつかの句を引いて、推敲の手ほどきをしつつ、作句における推敲の重要性を説く
・「俳句の領分」（「山鳩」大正九年二月号）
　俳句と哲学および科学との違いを述べ、俳句は季題を有する十七字の芸術であると詳述
・「季感論」（「山鳩」大正十年七月号）
　季題が動くことを例に、俳句に不可欠な季感を説く
・「俳諧寝覚の記」（「山鳩」大正十一年一、二月号）
　いくつかの著名な俳句を挙げて、随筆風にわかりやすく俳論を語る
・「山川悠遠」（「山鳩」大正十三年七月号）
　俳句は季感象徴の詩であるとして、具体的な句を引きつつ、季感と季題の違いを詳述
・「寂寞山荘夜話」（「山鳩」大正十四年五月号ほか）
　蝌蚪などを例にとって、俳句をはじめとした文学論を展開

など、今日の俳句や作句の手引書にまとめられている内容を網羅していると言っても過言ではない。

鬼城俳句のエッセンス

鬼城の俳句に対する考え方・主張のエッセンスをまとめてみる。

俳句はそもそも堂々たる文学であり、物事を物事として科学的に把握するだけでは不十分である。いつまでも読む者の魂に響くような、将来に残る俳句をなすためには、その対象に対して、心の底から、いわば「心眼心耳」をもって、必死になって接しなければならない。

そして、そのものと一つになり、そのものの本質を見極めたら、それを理屈で捏ねくり回すのではなく、いかにして心に刺さるような表現で言い表すか、苦心惨憺しなければならない。

さらに、この写生という俳句の基本を身につけるためには、日々の生活を疎かにせず、真面目に自然や人、宇宙の万物に接するとともに、そうした自らの生き方に裏打ちされた声を大切にすることが前提となる、という主張である。

焦点の当て方は異なるものの、こののち、高浜虚子が確立し、その後の俳壇における基本的な世界観ともなる「客観写生」や「花鳥諷詠」という考え方とも相互に影響し合いながら、その主張の一端が引き継がれていくこととなる。

なお、鬼城の俳句における「哀れ」や「淋し」等の多用により、彼の俳句を彼の諦念や境涯との関係から、「客観」から遠く「主観」の強さに特徴づける向きもあるが、彼の写生に対する考え方の根底にあるものは、それぞれの境涯を踏まえつつ、日々の生活や態度を疎かにせず、真面目に万物の哀れに接し、その真情を極めていくという姿勢にあることからすれば、物事を写しとっただけの「単なる写生」とは異なり、作者の心というフィルターを通した写生から滲み出てくる、詩として備えていなければならない「欠くべからざる主観」があるからこそ、詩情豊かな文学と評価できるのである。

三．鬼城俳句の特徴

鬼城の俳句傾向に迫る

俳句というものは、作者のそれまでの生き方や周りの生活環境はもとより、これらに影響されて形成された作者の内面性や思想性など、本人の生きてきた証のすべてが総合的に作用することによって、詩情あふれる一句として生まれるものである。つまり、広い意味ではすべてが境涯俳句なのではなかろうか。

鬼城であれば、その一句一句の詩情は、武士としての精神、上州という厳しい自然環境、耳疾、子沢山等による苦悩など彼の半生のすべてが合わさって作用した結果である。

いずれの作者においてもその長期間に及ぶ作句活動の中では、時代の変遷とともに、作者の心の変化等から多様な句が詠まれてしかるべきであり、それを平板に分類して特徴づけることにどれだけの意味があるのかとも思うが、鬼城が本格的に作句を始めた大正時代以降の主な句を、鬼城の生きてきた証を踏まえつつ、鬼城がどのようなことを考え、世の中に訴えかけていきたかったのかという視点も念頭におきながら、あえて分類して特徴づけてみることとする。

代表俳句の下には、当該俳句が初めて掲載された句集を明記した。それぞれの句集の概要については、二一二頁からの「VI　鬼城俳句鑑賞　三十句」を参照されたい。また、『未発表作品集』とは、『村上鬼城全集』第一巻「俳句篇」に掲載されている「未発表作品集」に掲載されている俳句である。（その他）とは、「ホトトギス」などの雑誌に掲載されたもので、どの句集にも収録されていないものである。

なお、代表俳句として、意識的に鬼城晩年の句についても読んでもらおうと考え、昭和八年の『続鬼城句集』に収録されたもの以降のものも、いくつか掲載した。鬼城が肩肘を張らずに自然体で、柔らかく写生に向き合うようになっていることがわかると思う。

ふるさとの自然・風土を愛す

鬼城は、日々目にし、日々接する上州の自然や風土を俳句の対象としてきた。中でもふるさとの山河を題材にした数多くの俳句を残している。山については、特に鬼城が住む高崎からその優美な姿がよく見える榛名山と浅間山を詠んだ句が多い。そのほか榛名山とともに上毛三山の一つをなす赤城山と妙義山も詠まれているが、そう多くはない。また、これら固有の山の名を冠した句以外にも、単に山河として、あるいは春の山、夏の山などといった季題としての山も数多く詠まれている。
一方、川については、特定の河川名を冠した句はないが、これも夏の川、秋の川などの季題として数多くが詠まれている。
また、ふるさとの風土として、上州の空っ風をはじめとした季節風や山から吹く風が様々な視点から詠まれている。同様に雷や夏の厳しい暑さも然りである。
彼は上州人として、高崎から見える山河の美しさをしばしば贔屓目に表現するなど、ふるさと上州の自然や風土をこよなく愛し、これらをしっかりと後世に引き継いでいく大切さを認識していたに違いない。

【上州の山河を詠む】

〈榛名山〉

榛名山大霞して真昼かな　　大正六年版『鬼城句集』
野を焼くや風曇りする榛名山　　〃
冬空を塞いで高し榛名山　　〃
種蒔や万古ゆるがず榛名山　　大正十五年版『鬼城句集』
笊市や霞かけたる榛名山　　〃
榛名路の往来止や霧しまき　　昭和八年『続鬼城句集』

〈浅間山〉

浅間山春の名残の雲かゝる　大正六年版『鬼城句集』
青葉して浅間ヶ嶽のくもりかな　〃
浅間山の煙出て見よ今朝の秋　〃
烟るなり枯野のはての浅間山　〃
鍬始浅間ケ嶽に雲かゝる　〃
梨さくや浅間ケ嶽のくもり勝ち　大正十五年版『鬼城句集』
土用の日浅間ケ嶽に落こんだり　〃
行年や月下にけむる浅間山　〃
浅間山上土用の雲の二タちぎれ　昭和八年『続鬼城句集』
浅間山の灰ふる空や凧　昭和十五年版『定本鬼城句集』

〈赤城山〉

赤城山に真向の門の枯木かな　大正六年版『鬼城句集』
元旦や赤城榛名の峰明り　大正十五年版『鬼城句集』
松取つて赤城榛名の横日かな　昭和八年『続鬼城句集』

〈妙義山〉

妙義山
峰寒く十三夜の月明り哉　大正十五年版『鬼城句集』
行秋や夕焼空の妙義山　〃
凩や妙義が嶽にうすづく日　昭和八年『続鬼城句集』

〈その他の山〉

春山や松に隠れて田一枚　大正六年版『鬼城句集』
石段に根笹はえけり夏の山　〃
雹晴れて豁然とある山河かな　〃
谷の日のどこからさすや秋の山　〃
秋耕や四山雲なく大平ら　〃
冬山の日当るところ人家かな　〃
冬山へ高く飛立つ雀かな　〃
よく光る高嶺の星や寒の入り　昭和八年『続鬼城句集』
冬山や岩のかけ目の吹出水　〃

〈川・河〉

春川の日暮れんとする水嵩かな　大正六年版『鬼城句集』

馬に乗つて河童遊ぶや夏の川　〃

夕焼のはたと消えけり秋の川　〃

出水して雲の流る丶大河かな　〃

冬川に青々見ゆる水藻かな　〃

舟道の深く澄みけり冬の川　〃

秋川に押戻さる丶野川かな　大正十五年版『鬼城句集』

冬川の底澄む水に咲く藻かな　昭和八年『続鬼城句集』

【上州の風土を詠む】

〈風〉

あか〳〵と大風に沈む春日かな　大正六年版『鬼城句集』

残雪やごう〳〵と吹く松の風　大正十五年版『鬼城句集』

夜桜や榛名颪のかゞり吹く　〃

颪垣のごう〳〵と鳴るおろし哉　〃

風除の大樫垣の霙かな　〃

凩や蒟蒻をふむ軒の下　昭和八年『続鬼城句集』

〈雷〉

雷の落ちてけぶりぬ草の中　大正六年版『鬼城句集』

吹落とす樫の古葉の雷雨かな　〃

草庵や隈なく見えて稲光　〃

春の雷一つ大きく鳴りにけり　大正十五年版『鬼城句集』

大雷やそれきり見えず盲犬　〃

雷や猫かへり来る草の宿　〃

雷晴れて夕日さしこむ岩屋かな　〃

八重雲やふたとこ光る稲光　〃

山小屋へ蝶を吹きこむ夕立かな　昭和八年『続鬼城句集』

夕立や祭すみたる飾牛　〃

春雷や風波かむる芦の角　『未発表作品集』

〈夏の暑さ〉

念力のゆるめば死ぬる大暑かな　大正六年版『鬼城句集』
暑き日や立ち居に裂ける古袴　〃
炎天や天火取りたる陰陽師　〃
桐さくや中仙道の油照り　大正十五年版『鬼城句集』
日盛や街道をひく牛の声　昭和八年『続鬼城句集』
痔バンドの腹に喰入る暑さかな　〃

弱者・守るべきものへの愛と同情

鬼城は、弱者に対する見方、描写に優れている。若くして耳疾を病むとともに、貧しい生活を続けなければならなかったという艱難辛苦の半生が影響していることはもちろんであるが、もともと武士の子であり、自分は弱者を守っていく大人でなければならないとの意識が、上州の厳しい環境下で生活する中で、徐々に培われていったものではないかとも考えている。

人間や生物は、必ず老いゆくものであり、死に至るものである。生きとし生けるもの、老いや死を前提としつつ、精一杯の生を全うすることにその美しさを見出すことができる。貧しき者をとらえた句も多く、貧しさに対する意識も相当に強い。もちろん、守るべきものとして、家族に対しても深い愛情を惜しみなく注いでいる。また、厳しい環境にもかかわらず必死に生き、花開こうとする動物や植物を写し取り、自らの境涯とも相通じるような主観を滲み出すことにも長けている。
写生論や文学論に接するまでもなく、こうした意識なり感覚が、最も世の中に訴えかけていきたかったもののはずである。彼の俳句を読む者も、人間生活をどのように全うしていくべきなのか、ちっぽけで弱々しい動植物にどのように接し、働きかけていくべきなのかを考えさせられる。

【人間の老死、貧しさ、家族への愛を詠む】

〈老い〉

老ぼれて武士を忘れぬ端午かな　大正六年版『鬼城句集』
幾人のコレラ焼きしや老はつる　〃
老ぼれて目も鼻もなし榾の主　〃
老ぼれて眉目死したる炬燵かな　〃
老が身の何もいらざる炬燵かな　〃
煮凝にうつりて鬢の霜も見ゆ　〃
こと〳〵と老の打ち出す薺かな　〃
たら〳〵と老のふり出す新茶かな　大正十五年版『鬼城句集』
三たび起きて蚊を焼く老となりにけり　〃
御年始や鼻つき合うて老の友　昭和八年『続鬼城句集』

老病の寝返りをするいとゞ哉　昭和八年『続鬼城句集』
よい〳〵の杖の力や藪じらみ　〃
老去つて何もいらざる炬燵かな　〃

〈死、死を前提とした生〉

死に〳〵てこゝに涼しき男かな　大正六年版『鬼城句集』
うと〳〵と生死の外や日向ぼこ　〃
棺桶に合羽かけたる吹雪かな　〃
棺桶を雪におろせば雀飛ぶ　〃
つめたかりし蒲団に死にもせざりけり　〃
死を思へば死も面白し寒夜の灯　〃
生きかはり死にかはりして打つ田かな　大正十五年版『鬼城句集』
死免かれず眼前に土塊寒し　昭和八年『続鬼城句集』

〈貧しき者への眼差し〉

遅き日や家業たのしむ小百姓　大正六年版『鬼城句集』
小百姓の飯のおそさよ春の宵　〃

初午や神主もして小百姓　〃
をう〳〵と蜂と戦ふや小百姓　〃
百姓に雲雀揚つて夜明けたり　〃
凍雪に仕事始や小舎の者　昭和八年『続鬼城句集』

〈家族に対する愛〉

たんと食うてよき子孕みね桜餅　大正六年版『鬼城句集』
男子生れて青山青し夏の朝　〃
たんと食うて大きうなれや今年米　〃
綿入や妬心もなくて妻哀れ　〃
蒲団かけていだき寄せたる愛子かな　〃
いとし子の手にも首にも菖蒲かな　大正十五年版『鬼城句集』
古雛や女房もちて四十年　昭和八年『続鬼城句集』

【必死の動植物を詠む】

〈必死に生きる動物〉

己が影を慕うて這へる地虫かな　大正六年版『鬼城句集』

白魚の九腸見えて哀れなり　〃

静かさに堪へで田螺の移りけり　〃

石の上にほむらをさます井守かな　〃

闘鶏の眼つぶれて飼はれけり　〃

蝙蝠や飼はれてちゝと鳴きにけり　〃

夏草に這上りたる捨蚕かな　〃

昼顔に猫捨てられて啼きにけり　〃

土くれに逆毛吹かるゝ毛虫かな　〃

痩馬のあはれ機嫌や秋高し　〃

大風や石をかゝへる赤蜻蛉　〃

小春日や石を嚙み居る赤蜻蛉　〃

痩馬にあはれ灸や小六月　〃

猫老いて鼠も捕らず炬燵かな　〃

鷹老いてあはれ烏と飼はれけり　〃
老鷹の芋で飼はれて死にゝけり　〃
老鷹のむさぼり食へる生餌かな　〃
鶏市や鶏くゝられて冬の月　〃
木菟のほうと追はれて逃げにけり　〃
冬蜂の死にどころなく歩きけり　〃
老猿をかざり立てたり猿まはし　〃
春寒やぶつかり歩く盲犬　大正十五年版『鬼城句集』
烏の子一羽になりて育ちけり　〃
大根引馬おとなしく立眠り　〃
凍蝶の翅をさめて死にゝけり　〃
鷹の子の眼けはしく育ちけり　〃
おとなしくかざらせてゐぬ初荷馬　〃
東風吹くや蹴爪鳴らして軍鶏戦ふ　昭和八年『続鬼城句集』
わら塚を這出る蛇や鶏の声　〃
桃ちるや戦ひ勝ちてしやもの声　〃
死にかゝる馬に李の落花かな　〃

ほの赤くはげかゝりたる金魚かな　昭和八年『続鬼城句集』
石段に蟻の戦ふ残暑かな　〃
鷹のつらきびしく老いて哀れなり　〃
稲つむや痩馬あはれふんばりぬ　昭和十五年版『定本鬼城句集』

〈必死に花開こうとする植物〉

川干や石に根を持つ川原草　大正六年版『鬼城句集』
五月雨や起上りたる根無草　〃
鬼灯の垣根くゞりて咲きにけり　〃
嵐して起きも直らず胡麻の花　〃
土くれにはえて露おく小草かな　〃
長々と根を引き這うて枯藻かな　〃
ほそ〴〵と起上りけり蕎麦の花　大正十五年版『鬼城句集』
痩梅のいくつか花をつけにけり　昭和八年『続鬼城句集』
ちりいそぐ彼岸桜の老木かな　〃
細苗の浮上りけり五月雨　〃
唐辛子赤くもならで枯れにけり　〃

芭蕉葉の玉巻ながら破れけり　〃
枸杞の実の霜ただれして落ちにけり　〃
水口に根をおろしたる藻草かな　『未発表作品集』

生命を持たないものへの呼びかけ

鬼城は、一瞬の愛の力によって万物の情を知ることが写生の基本であり、そのことを極めれば物我一如の境地に達することができるとし、作句の基本を説いている。その対象は動植物などの生物に限られるものではない。小さな石や露、氷などの生命を持たないものにも、愛の心を持って呼びかけている。

ただの石でも、身のまわりの生との関わりにおいて大きな役割を果たしているもの、長い時間の流れの中で命あるものの如く変動していくものなどを、大宇宙を構成するものの一つとしてしっかりと凝視して捉え、命あるものと同様に哀れを感じ、その存在そのものへの働きかけを忘れないのである。

〈石・岩〉

石ころも霞みてをかし垣の下　大正六年版『鬼城句集』

春雨やたしかに見たる石の精　大正六年版『鬼城句集』

虎耳草うゑる穴あり聖石　〃

迎火や年々焚いて石割る丶　〃

秋声や石ころ二つ寄るところ　〃

冷やかに住みぬ木の影石の影　〃

小さうもならでありけり茎の石　〃

老が手に抱きあげけり茎の石　〃

大石や二つに割れて冬ざる丶　〃

枯草にてらつく石の二つ見ゆ　〃

大石や蟻穴を出て二三疋　大正十五年版『鬼城句集』

五月雨やころげ落ちたる屋根の石　〃

秋晴や並べかへたる屋根の石　〃

畑中の大岩を吹く野分かな　〃

秋水のどこから湧くや岩二つ　〃

枯草やひろひ捨てたる畑の石　〃

大門にころがる石や草もゆる　昭和八年『続鬼城句集』

迎火をたいてこげ丶り履脱石　〃

風除やくゞりにさがるおもり石　〃

草枯れて石のてらつく夕日かな　昭和十五年版『定本鬼城句集』

〈露・雪・氷など〉

露涼し形あるもの皆生ける　大正六年版『鬼城句集』

とけて浮く氷の影や水の底　〃

岩蔭に片解したる氷かな　大正十五年版『鬼城句集』

春雪のとけてしみ出る岩間かな　〃

御仏にすがる涙や霜の声　昭和八年『続鬼城句集』

自らの環境・行動をしっかりと見つめる

鬼城の句には、別人格や動物などに対して、「哀れ」「淋し」など主観を吐露する表現をそのまま使ったものとは別に、特定の対象物や行動に焦点を当てて、わが身の哀れや淋しさをしっかりと見つめているものも多い。

耳が不自由なことで人前に出ることが億劫になっており、身近な動植物や自然を写し取るだけでなく、身のまわりの生活や行事に対しても、長い時間をかけて一人語りかけることも多かったはずである。動植物や自然に加えて、生活や行事などへ働きかけ、自らの置かれた境遇を再確認しているのである。そうすることによって彼の思想性の吐露へとつながっている。
鬼城の行動範囲等から、その趣味は限られている。もっぱら家の周辺を歩くことと、自分の小さな庭での土いじりを好んでいた。庭いじりの中でも、当時人気があった朝顔の栽培に相当凝っていたようである。朝顔栽培を「正に思慮を絶して全く坐禅と同一の功徳がある」(「垣根の穴」(「ホトトギス」明治四十三年十月号))とまで言っているのはすでに述べたとおりである。

〈わが身の生活・身近な環境〉

埋火や遺孤を擁して忍び泣く　(その他)
月さして一ト間の家でありにけり　(その他)
今朝秋や見入る鏡に親の顔　大正六年版『鬼城句集』
遅き日の暮るゝに居りて灯も置かず　〃
走馬燈消えてしばらく廻りけり　〃
十六夜ひとりで飲んで酔ひにけり　〃
秋の暮水のやうなる酒二合　〃
あるだけの藁かゝへ出ぬ冬構　〃
冬の日や前に塞る己が影　〃
提灯で戸棚をさがす冬夜かな　〃

寒き日や小便桶のあふれ居る　〃
庵主や寒き夜を寝る頬冠　〃
いさゝかの金ほしがりぬ年の暮　〃
煤掃いて卑しからざる調度かな　〃
元日やふどしたゝんで枕上　〃
大寒やあぶりて食ふ酒の粕　〃
庵主の淋しく蚤をふるひけり　大正十五年版『鬼城句集』
茗荷汁にうつりて淋し己が顔　〃
枸杞垣の赤き実に住む小家かな　〃
堅炭のくわんと音して砕けゝり　〃
ありがたくいたゞき申す雑煮かな　昭和八年『続鬼城句集』
寝積や大風の鳴る枕上　〃
貸借もなくてめでたし大三十日　〃
行年や戸棚をさがす蠟燭火　〃
凩や蠟燭箱を枕上　〃

〈自らの思想性〉

学問を憎んで踊る老子の徒　大正六年版『鬼城句集』

新米を食うて養ふ和魂かな　〃

糸瓜忌や俳諧帰するところあり　〃

芭蕉忌や弟子のはしなる二聾者　〃

埋火や思ひ出ること皆詩なり　〃

世を恋うて人を恐るゝ余寒かな　大正十五年版『鬼城句集』

ほとゝぎす和魂漢才の主人かな　〃

蕪村忌や師走の鐘も合点だ　〃

海鼠や善も思はず悪も思はず　〃

煮凝やしかと見届く古俳諧　〃

〈朝顔栽培等の庭仕事〉

接木してふぐり見られし不興かな　大正六年版『鬼城句集』

壁に題して主人を誹る接木かな　〃

柿の木に梯子をかける接木かな　〃

朝顔のつる吹く風もなくて晴れ　〃

泥塗つて柘榴の花の取木かな　　大正十五年版『鬼城句集』
朝顔に日の出るまでの倡和かな　　〃
朝顔やみあかしあぐるお朔日　　〃
朝顔の風雨にとざす草家かな　　昭和八年『続鬼城句集』
朝顔や百姓町の夜明空　　『未発表作品集』
朝顔や馬の嘶く門の内　　〃
朝顔や浅黄絞りの狂ひ咲　　〃

俳諧味を強く打ち出す

高浜虚子と出会い、「ホトトギス」の雑詠において上位を得られるようになって自信のついた鬼城は、俳諧味も豊富で大らかな句も数多く詠むようになった。それまでは、自らの耳の不具合に劣等感を吐露するような句を詠んでいたが、次第に劣等感の意識が薄れ、耳の不自由さを明るく捉えた句も詠むようになっていった。芭蕉の「軽み」や、虚子がのちに言う「極楽の文学」にも通じるような境地に近づいていったのである。もちろん、こうした「軽み」などの底には悲痛な心持が潜在しているものもあるのは当然である。こうした変化によって、より伝わりやすく、より強く、読み手や世間に対して訴えかける句が生まれていった。

〈耳の不自由さを明るく軽やかに詠む〉

治聾酒の酔ふほどもなくさめにけり　大正六年版『鬼城句集』

治聾酒や静かに飲んでうまかつし　〃

補聴機をたよりに老いぬ暮の春　昭和十五年版『定本鬼城句集』

補聴機を祭つて年を送りけり　〃

〈強い俳諧味〉

川底に蝌斗の大国ありにけり　大正六年版『鬼城句集』

鹿の子のふんぐり持ちて頼母しき　〃

親よりも白き羊や今朝の秋　〃

樫の実の落ちて駈けよる鶏三羽　〃

大南瓜これを敲いて遊ばんか　〃

これを敲けばホ句〳〵といふ南瓜かな　〃

屋根の雪雀が食うて居りにけり　〃

どこからか日のさす閨や嫁が君　大正十五年版『鬼城句集』

笠飛んで目も鼻もなき案山子かな　昭和八年『続鬼城句集』

何も彼も聞知つてゐる海鼠かな　〃

〈王者の風格〉

新茶して五ケ国の王に居る身かな　大正六年版『鬼城句集』
麦飯に何も申さじ夏の月　〃
秋空や天地を分つ山の王　大正十五年版『鬼城句集』
芋畑の月夜に住める王者かな　〃
龍王の湖心に跳る月夜かな　昭和八年『続鬼城句集』

心眼心耳で色と音を把握する

鬼城は「杉風論」の中で、事物の見聞は、耳目をもってするだけでなく、心眼心耳をもってしなければならない旨、述べている。五感を研ぎ澄ましてものの本質に迫ろうとする姿勢を貫いているのである。耳の不自由な鬼城にとって、色彩感覚は人並み以上に優れていたと思われるが、心耳で聴かなければならない音の世界は、やはり苦手意識があったのであろう。もちろん、音を表現している句もそれなりの数を詠んでいるが、単純な擬音語を多用するなど相当な苦労をして作句している様子が窺える。

〈優れた色彩感覚〉

いせの海見えて菜の花平ら哉　（その他）

山の日のきら〳〵落ちぬ春の川　大正六年版『鬼城句集』

吹きよせて落花の淵となりにけり　〃

谷川に朱を流して躑躅かな　〃

竹垣に咲いてさがれり藤の花　〃

藤浪や峰吹きおろす松の風　〃

涼しさや白衣見えすく紫衣の僧　〃

白菊に紅さしそむる日数かな　〃

山の上の月に咲きけり蕎麦の花　〃

蘆の芽や浪明りする船障子　大正十五年版『鬼城句集』

ゆさ〳〵と大枝ゆるゝ桜かな　〃

初雪の美事に降れりおもとの実　〃

初花の薄べにさして咲きにけり　昭和八年『続鬼城句集』

遠浅や月にちらばる涼舟　〃

遠里の雨夜にいそぐ花火かな　〃

蕎麦さいてくまなき月や大平ら　〃

〈音の世界〉

花ちりて地にとゞきたる響かな　　大正六年版『鬼城句集』
苗代にひた〳〵飲むや烏猫　　〃
傘にいつか月夜や時鳥　　〃
ぐわう〳〵と夏野くつがへる大雨かな　　〃
唖蟬の捕られてぢゞと鳴きにけり　　〃
じやぶ〳〵と鵜縄ひく子や叱らるゝ　　〃
暑き日や簾編む音ばさり〳〵　　〃
はた〳〵と蛇のぬけがら吹かれけり　　〃
鵙啼くや大百姓の門構　　〃
蟷螂のばさりと落ちぬ枕上ミ　　〃
小鳥この頃音もさせずに来て居りぬ　　〃
残雪やごう〳〵と吹く松の風　　大正十五年版『鬼城句集』
蟻出るやごう〳〵と鳴る穴の中　　〃
ごう〳〵と山なだれする夕立かな　　〃
ざぶ〳〵と素麺さます小桶かな　　〃
稲雀ぐわらん〳〵と銅鑼の鳴る　　〃

櫓田やひたく寄する与謝の海　大正十五年版『鬼城句集』
どうくと滝の鳴りこむ闇夜かな　昭和八年『続鬼城句集』
舟橋にひたつく浪や秋の雨　〃
乾鮭をたゝいてくわんと鳴らしけり　〃

四. 鬼城俳句の意味と今日的意義

鬼城の俳句観とその基本姿勢

鬼城は、弱者に対して優しい眼差しを注ぎ、深い愛と同情を寄せている。武士の血を受け継ぎ、上州の厳しい自然環境下での耳疾や貧しさと向き合った苦難の半生から、弱者の痛みを十分すぎるほど分かち合うことができるようになったのである。人間や動植物、命あるものだけではなく、命を持たない自然物に対しても同様に愛の心をもって接している。また、彼のこうした姿勢には、彼の心の奥深くに蔵されている、人間に対するおそれ、社会に対するおそれ、自然に対するおそれが、色濃く反映されている。詩の孤独というものを強く認識しているのである。一方で、その生活態度は、清貧の中にも厳格を極めている。俳句指導だけでなく、子供の教育や成長に対しても厳しい目を向けているが、これも皆彼の優しさの裏返しなのである。

鬼城の俳句観は、明治時代、松尾芭蕉の俳諧に対する考え方を土台として、俳句革新を掲げた正岡子規の近代的な写生論を学ぶ中で、徐々に形作られていった。子規から近代的な写生論の基本をしっかりと吸収しつつも、子規の俳句近代化の考え方とも違う、鬼城独自の写生観ともいうべきものを構築していく。具体的には、オスカー・ワイルドや松浦一の文学論に接することや「杉風論」を整理することにより、人の生き方やそれまでに味わった苦悩など、作者の境涯のすべてを対象物との対話にぶつけることで、より詩情の高い俳句を追い求めていくという姿勢に結実していったのである。

鬼城俳句の特筆すべき点は、俳句に対しての姿勢にある。俳句の基本を身につけるためには、日々の生活を疎かにせず、真心を込めて、時には愛をもって、真面目に人や自然、宇宙の万物に接することにより、万象の真実を描写することを究めなければならないとしている。つまり、彼の俳句世界は人や自然に対する真面目な生活態度に律せられるという、儒教精神にも似たものを土台としているのである。こうした鬼城の作句に対する姿勢、人生に対する姿勢の中から、地味ではあるものの、詩情が深く、格調高い彼の俳句が生まれるべくして生まれてきたのである。彼の俳句は、自らの良き生き方に裏打ちされた発露としての俳句、つまり「真情の俳句」とも言えるものなのである。

鬼城が俳句を学んでいたこの時代は、子規の俳句近代化の動きの中で、それまでの旧派における月並調の小主観を嫌い、新しい近代的な写生論を基本としつつも、文学としての詩情豊かな俳句を追求していくという、一つの大きな流れが確立されようとしていた時期である。高浜虚子も子規亡き後の近代俳句の基本を引き継ぐも、子規とは違う方向性を模索していた。いわば、今日まで続く近代俳句の揺籃期とも呼べるような時代であり、そののち、「客観写生」や「花鳥諷詠」という俳句界の中心となる世界観ができ上がるまでの過渡的な時代であった。鬼城は、このような時代背景の中で、自らの俳句観を確立していく。一部に、鬼城俳句をその悲哀と経済的困窮から狭い意味での境涯俳句と理解する向きもあるが、鬼城の「真情の俳句」とも言える精神性は、その後に続く多くの俳人と俳壇に忘れられることなく、その底流に息づいていくこととなる。

虚子の視座とその影響

虚子は、明治四十五年七月、「ホトトギス」に雑詠選を再開する。翌月、大正元年八月（この月改元）より、「ホトトギス」に「俳句入門」を連載し、平明にして余韻ある句を提唱し、翌二年の「ホトトギス」一月号の巻頭に高札を掲げ、守旧派を宣言して新傾向俳句に対抗していくこととなる。その後、鬼城も含めて多くの俳人をその雑詠選によって育てていく。こうした一連の動きが軌道に乗ってきた、大正四年四月から六年七月にかけて「ホトトギス」に「進むべき俳句の道」を連載する。虚子が半生を傾けた労作であり、当時最も整理された俳論の一つである。

その中に、三十二人の作家のそれぞれの個性をまとめた「各人評」がある。そこで虚子は鬼城について、「君の句は主観に根ざしてゐるものが多いに拘はらず、客観の研究が十分に行届いてゐて、写生におろそかでない」と述べている。鬼城俳句は、季題に真面目に向き合いつつ、客観的な写生を極めることによって、「欠くべからざる主観」となって顕れていることを評価している。

その一方で、「主観的の句」について「子規居士時代の俳句ならびに俳句に対する居士の主張と、今日の我等の俳句ならびに俳句に対する主張の上で著しく相違してゐるのは主観的な句である」として、主観的な句の注意点として次の四点を挙げている。

第一　主観の真実なるべきこと

第二　客観の写生をおろそかにしないで、どこまでも客観の研究に労力を惜しまないようにすること

第三　素朴とか荘重とかいう言葉を忘れてはならぬこと

第四　叙する事柄は単純であって深い味わいを蔵している句が一番好ましいこと

鬼城の俳句とその姿勢を念頭において挙げたのではないかと思えるほど、鬼城の姿勢や考え方にピタリと当てはまる。もちろん、鬼城の考えも子規の近代的な写生論のみではなく、奥深く主観を蔵している俳句をよしとしており、虚子の考えに沿ったものであることは言うまでもない。しかし、この「主観的の句」が「ホトトギス」投稿者を安易に主観句に走らせる結果を招いてしまう。

そこで、虚子は大正時代後半になって、猛然と「客観写生」を提唱するようになるのである。もちろん、「客観写生」と言いつつも、投稿者の指導のための言葉という意味合いが強い。虚子は、俳句は抒情詩であり、「万斛の憂いを秘めて吻とひと息洩らしたようなもの」とも言っているが、ただ主観を前面に出せば自然観察が疎かになることから、大衆にわかりやすいように、俳句は叙景詩である、としたのである。つまり、客観写生を疎かにしない抒情的な俳句ということであり、そ

の究極するところは、主客論が捨象され、主客が感じられず両観の混一したものであるということである。当然ながら、鬼城におけるところの「欠くべからざる主観」の俳句もこの範疇に含まれるものである。

「花鳥諷詠」とはなんぞや

その後、俳壇は、水原秋桜子、山口誓子、阿波野青畝、高野素十の、いわゆる四S世代を迎え、昭和に入ると、虚子は、「客観写生」という俳句の方法論を包含した一つの俳句観として、彼の思想の集大成ともいうべき「花鳥諷詠」を提唱することとなる。「花鳥諷詠」とは、「客観写生」という手法を駆使しつつ、季題を諷詠することである。当時、河東碧梧桐の新傾向俳句はすでに衰えを見せていたが、依然として無季俳句や自由律の俳句が跋扈しており、それへの対抗との意味合いもあった。

深見けん二（俳誌「花鳥来」主宰、令和三年没）は、NHKのカルチャーラジオ『選は創作なり』において、「花鳥諷詠」についてわかりやすく語っている。虚子の〈明易や花鳥諷詠南無阿弥陀〉を引きつつ、「虚子は、俳句は主観を直接に、また社会性、人間性を直接詠むものではなく、春夏秋冬の四季の運行に伴う自然界並びに人間界を詠むものであって、限られたものではあるが、俳句ならではの大きな世界が詠めることを実感し、花鳥諷詠を主張したのだと思う。季題を、花鳥を尊重するから、存問となり、また地獄を背景とした極楽を詠み、生きる力を得ると確信したのだと思う」とした上で、「花鳥諷詠は、単なる俳句観ではなく、信仰と同じだとも思われたのだと思う」

としている。

鬼城の俳句に対する世界観は、先にも述べたように、人や自然に対する真面目な生活態度に律せられるという、儒教精神にも似たものを土台としており、その姿勢としては信仰という意味合いにも近いものがあると言える。

晩年の鬼城の立ち位置

昭和のはじめには、無季俳句を容認していた吉岡禅寺洞と日野草城が「ホトトギス」同人から除名されるという事件が起こる。また、虚子が「ホトトギス」（昭和三年十一月）の「秋桜子と素十」で両者の写生の違いを論じたことを契機として、四Sの一人であった水原秋桜子がさらなる自己表現と抒情の追求を掲げて、当時の俳壇そのものとも言ってもよい虚子および「ホトトギス」と袂を分かつことを決意する。昭和六年十一月号の「馬酔木」に「自然の真と文芸上の真」を発表して、「ホトトギス」を離脱するのである。

特段の記録が残っているわけではないが、詩情豊かで高い抒情を追求するという点において、また、松尾芭蕉の「俳諧の真心」を標榜する身として、鬼城は秋桜子の考え方にもある程度の理解を示していたのではないかと想像するところである。

虚子をよく知る深見けん二も、自らの著作『虚子の天地』において「秋桜子と素十」についてこう述べている。

虚子が「厳密なる意味に於ける写生と云ふ言葉はこの素十君の句の如きに当て嵌まるべきものと思ふ。」と述べたことは、秋桜子の「調べ」と「構成」による写生が作品に顕著に現れて来た時、やがて俳句の骨格である「切れ」が失われ、自然尊重の写生主義から外れ、自我の表出に至ると考えたからだと思う。虚子自身の文学的志向は理想派で、素十より秋桜子に近い。主観を俳句で活かすためには、あえて客観の枠が必要であるというのは、虚子の俳句発展に向けた戦略でもあった。

秋桜子の離脱当時、鬼城はすでに六十六歳であった。自身は何か特別な行動を起こすこともなく、高浜虚子を終生の師と仰ぐ姿勢に変わりはなく、「花鳥諷詠」の傘の下を離れるなどとは微塵も考えることはなかったに違いない。

なお、鬼城は亡くなる年（昭和十三年）に、或る人から「推挙する俳人は誰か」と訊かれて、臼田亜浪と答えたという逸話がある。臼田亜浪は大須賀乙字などと近く、虚子とは遠い。このことから、鬼城も内心は別の考えを持っていたかもしれない、と類推することもできる。

流れは「近代的自我の自己主張」へ

その後、水原秋桜子の下には、石田波郷、加藤楸邨、山口誓子らの俊英が集い、新しい俳句の模索がなされていくこととなる。また、戦後には、桑原武夫による第二芸術論の批判に抗していくとの意味合いから、近代人としての自己実現・自己表現を目指して、人間探求派や社会性俳句、前衛俳句などその後の現代俳句へとつながる大きな流れとなってゆく。戦後の経済社会が急速な近代化を遂げる中で、文学や俳句の世界においても「近代的自我の自己主張」が本格的に展開される時代となってきたのである（岩岡中正著『虚子と現代』参照）。その結果、哀れや情といったものを解する心を失い、ひいては自然や宇宙との関係性が希薄になってしまったのではないかとの指摘もなされるようになる。

一方で、森澄雄の「無頼としての花鳥諷詠」のように、人生の無常の経験から本当の自然が見えてくると主張するなど、花鳥諷詠の再評価の動きも見られるようになる。この辺は、真面目な生活と苦しい境涯の中より真の写生と俳句が生まれるとする、鬼城俳句の姿勢とも相通じる考え方である。むしろ、鬼城俳句への回帰といっても言い過ぎではないという気もしてくる。

花鳥諷詠という考え方は、今や古臭くなっているのではないかとの指摘もある。俳句の世界だけでなく、どんな分野でも伝統的な考えを旧弊だ、時代遅れで古臭いとして排除しようとするきらいがあるが、基本的かつ根源的な考え方を、そうそう簡単に切り捨ててしまってよいものかどうか。岩岡中正（俳誌「阿蘇」主宰）は、花鳥諷詠という世界観の問題点・課題を指摘しつつも、「虚子の花鳥諷詠の思想は文芸理論であると同時に世界観であって、子規の立場とは異なる、反近代の文学」（『虚子と現代』）とした上で、近代的自我への反省を説き、脱近代としての花鳥諷詠論の再評価と回帰を呼びかけている。

花鳥諷詠の再評価を希う

現代は、伝統俳句や現代俳句を標榜して多くの結社が乱立する中で、多様な考え方で俳句が作られるようになり、俳句大衆化の時代を迎えてはいるものの、新たな俳句の将来像も見出せず、一種の行き詰まり感を抱えつつあるのではないか。これは現代の世相的なものもあるかもしれない。俳句関係者だけでなく、世の中の人すべてが不安の中にいるような気に充ちている。

わが国は、戦後の高度経済成長など、世界が羨むほどの急速な近代化を成し遂げ、バブル経済を経験し、その後の長い経済の停滞、度重なる震災や原子力災害、水害等の発生、はたまた目に見えない新たなウイルスの蔓延や戦争の連鎖に怯えるなど、多くの国民が閉塞感に包まれていると感じながら今を精一杯生きている。我々は、いつしか感情を押し殺し、詩情や情緒、人情、情念、余情といったものを切り捨て、人間本来の有り様を脇に追いやってしまっているような気がしてならない。

これからの社会は、自然環境との調和・共生、持続的な経済社会の発展などが求められる中で、花鳥諷詠という考え方は、脱近代的な世界観として、以前にも増して世の中に働きかける大きな視点の一つになり得るものと考えられる。来るべき新しい社会の実現を考える時、現代俳句にみられるような社会性や人間存在としての積極的かつ直接的な働きかけも必要であろう。だが、そもそも土台となる精神性として、我々人間が利己的な自己主張を抑制しつつ、どんな小さな自然物の一つひとつをも主体としながら、自然や宇宙の運行に随順するという、いわば真心のこもった働きかけも重要な意味を持ってくるのではないか。

鬼城は、こうした花鳥諷詠の思想性・精神性にも影響を及ぼしつつ、人や自然・宇宙の万物に対して、優しさとおそれと厳しさの意識を持って、「真情の俳句」とも言える世界観を体現した。鬼城の世界観は、これからの持続可能で新しい世の中を導くための一つの見方、一つの力となり得るのではないだろうか。

鬼城の考え方が今も脈々と息づいているかといえば、決してそうは言えない。実際、彼の俳句世界観を引き継ぐ結社はごくわずかである。鬼城は、あくまでも大正から昭和初期にかけての短い一時期に、独特の境涯を背景として光輝いたに過ぎないとされる「孤高の俳人」であった。

昨今の俳壇では、これまでと同様な手法や着想、発想を遠ざけ、新しいものばかりを求めるきらいがある。もちろん、陳腐な着想であってはならず、芭蕉の時代から言われるように、常に新しみを追い求める姿勢は必要不可欠ではある。しかし、言葉や考え方は新しいけれども、詩情や余情の感じられない俳句には魅力がない。詩情豊かで、世の中に強く響く句が詠まれ、「真情の共感」を多くの読者の心に広げるようになることを、私は願う。

次の新しい時代を前にして、もう一度、社会へ参画する、俳句へ打ち込む、基本となる大きな世界観として、花鳥諷詠という考え方を再評価し、「孤高の俳人」鬼城を現代に蘇らせ、彼の「真情の俳句」とその世界観を再認識すべき時機ではないかと考えている。

Ⅵ

鬼城俳句鑑賞　三十句

一．鬼城俳句の全容

鬼城俳句はどういうかたちで残っているか

鬼城は大正六年版『鬼城句集』を編むに当たって、例言にこう記して、己が俳句の整理の悪さを嘆いている。一部を抜粋しよう。

　私は、此句集を作るに当り、自分で自分にあきれてしまつた。私は、不敏ながらも、俳句に全力を傾注してゐると自ら信じてゐる。句帳位は、当然、出来て居るべき筈である。然るに、私は、句帳どころか、句が、たゞ、鉛筆で次第もなく、手帳に書きつけてあるだけのことで、固より分類もなく、四季の区別すらなく、どの句が、何時、どこで、出来たといふやうなことは、殆んど知るに由なく、ソレのみならず、此句集が、明治何年に始まつて、大正何年に終つてゐるといふやうなことも、確とは知れず。

いつどこで詠んだものなのか、本人もはっきりしないものが多いようだ。したがって、「ホトトギス」での掲載年月がいつなのか、何年版の句集に掲載されているかということと、俳句の内容などから総合的に判断して、いつ頃詠まれたものなのかを類推せざるを得ない。

「ホトトギス」に掲載されたものは、全部で千八十句あり、それらの掲載年月はすべてわかっている。句集は全部で四冊発行されている。大正六年版『鬼城句集』（合計千六十二句を収録）、大正十五年版『鬼城句集』（合計千八百四十五句を収録）、昭和八年版『続鬼城句集』（合計三百五十句を収録）および昭和十五年版『定本鬼城句集』（合計二千三百十六句を収録）の四冊である。

そのほか、鬼城の句としてまとめられたものに、昭和二十二年に創元社より発行された『鬼城俳句俳論集』に掲載されている未発表稿本「第三鬼城句集」としての七百八句、昭和四十九年にあさを社より発行された『村上鬼城全集』第一巻「俳句篇」に掲載されている未発表作品集の四百七十句などがある。その他、子孫のためのものや親しい友人宛てのものなど、いくつかの自筆句集も存在する。

個人句集の概要

刊行されている四冊の句集の概要は以下のとおりである。

①　大正六年版『鬼城句集』

大正六年四月、中央出版協会より発行された、大須賀乙字の編集になるものである。冒頭、高浜虚子の序、大須賀乙字の序および鬼城の例言を掲載しており、季題別に整理されている。新年七十一句、春二百五十六句、夏二百四十五句、秋二百七十八句、冬二百十二句、合計千六十二句を収録する。表紙は平福百穂筆の「巌頭の松」が使われている。

② 大正十五年版『鬼城句集』

大正十五年十二月、大阪の鬼城会より発行された。大阪の鬼城会は、大正十五年三月に「山茶花」の浅井啼魚らにより、鬼城を資金面で支援するために組織されたものである。大正六年以前の主だった句と六年以降に新たに詠んだ句の中から、鬼城自らが編集を行い、冒頭に自序を掲載している。季題別に整理されており、新年九十六句、春四百八句、夏四百三十八句、秋五百三十五句、冬三百六十八句、合計千八百四十五句を収録する。大正六年版『鬼城句集』と七百五十五句（うち、新年五十四句、春百六十句、夏百八十五句、秋二百句、冬百五十六句）が重複している。

③ 昭和八年版『続鬼城句集』

昭和八年八月、大正十五年版と同様、大阪の鬼城会より発行された。大正十五年以降に詠んだ句を鬼城が自ら編集したもので、冒頭に鬼城の「はしがき」を掲載する。やはり季題別に整理され、新年二十四句、春七十四句、夏七十句、秋百五句、冬七十七句、合計三百五十句を収録する。表紙画には鬼城による猫の絵が用いられている。

④ 昭和十五年版『定本鬼城句集』

昭和十五年二月、三省堂より発行された。この句集には、合計二千三百十六句、これまでに刊行された句集の全作品が収録されている（昭和二十二年十月に創元社より発行された『鬼城俳句俳論集』に収録されている未発表稿本「第三鬼城句集」（七百八句）も含まれている）。金子刀水、中曽根白史の両名によって編まれたもので、高浜虚子の序文が添えられている。

二．鬼城俳句を味わう

三十句鑑賞

鬼城の俳句のうち、特に広く親しまれ、評価を得ている三十句を取り上げて鑑賞し、私なりの解説を加えてみた。前述したように、多くのものが、いつ、どこで詠まれたものなのか不明であるが、「ホトトギス」に掲載されているものはその掲載年月を記載するとともに、どの句集に収録されているかも併せて記載した。どこで詠まれたものなのか、明確にわかっているものはその旨記載したが、俳句の内容から類推したものも多い。

浅間山の煙出て見よ今朝の秋

「ホトトギス」明治四十四年九月号初出／大正六年版『鬼城句集』

烏川の岸の高台から西を眺めた際に詠んだものであろう。浅間山は現在も活火山であり、噴煙を上げ続けている。当時は今よりも活動が活発で小さな噴火を繰り返していたこともあった。このため、浅間山にはほとんど草木が生えておらず土肌が見えており、季節や時間によってその色の変化が激しい。秋の昼ともなると、浅間山は少し紫がかって見える。青空の中へ白い噴煙がわずかに立ち上っていたところへ、「もっと出て見よ」と呼びかけたのか、めずらしく噴煙を上げていなかった浅間山に、「いつものように煙を出して見よ」と呼びかけたのか、いずれにしても立秋の清々しい青空と浅間山の山容、それから真っ白な噴煙の対比が想像されて気分が引き締まる思いがする。

朝顔のつる吹く風もなくて晴れ

「ホトトギス」明治四十四年十一月号初出／大正六年版『鬼城句集』

朝顔の蔓がまた新しく伸びて、空へ向かっているものも、垂れさがっているものも、普段であれば風に吹かれて揺れているのであるが、今朝は風もなくて、真っ青に晴れわたる空に伸びていることよ、というのである。主観的な言葉を使わず、単に、庭の朝顔の一景を写し取ったものである。鬼城の唯一の趣味は、わが家の狭い庭での庭木の手入れや土いじり、草花の栽培であったようだ。庭木の取木や接木なども行っていたが、庭の空いているところには、足の踏み場もないほど朝顔栽培に凝っていたこともあったという。

百姓に雲雀揚って夜明けたり

「ホトトギス」大正二年五月号掲載／大正六年版『鬼城句集』

農家の朝は早い。白々と明け始める頃には畑に出て、朝飯前までに畑打ちや麦踏みなどを一仕事終える。そんな農家が畑に出て行けば、まだ明けやらぬ空へ雲雀が揚がって、あいさつのように声をこぼすというのである。農村の春の朝の一時がゆったりと流れている様子を大きな景で描写している。鬼城の句には農家の貧しさや忙しさを詠んだ句が多いが、この句は少し趣を異にしている。高浜虚子と鬼城が初めて高崎で会った際、虚子選の天位となった句であり、鬼城のその後の俳句界での地位を確固たるものにした記念すべき一句である。

川底に蝌斗の大国ありにけり

「ホトトギス」大正二年十一月号初出／大正六年版『鬼城句集』

うらうらとした春の小川を覗いてみると、その川底におたまじゃくしの大軍を見つけた驚きを「大国ありにけり」と詠嘆的表現で言い切っている。「大国」というからには、いかにも整然と軍隊の如くに泳いでいるようである。水原秋桜子によれば、この「蝌斗」という季題は鬼城が最初に使ったもののようである。それ以前は「蛙の子」と表現していたものを「蝌斗」と二字で表現できることから、重宝がられて使われ出したとのことである。

雹晴れて豁然とある山河かな

「ホトトギス」大正二年十一月号初出／大正六年版『鬼城句集』

暑い時期の突然の激しい雹が晴れて、澄みわたった空気の中に、彼方までふるさと上州の山河が広がっている様子を詠んだものである。例えば、突然の雹や雨に洗われた榛名山を遠くに置いて、その前面を烏川や碓氷川が滔々と流れてゆく様が想像される。また、「雹」「豁然（かつぜん）」および「山河」という少し堅い言葉を用いることによって、ふるさとの自然の厳しさをも表現しているように感じる。大須賀乙字がまとめた大正六年版『鬼城句集』では「冬之部」の天文に分類されているが、今の歳時記にあるように「雹」は「夏」に置くのが適当である。鬼城本人が一年十二月に自らの十二句をあてた屏風には、七月の一枚にこの句が置かれている。

月さして一ト間の家でありにけり

「ホトトギス」大正二年十二月号初出

月が射している。一間しかない小さな家であるけれども、自分にとってはかけがえのない素晴らしい家である。当時の鬼城の家は、焼け出される前の高崎鞘町の家である。したがって、路地裏の古家ではあるが、一間しかない家ではない。大家族が暮らしていた庭付きの二階家で、二階の一間が鬼城の書斎となっていた。この句は、実際の家を詠んだものではなく、厳しい生活の中でも目標を失わずに何とかつつがなく暮らしている旨を強調した表現で詠んでいるものである。虚子の『進むべき俳句の道』では取り上げられているが、大正六年版および大正十五年版双方の『鬼城句集』には収録されていない。虚子は、「絵に空白を存する叙法」の中で、この句を引いて、「『月さして一間の家』といふ素材それ自身を伝える許りでなく、その響き、栞といふものから、一層その意味を強めて、所謂素材の飛躍をなしてゐるのである」と評している。

小春日や石を噛み居る赤蜻蛉

「ホトトギス」大正三年一月号初出／大正六年版『鬼城句集』

冬になっても春のように暖かい晴れた日に、石を噛んでいるように留まっている赤蜻蛉がいるというのである。一つの動かない石の上に、これまた全く動かない赤蜻蛉が留まっている姿を見て、「石を噛み居る」と写し取ったことによって、石にも赤蜻蛉にも生命を吹き込む詩となった。写生の妙である。この句は、鬼城が初めて「ホトトギス」の雑詠巻頭を得た際の六句のうちの一句である。

いさゝかの金ほしがりぬ年の暮

「ホトトギス」大正三年三月号初出／大正六年版『鬼城句集』

一般の庶民であっても、年の暮れには正月の準備や何のかのとこまごましたものを取りそろえるための資金が必要になるが、収入が少なく家族の多い鬼城には僅かばかりの資金にも不足が生じがちである。ほんの僅かの金が足りずに何とかならないかと思っている年の暮れであることよ、というのである。前年、大正二年（一九一三）にようやく長女直枝が嫁ぐも、末っ子の次男肇が誕生し、一代書人にとって妻と九人の子供を養っていくのは相当大変だったと思われる。本音がそのまま口を衝いて出てしまったような句である。

世を恋うて人を恐るゝ余寒かな

「ホトトギス」大正三年四月号初出／大正十五年版『鬼城句集』

自分は世の中が嫌いなわけではない。世間の多くの人とも交わりたい。しかし、よく聞こえない耳を持っているため、人との交流がままならず、人を怖れて尻込みをしてしまうのである。春になっても心が弾むわけでもなく、いつも寒さが残っている。虚子は、『進むべき俳句の道』において、真っ先にこの句を挙げて鬼城の内面の本質を的確に言い得ている。鬼城の句は、「不具、貧、老等に深い根ざしを持っていて憤りも、悲しみも、嘆きも乃至慰籍も安心も、総てそこから出立している」と言い、この「不具、貧、老」に根ざした最も代表的な句が掲句だとしている。

治聾酒の酔ふほどもなくさめにけり

「ホトトギス」大正三年四月号初出／大正六年版『鬼城句集』

春の社日に酒を飲むと耳が聞こえるようになるとの言い伝えから、当時は耳の不自由な人に飲ませたようだ。この酒を「治聾酒」と言い、春の季題である。自身も耳がよく聞こえないのでこの治聾酒を飲んでみたが、酔ったと思う間もなくすっかり醒めてしまった、というのである。飲んだ直後は気分もよく、耳が不自由なことも忘れていたが、醒めてみるともとの耳と何ら変わっていない。松本旭は、この句によって、鬼城の「劣等感が払拭され、それ以後は聾者であることのかなしさ、せつなさを、あるいは貧しいことの苦しさを、ぐんぐん作品化するようになっていった」（松本旭著『村上鬼城新研究』）とし、鬼城の境涯俳句確立の契機をなすものとして高く評価している。

夏草に這上りたる捨蚕かな

「ホトトギス」大正三年八月号初出／大正六年版『鬼城句集』

上州では今も養蚕が細々と行われている地域もあるが、当時はわが国の大きな輸出品目の一つとしての絹を作るために、多くの農家が養蚕を盛んに行っていた。筆者の家でも、昭和四十年代末まで春、夏、秋の年三回繭を取っていた。わが家では蚕を捨てることはほとんどなかったが、成長の悪い蚕でもあったのであろうか、畑の隅にでも捨てた夏蚕が、勢いよく伸びた草を食むわけでもなく、ただ這い上がってゆく。この句は虚子も言っているように、主観的な表現を一切使っておらず、客観の光景ばかりであるが、作者の哀れを感じる心の内が十分に読み手に伝わるものとなっている。

五月雨や起上りたる根無草

「ホトトギス」大正三年八月号初出／大正六年版『鬼城句集』

梅雨の長雨が続く中、以前に抜かれるか刈られるかして打ち捨てられた根のない草が、茎や葉に水を上げて生き返ったように、ふたたび頭をもたげて起き上がってきたというのである。しかし、これも雨が降り続いている間だけのことであり、五月雨があがればまた枯れてしまう。死を前提とした束の間の生が哀れを誘う。鬼城の深い同情、哀れが植物にまで及んでいる代表句である。

痩馬のあはれ機嫌や秋高し

「ホトトギス」大正三年十月号初出／大正六年版『鬼城句集』

農耕馬が農作業を終えて引き揚げていくところであろうか。秋空の下に、痩せ馬が今日はやけに機嫌がいいというのである。鬼城には馬を詠んだ句がたくさんある。明治・大正の時代なので、身近な馬は皆、痩せ細った農耕馬である。上州では、戦後まで当たり前のように馬が田畑で働いていた。「あはれ」「機嫌」という主観の強い言葉を使っているにもかかわらず、写生が行き届いていて全く気にならない。調べも流れるようで、馬の様子がよく見えてくる。

麦飯に何も申さじ夏の月

「ホトトギス」大正三年十月号初出／大正六年版『鬼城句集』

上州では、終戦直後まで普通に一般的な家庭で麦飯がたびたび食されていたと聞いている。当時、鬼城の家でも麦飯をよく食べていたのであろう。毎日麦飯を食っていても特に文句があるわけでもなく、家族そろって無事に暮らしていけることで心は満たされている。外には夏の月がさっぱりと涼しげに浮かんでいることよ、というのである。「何も申さじ」に鬼城の「足るを知る」精神が滲み出ている。

冬蜂の死にどころなく歩きけり

「ホトトギス」大正四年一月号初出／大正六年版『鬼城句集』

冬になっても生き延びた蜂が、あてどなくよろよろと死に場所を見つけるかのように歩いている、きっぱり死ぬこともできずに歩き続けているというのである。人間で言えば、老いさらばえた身が何かに執着しつつ、死にきれないといった感じではないか。「死にどころなく」のところが一種主観的な感覚となっている。この句に感動した大須賀乙字が鬼城に長文の手紙を出したことがきっかけで、二人の間で俳論を交わし合うような親密な関係が生まれ、鬼城の初めての句集が誕生することになる。

小さうもならでありけり茎の石

「ホトトギス」大正四年三月号初出／大正六年版『鬼城句集』

毎年毎年、冬になるとこの石を使って漬物を作っているが、身を削られて小さくなるわけでもなく、頑張ってくれているなあ、というのである。漬物石が小さくならないのは当たり前である。しかし、家人が毎年丹精込めて作る漬物、その漬物に最後に乗せる石、毎朝石をどけて漬物を取り出す家人の苦労を思いつつ、生命なき石ではあるものの、漬物を作るための要ともなる石に対して心を寄せている。

生きかはり死にかはりして打つ田かな

「ホトトギス」大正四年六月号初出／大正十五年版『鬼城句集』

前の年、稲を刈り取った田は、春先に切り株の残った固く締まった田を起こして田植えの準備をしなければならない。今でこそトラクターで簡単にできるが、当時は牛馬を使う長時間の重労働であったはずである。このような重労働を、農家が「生きかはり死にかはり」しながら、連綿と続けてきたことによって、一つの田を代々守り継ぎ、後世へとつないでいくというのである。座五が

「打つ田かな」と、「田打ち」ではなく「田」に焦点を当てたことで、「生きかはり死にかはり」という人間の宿命のようなものがうまく表現できている。

念力のゆるめば死ぬる大暑かな

「ホトトギス」大正四年十二月号初出／大正六年版『鬼城句集』

上州の夏の暑さは、その内陸性気候のために大変厳しいものがある。中でも日本海側からの風がフェーン現象を起こすときは耐えられないような酷暑となる。今でこそ冷房装置があるため何とかなるが、大正四年（一九一五）当時、五十歳の鬼城の身には相当堪えたに違いない。「念力」とは仏教用語で物事を憶念する力のことである。つまり、常に意識して集中していなければ、死んでしまうような暑さであることよ、気を緩めずに生きよ、と自らに言い聞かせた言葉である。

蒲団かけていだき寄せたる愛子かな

「ホトトギス」大正五年二月号初出／大正六年版『鬼城句集』

子供が寝相悪く蒲団を剝いでいるのを、自分の蒲団をかけて抱き寄せている。かわいい子供を思いやる親の心をそのまま出しているわかりやすい句である。鬼城は収入が乏しい中でも、十人の子供を立派に育て上げている。鬼城の子煩悩ぶりは有名だが、それまでの彼の血筋が子宝に恵まれなかった反動でもあろうか。日記などからも子供らに分け隔てなく深い愛情を注いでいることがわかる。家族を詠んだ代表句である。

大石や二つに割れて冬ざるゝ

「ホトトギス」大正五年四月号初出／大正六年版『鬼城句集』

大きな石が一つ、長い時を経て何物にも動じないように泰然自若としてそこにある。しかし、よくよく見ると、見渡す限りの冬の荒れさびた景の中で、二つに割れてしまっているではないかというのである。永遠の磐石とも思えたものが、厳しい環境に置かれることによって、真っ二つに割れてしまった、生命あるもののごとく、その儚さを実感している。鬼城の同情は、この石のような無生物にも深く注がれている。

榛名山大霞して真昼かな

「ホトトギス」大正五年七月号初出／大正六年版『鬼城句集』

鞘町に暮らしていた頃の鬼城は、高崎公園界隈や烏川のほとりをよく散歩したようだ。おそらくそのような時に詠んだものであろう。特に、烏川の岸の高台から望む榛名山から浅間山へと続く連山は絶景である。その辺りから望む榛名山は、地元では榛名十峰と言われるように、北西方向一面に峰々が連なり、まさに榛名全山にわたるような「大霞」という表現がしっくりと座っている。鬼城は、この句を作るのに、「『榛名山の大霞』までできたが下五ができない。烏川から榛名山を眺めてあれやこれやと工夫したが、之を句にするまでに三年かかった」と言っていたようである。

小鳥この頃音もさせずに来て居りぬ

大正六年版『鬼城句集』

慌ただしさにかまけて身のまわりのことに注意を払うこともせず、鳥の声も聞こえなかったが、ふと気がつくと小鳥がもう渡ってきている。もうそんな時期になっているなあと、感慨深く振り返っている。大須賀乙字は、大正六年版『鬼城句集』の序文で、「この小鳥こそ氏の独坐愁を抱く懐情そのままの姿ではないか」と言っている。この句の句碑が鬼城の句碑で最初のもので、高崎市倉賀野町の養報寺にあり、高崎市の指定文化財になっている。

大南瓜これを敲いて遊ばんか

大正六年版『鬼城句集』

何とも楽しい一句である。たまには、わだかまりを捨てて心配ごとを忘れて、この大南瓜でも敲いてみんなで遊ぼう、と言っている。『村上鬼城新研究』（松本旭著）によれば、村上玉枝（鬼城五女）さんの話として、鬼城は「この句は、人生の山坂を苦労して越えてきて、ほっと一息ついた時の心境じゃ」と言っていたそうである。鬼城には南瓜を詠んだ句が多い。〈似たもの丶二人相逢ふ南瓜かな〉〈南瓜大きく畑にころがる二つ哉〉〈これを敲けばホ句〳〵といふ南瓜かな〉〈南瓜食うて駑馬の如くに老いにけり〉などである。最初の「似たもの丶」の句は、村上蛃魚との仲を詠んだものである。あるいは、二句目の南瓜の句もそうかもしれない。

秋川に押戻さる丶野川かな

「ホトトギス」大正六年五月号初出／大正十五年版『鬼城句集』

秋の長雨の時期、あるいは台風の直後でもあろうか、出水とはいかないまでも、本流である秋の川が増水し、支流である野川を遡ってゆく様を詠んだものである。「押戻さる丶野川」と言ったことで、秋の川の激しさ、力強さを表現するとともに、春とは違った秋の野川のありさまを、本流の流れとの対比という独特の視点で捉えている。鬼城が住んでいた高崎の市街地側は高台が続いているので、烏川を挟んで対岸の野川の一つを詠んだものであろうか。

春寒やぶつかり歩く盲犬

「ホトトギス」大正六年六月号初出／大正十五年版『鬼城句集』

春になってもまだまだ寒い日が続く中に、目の見えない犬があちらにぶつかりこちらにぶつかりながら、ぎこちなく歩いているというのである。鬼城には「盲犬」の句が多いが、鞘町時代の鬼城の隣家で飼われていたマルという犬は、蚕の蛹を食べすぎて糖尿病になり、目が見えなくなったという話だったらしい。鬼城は、身体の不自由な者同士、同情、憐れみをもってこの犬を見ていたはずである。「盲犬」の哀しさをわが身に振り返って写し取っている。

いせの海見えて菜の花平ら哉

俳誌「山鳩」大正七年五月号初出

鬼城が愛知県西尾を訪問した際に詠んだものである。鬼城は少なくとも六回は西尾を訪れているようであるが、この句は二回目の訪問の際、大正七年四月に八ツ面山に登って遠く伊勢湾を望んだときの句である。春空のもと、遠く伊勢の海が輝いている。近く足下には一面の菜の花畑が広々と横たわっている。海の青と菜の花の黄の色彩的な美しさが印象的な句である。「菜の花平ら」は当初「菜の花曇」だったものを推敲したもの。「菜の花平ら」の方がより鮮明となった。

ゆさ〳〵と大枝ゆるゝ桜かな

「ホトトギス」大正八年六月号初出／大正十五年版『鬼城句集』

桜の大きな枝が風に大きくゆったりと揺れているということを描写しただけの句である。非常にわかりやすい印象鮮明な句である。この句は鬼城の作句意欲がまだまだ旺盛であった頃の最後のほうに詠まれたとされるもので、鬼城も気に入っていたらしい。周囲の者に短冊なりを頼まれたりすると、この句は単純でわかりやすいので誰もが喜んでくれると言いながら、この句を書くことが多かったようである。

残雪やごう〳〵と吹く松の風

「ホトトギス」大正十年七月号初出／大正十五年版『鬼城句集』

上州の春浅き頃、まだまだ強い季節風が吹きすさぶことがある。上州でも高崎辺りは雪の少ない地域であるが、たまたま降った雪が松の根方近くに残り、季節が戻ったような北西の冷たい風が大きな音を立てて松の枝を揺らしている情景が浮かぶ。「ごう〳〵と」というオノマトペについては、松の枝や葉の揺れ具合を見て、鬼城の心耳が風を聞き分けたものか、聞こえにくい耳にも聞こえるような凄まじい吹き方をしたのか定かではないが、鬼城句の中で音を表現した数少ない佳句のうちの一つである。

どう〳〵と滝の鳴りこむ闇夜かな

昭和八年『続鬼城句集』

真っ暗闇の中で、どうどうと水量の大きな滝が落ち込む音のみが聞こえている。「どう〳〵と」という聴覚に訴えるオノマトペを駆使して成功した一つであるが、中でもこの句は、全く視覚的な表現がなく聴覚のみを通した写生となっている珍しい作品である。昭和三年の作で、鬼城が自らの心耳で聴こえる世界、心眼で見える世界が闇の中に大きく広がっている。

鷹のつらきびしく老いて哀れなり

昭和八年『続鬼城句集』

鬼城が鷹を詠んだ句には、〈鷹老いてあはれ烏と飼はれけり〉〈老鷹の芋で飼はれて死ににけり〉〈老鷹のむさぼり食へる生餌かな〉〈鷹の子の眼けはしく育ちけり〉など数多くあるので、おそらく近所で飼われていたものであろう。この句は、単に老鷹が哀れだと言っているだけであるが、「つら」が「きびしく老いて」いる様を捉えた写生と「哀れなり」と主観を言い切ったその調べが素晴らしい。鬼城句には「哀れ」や「淋し」との主観的表現をそのまま使った句が多く見られるが、これほど読む者の心に自然に響く句はないのではないか。孤高の鷹に自らを投影しているかのごとき詠み方である。読む度に鬼城その人を感じてしまう。

【参考資料】代表的俳人らによる鬼城および鬼城俳句論評

鬼城および鬼城俳句について、様々な視点から論評を加えている書物は多い。本文においても、阿波野青畝、日野草城、水原秋桜子、山口誓子らの鬼城評を簡略に紹介したが、代表的俳人や文芸評論家、文学研究者が鬼城や鬼城の俳句をどう論じているかは、鬼城俳句の位置付けを知る上で参考になる点が多い。ここでは、高浜虚子、山本健吉、田島武夫、中里昌之、松本旭、稲畑汀子六氏による鬼城論評を、私の論考も加味しつつ概説しておきたい。

高浜虚子『進むべき俳句の道』（大正七年七月）

高浜虚子は、明治七年（一八七四）に愛媛県松山市に生まれ、第三高等学校入学、後に第二高等学校に転入するも中退。柳原極堂が松山で興した「ほと、ぎす」を引き継ぎ、「客観写生」と「花鳥諷詠」を掲げ俳句の普及に努める。多くの俳人を育て、現在ある俳句界の礎を築く。文化勲章受章。昭和三十四年（一九五九）脳溢血のため死去。

『進むべき俳句の道』は大正四年四月から六年八月まで、「ホトトギス」誌上に連載したものをまとめたものである。はじめに「各人評に移るに先ち」の中で、「私はかつて一度守旧派なりと大呼した。これ惑乱し絶望せる俳句界を沈静せしめ安心せしめんための応急の叫びであったのである。どうして旧株を墨守する事のみをもって文芸の第一要義とすることが出来よう。俳句界の人心をして倦まざらしめんためには常に新趨向に着眼してこれを闡明(せんめい)し鼓舞することを忘れてはいかぬ」として、その当時の「ホトトギス」雑詠欄を占めていた著名な俳人を取り上げることによって、当時の新たな趨勢を明らかにし、広く俳句界を導いていこうとしたものである。また、「各々の俳人をしてその生れ得た儘の違った方向に歩ましむることはすなわち各々の俳人をしてその処を得せしむるのみならず俳句界全体をして鬱然として繁茂せしむる所以である」としながら、俳句界全体の将来の発展を旨として、各々の俳人の評価を加えている。

全体で三十二名の俳人を取り上げ、その性格、境涯などを紹介するとともに、代表句を挙げて詳細にコメントしている。村上鬼城は、渡辺水巴の次に取り上げられている。内容は、『鬼城句集』(大正六年中央出版協会発行)の序文に掲載されているものと同じで、虚子はまず鬼城と初めて出会った時の経緯などを詳述している(54頁「虚子との出会い」参照)。

そして、初対面の席上で多くの地元俳句関係者を前にして、虚子に「この地方に俳人鬼城君のあることを諸君は忘れてはいかぬ」とまで言わしめたのである。それほどまでに虚子が鬼城の句を認めたということである。

次に、鬼城からの娘を思う気持ちを綴った手紙の内容を紹介しつつ、

同君の眼底には常にこの種の涙が湛えられている。同君はただかりそめに世を呪い、人を嘲る

ような、そんな軽薄な人ではない。同君の写生文が常に刺のある皮肉な調子のものであるがために同君を衒気縦横の人であると解釈するのは皮相の見である。同君の皮肉は、その忠直なる真面目の心からほとばしり出るのである。その人を刺すような刺の先には一々暖い涙の露が宿っている。同君が婚期を過ぎた二人の令嬢――もっとも今日では芽出度く片附いておられることと想像するが――に向って注ぐところの涙は、やがて禽獣草木に向って、時には無性の石ころに向ってすらも注ぐところの涙となるのである。

と述べ、鬼城の内に秘めた本質を見抜いてもいる。

鬼城俳句の寸評については、主なものを挙げれば以下のとおりである。

最初に、〈世を恋ふて人を怖る丶余寒哉〉を挙げて、「同君が世の中に出ないのは人を怖れて出ないのである。世を厭うて出ないのではない。同君が世間の人を怖るるのは世間の人が皆聾でないからである」と言いつつ、「鬼城君の世間を恋い慕う心持は普通の人間以上であって、普通の人間以上の熱い血はその脈管の中に波打っているのである。この熱情はある時は自己に対する滑稽となり、ある時は他の癈人もしくは人間よりも劣っている生物等の上に溢れるような同情となって現れるのである」と結んでいる。虚子もこの句を、鬼城の生活行動の基本をなしていると解釈しているものと思われる。

次に、〈治聾酒の酔ふほどもなくさめにけり〉を挙げて、「治聾酒というのは社日に酒を呑むと聾が治ると言う言い伝えからその日に飲む酒を治聾酒と言っている。そこで自分も聾だから、その治聾酒をのんだが、ぱっと酔うたと思う間もなく醒めて仕舞ったというのである。（中略）一時ぱっと酔った時は好い心持であったがたちまち醒めて仕舞って、もとの淋しい聾に戻って仕舞った。（中略）この「治聾酒」のような句を読んでただ軽みのみを受取る人はいまだ至らぬ人である。この表面に出ている軽みの底には聾を悲しむ悲痛な心持が潜在しているのである」と言い、鬼城の悲しい心の奥底を見通している。

また、〈己が影を慕ふて這へる地蟲かな〉については、「地蟲はただ無心に這う。地蟲の影は地蟲が這うために無心に動く。それに対して作者の深い同情は「慕ふて」という意味を見出すのである。この作者がその蝸牛の廬を出でて広い往来を歩く時には往々かかる考を起すのではあるまいか。たとい往来を歩く時にかかる考を起さないにしても、こういう心持は平常何かにつけて作者の心の奥深く醸成されつつあるのであろう」と言っている。

続いて〈冬蜂の死にどころなく歩きけり〉を挙げ、「前の「地蟲」の句に似寄ったところもあり、反対なところもある。地蟲は籠居していた穴を出てこれから自分の天地となるのである。たとい穴を出た当時は心細げに己れの影を慕うて歩いていても、ゆくゆくはそこを自分の天地として横行闊歩するようになるのである。ところがこの句の冬の蜂の方は、もう運命が定まっていて、だんだん押寄せて来る寒さに抵抗し得ないで遅かれ速かれ死ぬるのである。けれどもさて何所（どこ）で死のうという所もなく、仕方がなしに地上なり縁ばななりをよろよろとただ歩いているというのである。人間社会でもこれに似寄ったものはたくさんある。否人間その物が皆この冬蜂の如きものであるとも言い得るのである」とも言っている。

さらに、〈夏草に這上(はひあが)りたる捨蚕かな〉については、「この句には「己が影を慕ふて」とか「死に所なく」とかいうような主観詞は別に用いてなく、ただ客観の光景が穏かに叙してあるばかりであるが、それでいてどうすることも出来ぬこの蚕の憐れむべき運命の上に痛み悲んだ作者の心持は十分に出ている」として、表現の仕方はそれぞれであるが、人間および人間社会と対比しつつ、小動物をはじめとした弱者に対する鬼城の深い同情を読み取っている。

次に、鬼城の同情が動物のみならず植物までに及んだ例として、〈五月雨や起きあがりたる根無草〉を挙げ、「この草は生き返った如く、かく頭を擡げはしたが、それは降りつづく雨の間のことで、雨がやんで日が当ったらたちまち枯れて仕舞わなければならぬものだと、かえって一時かりそめに起き上ったところに深い憐みを持ったのである」としている。また、持ち古された石に対する同情を表現したものとして〈小さうもならでありけり茎(くき)の石〉を挙げている。

また、「作者の句に最も多いのは貧を詠じたものである」として、〈麦飯に何も申さず夏の月〉、〈月さして一間の家でありにけり〉、〈いさゝかの金ほしがりぬ年の暮〉などの句を挙げている。

さらに、「かく叙し来ると、君の俳句の境界は余程一方に偏っているように考えられるであろうが、必ずしもそうではない」としつつ、〈初雪の美事に降れり万年青(おもと)の実〉、〈樫の実の落ちてかけよる鶏三羽〉などを挙げて、「これらの句は聾を忘れ、貧を忘れ、老を忘れ、眼前の光景に打たれてそのまま吟懐を十七字に寓したものである」としている。そのほか〈鹿の子のふんぐり持ちてたのもしき〉などは、「さらに進んで積極的の心持を現わした句である」としながらも、「彼の句中何処を探しても女性的の艶味あるものは一つも見つからない。僅に探し当てたところのもの」として、

〈玉蟲や妹が簞笥の二重ね〉などを挙げている。
また、〈小春日や石を噛み居る赤蜻蛉〉など十三句を挙げて、「これらの句を見るものは、その客観の研究の苟めでなく、写生の技倆の卓抜であることを誰も否むことは出来まい」としつつ、最後には、「他の何物にも煩わさるることなく自己の境地を大手を振って闊歩するようになった、その確たる自信を見出したことは、あるいは最近のことではあるまいか」として、〈糸瓜(へちま)忌や俳諧帰するところあり〉、〈蕪村忌や師走の鐘も合点だ〉、〈煮凝(にこごり)やしかと見とゞく古俳諧〉の三句を置いて、締めている。

　この時期「ホトトギス」の巻頭を数多く飾った鬼城を、「ホトトギス」の第一期黄金時代を担う一人として、高く評価し、世に打ち出していこうとする、虚子の心持ちを前面に出した評価となっている。『進むべき俳句の道』は当時の俳句界のバイブルと言っていいほどのものである。だが、虚子のこの評価を表面だけ理解してしまった者が、それ以後の鬼城評を固めてしまうこととなる。鬼城は耳が不自由で貧しい生活を送る中で、そのことを前提とした境涯の俳人であるとの確固たる評価へとつながっていくのである。

　もちろん、虚子のこの評価によって鬼城は特徴づけられ、有名になり、俳句界に一時代を築いた希代の俳人になっていくのであるが、単に、厳しい生活環境によってのみ鬼城の俳句が成立しているということではない。

　鬼城俳句の特徴は、俳句に対する姿勢にある。日々の生活を疎かにせず、真心を込めて、真面目に人や自然、宇宙の万物に接することにより、万象の真実をしっかりと極めることによって、初めて俳句を詠むことができるというものである。こうした鬼城の作句に対する姿勢、人生に対する姿勢の中から、地味ではあるものの、詩情が深く、格調高い俳句が生まれたのである。耳疾や貧しさという厳しい生活環境のみではなく、彼に流れる武士の血、上州という厳しい自然環境などから、弱者に対する接し方、自然に対する接し方などを踏まえた作句論、ひいては人生論を踏まえたものになっているのである。言ってみれば、広い意味での本来の境涯俳句ということなのかもしれない。ただ、私は、鬼城の俳句を、単なるその人の来し方を踏まえた境涯の俳句ということだけで足りるとするのでは不十分で、来し方の特徴である真心、真面目、憐れみ、慈しみ、厳しさ等を積極的に評価することによって、自らの良き生き方に裏打ちされた「真情の俳句」と解釈したい。

虚子は、鬼城が「婚期を過ぎた二人の令嬢（中略）に向って注ぐところの涙は、やがて禽獣草木に向って、時には無性の石ころに向ってすらも注ぐところの涙となるのである」と言っていることや「君の句は主観に根ざしているものが多いに拘わらず、客観の研究が十分に行届いていて、写生におろそかでない」と言っていることからもわかるとおり、鬼城俳句の真髄を見抜いていたであろうが、虚子の考えが、後世、限定的に伝えられてしまったということは、返す返すも残念である。

※引用は『進むべき俳句の道』（昭和六十年・永田書房刊）に拠った。

山本健吉『現代俳句』（昭和二十六年六月）

山本健吉は、明治四十年（一九〇七）に長崎市に生まれ、慶應義塾大学国文科卒業、折口信夫に師事した文芸評論家である。本名は石橋貞吉。明治大学教授、日本藝術院会員、日本文藝家協会会長などを歴任。文化功労者、文化勲章受章。昭和六十三年（一九八八）急性呼吸不全のため死去。夫人は俳人の石橋秀野（ひでの）である。

山本健吉は『現代俳句』の中で、その時代の代表作家と同様に、鬼城の代表句を引きつつ、論評を加えている。鬼城のことは、子規、漱石、虚子の次、四番目に論じているが、当時の「ホトトギス」を支えた同時代の代表的な作家と比べて、その論評の紙幅は極めて少ない。

まず、〈痩馬のあはれ機嫌や秋高し〉を引いて、「彼は貧しいもの、虐げられたもの、弱いもの、小さいものなどに対する暖かい庶民的愛情を持っていた。彼はよく一茶に比較され、乙字は『一茶よりも句品の優った作者』と言い、虚子も『前に一茶あり後に鬼城ありなどと言っては鬼城君を軽蔑したものです』などと言っている。一茶のようにひねくれたところがなく、人間的に暖かく、諦観的で、世間を恐れ、宿命に安んずるふうが見えるが、それだけに一茶のような鋭い皮肉や、反抗的身ぶりは認められない。下性下根の庶民性を失わなかった点では一致しているが、一茶のほうがはるかに妄執が激しく、それだけ人間的苦悩も深刻で、現われ方も一途であり、作家的・人間的魅力において数等たちまさっている」としている。その上で、「似たような表現の句に、〈痩馬にあはれ灸や小六月〉〈鷹老いてあはれ烏と飼はれけり〉〈小百姓のあはれ燈して厄日かな〉（中略）などがある。類想である。鬼城の句は変化が乏しく、世界がきわめて狭いと言えるであろう」と酷評を加えている。

また、〈冬蜂の死にどころなく歩きけり〉を引いて、「これも冬蜂に老残の身の感慨を託しているのである。彼の生物への愛情には、どこまでも自己憐憫の影がつきまとう。こういう点が鬼城の句の小乗性であり、世界の狭さでもあろう。あまりにも諦観に安住しているその生活感情には、やはり或るもどかしさが感ぜられる。例はいくらでもある。〈老猿をかざり立てたり猿まはし〉〈闘鶏の眼つぶれて飼はれけり〉（中略）など。こういう句によって揺り動かされるわれわれの感情は、やはりそんなに高いものとは言えない。彼の句の調子の低さが、すぐものぐさな老醜を感じさせてしまうのだ」とまで、厳しく指摘している。

さらに、〈ゆさ〳〵と大枝ゆる丶桜かな〉を挙げて、「一本の桜大樹のいかにも鷹揚な姿態を無造作にとらえている。このようなこだわりのないゆったりした風景のとらえ方は、やはり一茶から来ているようだ」としている。

一方、鬼城の生類への哀憐をうたった数々の作品の中で、好きな句として〈鷹のつらきびしく老いて哀れなり〉を挙げている。ただ、「そう言えば、『きびしく老いて』と言うのが適切な老人もよくいるものだ。眼光の鋭い一徹な面構えのままに、どうしようもない老残の影が哀れなのである」と、鬼城を念頭に老残の哀れさをも嘆いている。

最後に、〈獅子舞や花の下影濃きところ〉を挙げて、「鬼城の句としては絢爛さの極致である」と言いつつ、杉田久女や水原秋桜子の句を引きながら、「だがこういう句においても、（中略）唯美主義的な傾向を感ぜしめないところが、やはり鬼城の句であろう。獅子舞がことさら花の群がり咲いた下を選んで舞っているところに、鬼城はやはり人生的な哀れを感じているのであろう。これは鬼城の俳句の身上である」と述べている。鬼城俳句をよく理解している箇所ではあるが、最後には、

「鬼城の俳句の身上である」とまで言っているのは、鬼城俳句にはあまり新味を感ぜず、そもそも好んでいないような印象を受けてしまう。

虚子による境涯の俳人との鬼城評をさらに狭い範囲に押し込めてしまったのが健吉の評価である。健吉は、鬼城のことを、どうも何らかの偏見の意識を持ってみていたのではなかろうか。鬼城のわずかな一面しか見ていないような気が私はする。
※引用は『定本　現代俳句』（平成十年・角川書店刊）に拠った。

田島武夫『村上鬼城全集』（昭和四十九年八月）

田島武夫は、明治三十三年（一八九九）に高崎に生まれ、高崎中学、群馬師範本科二部を卒業。紫苑会に参加、五日会同人。昭和二年（一九二七）に鬼城が焼け出されたときの仮住まいを提供。あさを社から『村上鬼城全集』を編集・出版。俳人であり、歌人。昭和六十二年（一九八七）死去。

田島武夫は、若くから鬼城に接し、五日会同人としても、鬼城健在中は常に鬼城の傍らに侍っており、普段の鬼城の姿、鬼城が思っていることを最も熟知している人間である。

鬼城に「江戸ッ子気質が何かにつけほの見えた」として、「質実でねばり強く、節を曲げない一徹さ。それは鬼城についてははっきり言える。鬼城は損得打算の外にあった」と評している。また、「鬼城は座談の雄であった。寸鉄人を刺し、痛快だった。しかし演壇に立って滔々懸河の弁を揮う人ではなかった。その文章をみてもわかる。句読点が実に多い。（中略）十八九歳の頃、演壇に立って、弁論をふるったこともあったようだが、その草稿は短い。後年、一層無口になったのは聾のためでもあるが、軽快にしゃべる人ではなかった。社交性も乏しかったといえよう」と述懐している。

こうも言っている。「鬼城はそういう特性ももっていたところに上州の気候風土の影響を受けたのである。上州の風土は短詩型文学を生む風土である」として、詩人では萩原朔太郎、歌人では土屋文明、最後に俳人村上鬼城を挙げている。さらに、「上州の山は美しく孤立している。これを朝夕に眺め、孤高の精神が養われた。これらの山中から流れ出る清流は澄んで、濁ることを欲しない。清濁併せ呑むことを嫌う上州人は清貧に安んずる」としながら、「鬼城は上州人である」と言い切っている。写真で見る限り、鬼城の風貌は間違いなく上州人である。そして、鬼城の思うことをもよく知る彼が言うのだから、日頃から上州人然としていたのであろう。

村上蛃魚の〈梅が香や野をうそ〱と聾鬼城〉という句を引いて、「鬼城を知るわれわれにとって、この句ほど鬼城の散歩ぶりを偲ばせる句はないように思う。高崎鞘町の旧居は市街地のまん中だったし、狭い庭もないような『陋居』だったから、そして数十歩にして城跡の堀端へ出られたから、鬼城は散歩が日課だった」と述べており、鬼城の自宅周辺の散歩ぶりが窺われる。

また、〈春寒やぶつかり歩く盲犬〉、〈己が影を慕うて這へる地虫かな〉、〈冬蜂の死にどころなく歩きけり〉、〈小春日や石を噛み居る赤蜻蛉〉などの句を挙げて、「盲犬が、地虫が、冬蜂が、赤蜻蛉が、聾鬼城自身の姿なのである。主観も客観もない。自他渾然一体のすがたである」と解釈している。最後に、こうも言っている。「鬼城は俳句三昧の人だったように見えるが、平生われわれには自己の職業に精進しなければいけない、ということを言っていた。よい俳句を作ろうと思えば、よい職業人であり、よい生活者でなければいけないというのである。遊びではない」この「遊びではない」というのも鬼城が常々言っていたのであろう。

『村上鬼城全集』（あさを社刊）は、第一巻「俳句篇」、第二巻「創作・俳論篇」と別巻としての「村上鬼城遺墨集」からなり、いわゆる全集としては極めて分量も少なく小冊である。鬼城の家が焼失したことも影響し資料収集に苦労したのであろうが、特に、「創作・俳論篇」における散文が限られたものとなっており、どうしても若干の物足りなさを感じてしまう。

もちろん、武夫は鬼城の家族を別とすれば、最も鬼城の行動や考え方に接することができた人間であり、彼の鬼城論は、鬼城の本質を捉えているということは論を俟たない。鬼城の上州人気質や日々の仕事、生活等に対する態度については、大いに参考になるものの、鬼城の当時の俳句界での位置づけや後世の俳句界への影響といった分析がなされていない。武夫は歌人・俳人であり、評論家ではない。また、全集という性格からそこまでの記述は難しかったのかもしれないが、鬼城の生身のことをよく知る彼が分析すれば、なかなか面白い鬼城論になったのではないかと残念に思われる。


中里昌之『村上鬼城の基礎的研究』（昭和六十年三月）

中里昌之は、昭和十八年（一九四三）前橋市に生まれ、二松学舎大学卒業、大東文科大学博士課程修了。群馬女子短期大学助教授、教授、城西大学女子短期大学部教授等を歴任。相葉有流に師事

した俳人、俳号は「麦外（ばくがい）」。『村上鬼城の研究』にて群馬県文学賞受賞。第二回現代俳句評論賞受賞。

中里昌之は『村上鬼城の基礎的研究』の中で、鬼城俳句における「無常感の形成」と「倫理的なるもの」の大きく二つにしぼって評価を加えている。

「無常感の形成」ということに関しては、若くしての突然の耳疾、経済的な困窮などによる鬼城の前半生を踏まえつつ、「かくして、『古今なく、東西なく、始なく、終なき処、未だ曾て、一人の足跡を印せざる処に向つて、死所を求めざるべからず』（「杉風論」（二））といった限りなく深い現実認識に鬼城は到り得たのである。その半生の煉獄を経て獲得したリアリズムは、非情なまでにきびしい。この地点から、〈冬蜂の死にどころなく歩きけり〉という句へ到達するのは、もはやそれほど困難ではあるまい。〈生きかはり死にかはりして打つ田かな〉の句も、生れるべくして生れたと言うことができる」と評している。

鬼城の半生のうちに形作られた「無常感」というものにより、彼の心眼心耳を通して映し出されたものが、必然的に彼の境涯の俳句になっていったというのである。その上で、「無常とは、あるがままの現実の実体以外のところにあるのではない。そうした生命認識こそが、すぐれて歴史的な現実を超脱して、いわば宇宙大の生命＝永遠に推参しうる力の根源にほかならない。鬼城の銘句中の相当数のものが、高く深い魂のリアリティを帯びて迫ってくる所以の一端も、またそこにあると言える」とも述べている。無常とは現実にあるものをしっかり見つめた中から形成されるもので、現実の姿から本源的な命や力を表現しようとする。そうした姿勢の中から我々の魂に響くような多くの優れた俳句が生まれていると分析している。鬼城の写生に対する基本的な考え方である、自らの来し方をしっかりと認識しつつ、あらゆる事物に全身全霊を込めて真面目に接するということを言っている。

次に「倫理的なるもの」に関しては、鬼城の「杉風論」の中での自己認識に係る一節「一たびも世を恨み、人を恨みしことあらず」を引いて、「本当とも思えないとあるいは人は言うかもしれない。しかし、彼は、彼の自我を裏切ることはできないのである。それが、彼をその生涯にわたって支えた『倫理』にほかならないからである」としつつ、「鬼城俳句の格調と気品は、自我の底を抜いた生活倫理に深く根ざした魂がもたらしたものである」と分析している。また、「彼の生活倫理は、あり得べからざるものごとを許すには、あまりにも厳格に過ぎた。しかし、それ故に一切の贅肉を削り落とされた生活は、おのずからその、思想化を果たすことに成功したのである」とも評している。さらに、山本健吉の『現代俳句』の中での鬼城に対する評価を引きつつ、「鬼城は、『美』や『存在』に、一切の手続きを省いて直に到達しようとする。而して、鬼城のすぐれた作品が、自己の境涯に深く根ざしながらも、『自己憐憫』の境位を脱し、あるいは『自己感傷』に流されることのないのはなぜか。それは、うたわれたものの背後にあって、うたうものの生活をきびしく律しようと努める〈倫理感〉が、高い格調のうちにその作品を動かしがたく支えているからである」とも述べており、自らに厳しく、周りにも厳しい鬼城の生活態度に裏打ちされた高い倫理感が、鬼城の個々の作品の中に貫かれているとしている。この部分は、鬼城の武士道精神から来る倫理感の表れとして、非常に共感できるものである。

昌之（麦外）の鬼城論は、鬼城の無常感と倫理感の形成から彼の俳句や作句の考え方を解き明かそうとするものであり、鬼城俳句には、単に境涯俳句と言われるような意味合いのほかに、何か本質的な意味合いを有することがあるのではないか、また、鬼城俳句や作句に対する考え方については、今日の複雑化した社会の中で改めて見直すことができないかなど、今日的な意義を模索する際に大いに参考となるものである。

松本旭『村上鬼城新研究』（平成十三年四月）

松本旭は、大正七年（一九一八）埼玉県上尾市に生まれ、東京文理科大学国文科卒業後、埼玉県立浦和高校で教鞭を執る。その後埼玉大学助教授、教授、城西大学女子短期大学部教授等を歴任。加藤楸邨、角川源義（げんよし）に師事した俳人。『村上鬼城研究』にて第一回俳人協会評論賞受賞。平成二十七年（二〇一五）死去。夫人は俳人の松本翠（みどり）である。

松本旭は『村上鬼城研究』および『村上鬼城新研究』の中で、鬼城の俳句の本質について、多方面からアプローチするとともに、その時代的な変遷についても詳細に考察している。このうち、『村上鬼城新研究』において、『村上鬼城研究』当時では得られなかった知見も踏まえながら、改めてまとめているので、こちらの考察を概括してみることとする。

彼がまず挙げたのは、「死にざまとの対決」ということである。〈冬蜂の死にどころなく歩きけり〉を引きつつ、鬼城は、「『どう生きていくか』でなくて、来たるべきとき『どう死ぬか』ということを考える。この死にざまに真向かうことによって、はじめて彼の言う真面目なる人生と吾というものを詠出し得たのであった」としている。また、〈治聾酒の酔ふほどもなくさめにけり〉を引きながら、「酔ふ」ということではなくて「さめる」という表現ぶりの特徴等から、「裏側から見る目」という表現手法にも注目している。

次に挙げているのは、「自然との触れ合い」とそこから派生してくる「風土との結びつき」である。中でも、「高崎から四季を通じて眺められる妙義・浅間・榛名・赤城の山々の不動の姿は、鬼城に生きる希望と力とを与えた。その動じない姿こそ、鬼城にとっては生き方の指針を与えるものであった」とさえ評し、鬼城の生き方の底には、確固として強くゆるがぬものが一本貫いており、鬼城を「山の人」と断じている。

そして、彼が指摘するもう一つ重要な特質は、自らの貧しさとせつなさを詠み上げる「孤影を見つめる目」であり、そうしたことを通じて「弱いものへの思いやり」へとつながっていくとしている。「ある日ある時の自分の生活の思いを、相手に伝えるのではなく、われとわが身に言い聞かす句となる」と説き、「『田螺』や『地虫』を詠んでいても、それは鬼城の孤影であり、そのさびしさが濃く投影されている」と評している。

そのほか、鬼城の後半生については、自らの劣等感を克服したことにより、句柄に「明るさとおおらかさ」も出てきたことや元来鬼城の心の奥底には「人恋いのおもい」があることなども指摘しており、共感させられる。

また、〈治聾酒の酔ふほどもなくさめにけり〉という句が、鬼城俳句にとって大きな意味合いを持っていると指摘する。鬼城の日記からこの句は明治四十四年二月までには作られており、この頃までには鬼城の境涯俳句の確立の契機となったものと解釈している。「自分にとって最もインフェリオリティ・コンプレックスを感じる耳の遠いことは、句に成し得なかったのである。この句が詠まれたことによって、その劣等感は払拭され、それ以後はそのかなしさ・せつなさを作品化するようになっていく。この自分の最もつらく痛いものを、率直に詠い上げた時に、鬼城は真の意味の『詩人』となり得た」としている。筆者も、このことが鬼城俳句確立の大きな要因となったことは間違いないと考えている。

一方で、彼は敢えて挙げればとの条件付きで、鬼城の身体的な劣等感とそれからくる生活の広りのなさ、物事への接点の少なさなどに起因する鬼城俳句の弱点として、素材・発想の狭さ、限られた用語の使用、聴覚的表現の類似性、時々月並臭をもった作品が顔を出すこと等を挙げている。また、鬼城の晩年については、「ただ言俳句と思われるもの、詩的感興が少ない作品を作っている。（中略）鬼城の人間生活の厳しさやせつなさを訴える句が影をひそめた」として、飯田蛇笏等と比較しても、さびしさを感じざるを得ないとも評している。

松本旭は、鬼城のことを、わが国の近代俳句の初期における一時代を築いた俳人として、非常によく特徴を捉えた分析をしている。特に、鬼城の手紙を幅広く取り上げ、彼の本質に迫ろうとしている点は高く評価できる。ただ、惜しむらくは、旭の評価では、鬼城の俳句精神は大正時代に燃焼し尽くされ、昭和に入ってから尻すぼまりに小さくなって消えていってしまうものとして扱われている。鬼城俳句のその後の俳句界への影響と今日的意義について、ほとんど触れられていないのである。

稲畑汀子『花鳥諷詠、そして未来』（平成二十六年一月）

稲畑汀子は、昭和六年（一九三一）に横浜に生まれ、小林（おばやし）聖心女子学院高校卒業、祖父高浜虚子、父高浜年尾のもとで俳句を学ぶ。昭和五十四年（一九七九）に、父年尾より「ホトトギス」主宰を継承。昭和六十二年（一九八七）に日本伝統俳句協会を設立、会長に就任。ＮＨＫ放送文化賞受賞。令和四年（二〇二二）死去。

稲畑汀子は、『花鳥諷詠、そして未来』の第三章の中で、「ホトトギスの俳人たち」として、ホトトギスの屋台骨を担ってきた二十四名の優れた俳人を取り上げている。そのトップバッターが村上鬼城である。

彼女は、鬼城を「優しい庶民派俳人」と呼び、「鬼城は耳が遠いために人と交わるのを苦手とし、おまけに八女二男の子だくさんであったため、生活苦に生涯悩まされました。しかし高い理想と志を失わず、自己の境涯を格調高く俳句に詠みました」とした上で、「しかし、鬼城俳句は、境涯俳句という言葉だけでは括り切れない面を持っています。鬼城の俳句には小動物がたくさん出て来ますが、それは弱いもの、小さいものに対する庶民的な愛情を持つ優しい人柄の表れであり、自分の境涯に対しても決してひねくれたり、反抗的にならず、諦観的で宿命に安んずるところがありました」と非常にわかりやすく評価している。

また、鬼城の代表句五句を挙げて、コメントしている。最初に、〈世を恋うて人を恐るゝ余寒かな〉を挙げて、「この『恐る、』は、単純に『人間がおそろしい』と取ってはならないでしょう。鬼城は人間理解に必要な、充分な優しさと知性を持っています。決してミザントロープ（人間嫌い）ではないのです。鬼城はただ、耳疾のために、意思の疎通がうまくいかないこと、そのために相手に迷惑をかけることを怖れ、一歩退いてしまうのでしょう。それは自嘲と言ってよいかもしれません。その鬼城の弱さが、しかし俳句の上ではたまらない魅力になっています」と、非常に優しい視点から鬼城の本質を捉えている。

次に、〈雹晴れて豁然とある山河かな〉を挙げ、「この句を見ると、鬼城が単なる境涯俳人でないことがよくわかります。（中略）『豁然』という漢語の固い響きが、一句を引き締めて格調を高くしています。写生句ですが主客渾然となった写生句です」と評価を加えている。

最後に、〈冬蜂の死にどころなく歩きけり〉を挙げて、「冬蜂に老残の自分自身の感慨を託しているのでしょう。『行きどころ』ではなく、『死にどころ』と作ったところにそれを見ることが出来ます。鬼城は生涯自己憐憫の情を持ち続けていたのでしょうか」と、評価を読者に預けて結んでいる。彼女は、否、そういうことではないんだろう、と考えていると取りたい。そのほかには、〈痩馬のあはれ機嫌や秋高し〉と〈蛤に雀の斑あり哀れかな〉を鬼城の代表句として挙げている。

汀子の鬼城評は、あくまでも多くの俳人を取り上げる中でのものであり、詳細な分析がなされているわけではない。ただ、「鬼城俳句は、境涯俳句という言葉だけでは括りきれない」と言っているとおり、虚子以後に誤解されてしまった一般的な鬼城評に引きずられることなく、鬼城の本質に迫ろうとしているところは評価できるものである。

村上鬼城年譜

（注）鬼城の年齢は各年の満年齢、※印は鬼城には直接関わらない事柄を示す。

慶応元年（一八六五）
七月二十日（旧暦五月十七日）、鳥取藩士小原平之進、母ヒサの長男として、鳥取藩江戸屋敷にて出生。荘太郎（しょうたろう）と名づけられる。

慶応三年（一八六七）　二歳
九月十七日、実弟平次郎（芝州）出生。
※九月二十七日、村上蛃魚、十月十四日、正岡子規生まれる。

明治四年（一八七一）　六歳
内縁関係にあった父平之進と母ヒサの婚姻が公認される。父平之進、吉川平助と改名。

明治五年（一八七二）　七歳
父平助、県吏となり前橋に転居。前橋に一年ほど居住。

明治六年（一八七三）　八歳
吉川家は高崎宮元町に転居し、平助はは じめ公事宿を営み、その後、高崎区裁判所の構内代書人となる。
※明治七年二月二十二日、高浜虚子生まれる。

明治八年（一八七五）　十歳

五月三十日、荘太郎、母方村上家の養子となり、村上荘太郎となる。引き続き、両親と同居して生活。

明治十一年（一八七八）　十三歳

この頃、貫名海雲の漢字書院（高崎安国寺内）に学ぶ。細井友三郎と知り合う。

明治十五年（一八八二）　十七歳

一月、徴兵の必要を演説会で訴える。高崎、鬼石、藤岡等で政談演説会に参加。詩文演説集『紅顔』を作成。六月、陸軍士官学校第一次試験に合格するも、耳疾のため軍人を断念。父の代書業を手伝う。十二月、高崎の天引某女と結婚（戸籍には載らず）。

明治十六年（一八八三）　十八歳

四月、母ヒサと妻との不仲に悩む。この頃、星野牧師（西群馬協会）につき英語を学ぶ。

明治十七年（一八八四）　十九歳

五月、母と妻の不仲により某女と離婚。この頃、山下善之の猶興学館に学ぶ。

明治十九年（一八八六）　二十一歳

神田錦町、明治義塾法律研究所にて学ぶ。司法官を志し、井上操（関西法律学校創設者）について法律を学ぶ。

明治二十一年（一八八八）　二十三歳

一月十九日、群馬県緑埜郡三波川村八十番地中橙五郎の次女スミと結婚。十月四日、長女直枝出生。この頃から弟平次郎が旧派俳句を始める。

明治二十二年（一八八九）　二十四歳

和仏法律学校校外生として法律を学ぶ。

明治二十三年（一八九〇）　二十五歳

十二月三十日、次女ヨシ出生。

明治二十五年（一八九二）　二十七歳

五月十九日、実父吉川平助死去（六十三歳）。八月二十日、妻スミ死去（二十五歳）。二女を抱えて悲嘆にくれる。この頃から俳句を始める。

※六月、子規「獺祭書屋俳話」を新聞「日本」に掲載。

明治二十七年（一八九四）　二十九歳
九月、父の跡を継ぎ、正式に高崎区裁判所の構内代書人となる。

明治二十八年（一八九五）　三十歳
日清戦争の従軍記者として広島にいた正岡子規に俳句の教えを請うための手紙を出したところ、三月二十一日、子規より懇切な返書届く。俳句開眼へ向けて一歩を踏み出す。
※十一月より、子規「俳諧大要」を新聞「日本」に連載。

明治二十九年（一八九六）　三十一歳
一月二十七日、「日本」紙上に初めて、鬼城として俳句一句を掲載。二月二十四日、群馬県北甘楽郡小幡村松浦元晴の長女ハツと結婚。

明治三十年（一八九七）　三十二歳
一月二十一日、三女千代出生。
※一月、柳原極堂、松山で「ほとゝぎす」創刊。

明治三十一年（一八九八）　三十三歳
子規校閲の新派句集『新俳句』が刊行され、鬼城の作品九句が載る。
※九月、「ほとゝぎす」発行所を東京に移す。十月、虚子が発行人となって「ほとゝぎす」二巻一号発行。

明治三十二年（一八九九）　三十四歳

「ほとゝぎす」一月号の河東碧梧桐選に初入選〈埋火や遺孤を擁して忍び泣く〉。四月一日、四女村子出生。この年、手を患って仕事等に苦労する。

明治三十四年（一九〇一）　三十六歳

「ほとゝぎす」一月号の「一日記事」として写生文を投稿、初掲載。その後、同八月号の虚子選の「週間日記」に、同十月号の虚子選の「盂蘭盆記事」にそれぞれ写生文が掲載。五月十五日、五女玉枝出生。

※十月、誌名が「ほとゝぎす」から「ホトヽギス」となる。

明治三十五年（一九〇二）　三十七歳

「ホトヽギス」二月号の「歳暮又新年台所記事」、同四月号の「初午」、同十月号の「俳句を可否する場合に自己が有する尺度標準如何」および「諸君は如何なる縁にて我新俳句を作り始めたるか」、同十一月号の「吾人が所謂旧派俳人に対する態度如何」、同十二月号の「新奇と陳腐」にそれぞれ写生文が掲載。

※九月十九日、子規没（三十四歳）。

明治三十六年（一九〇三）　三十八歳

「ホトヽギス」二月号の「趣味ある（成功）人事句と趣味なき（失敗）人事句」および「長さ一町の間を写生せよ」に写生文が掲載。八月十二日、六女松寿子出生。

明治三十七年（一九〇四）　三十九歳
「ホト、ギス」十一月号に鬼城の小説「催眠術」が掲載。

明治三十八年（一九〇五）　四十歳
十月一日七女、孝子出生。
※一月、夏目漱石が「ホト、ギス」に「吾輩は猫である」連載開始（翌年八月まで）。
※明治三十九年一月、伊藤左千夫「野菊の墓」、四月、漱石「坊っちゃん」掲載。

明治四十年（一九〇七）　四十二歳
「ホト、ギス」三月号に小説「お客にいくンだい」が掲載。五月、村上蛃魚が高崎中学に赴任、その秋より鬼城と蛃魚の交流が始まる。

明治四十一年（一九〇八）　四十三歳
七月十三日、長男信（まこと）出生。
九月、蛃魚と句会「紫苑会」を始める。「ホト、ギス」十一月号「地方俳句界」に「紫苑会」第一報が掲載。
※十月、虚子「ホト、ギス」に雑詠欄を創設（翌年七月まで）。

明治四十二年（一九〇九）　四十四歳
この頃、耳が遠いのと眼が近いのとで、自らを「遠近仏」と称する。

明治四十三年（一九一〇）　四十五歳

「ホト、ギス」六月号に「上京」および「十年間」が、同十月号に「垣根の穴」が、同十一月号に「老境」がそれぞれ掲載。

明治四十四年（一九一一）　四十六歳

「ホト、ギス」一月号に「日蔭」が、同五月号に「芸者と従弟」が、同七月号に「来たッちやす」および「雪の下」が、同九月号に「第二年目」がそれぞれ掲載。二月十六日の日記に〈治聾酒の酔ふほどもなくさめにけり〉あり。三月十七日、八女恒子出生。八月五日、ツボミ発行所より句を求められ、五句を送る。八月二十三日、母ヒサ死去（八十歳）。九月、信州旅行の帰りに高崎に立ち寄った伊藤左千夫に会う。十二月四日、伊藤左千夫に娘の件で手紙を書く。この頃、また手を病み、文字がよく書けず苦労する。

※十月、誌名が「ホト、ギス」から「ホトトギス」となる。

明治四十五年（一九一二）　四十七歳

一月七日、少林山達磨寺へ詣でる。「ホトトギス」四月号に「死ンで行く人」が掲載。五月五日、蛃魚と金井沢の碑および山の上の碑を摺りに行く。

※「ホトトギス」七月号より、虚子選雑詠欄が復活。

大正二年（一九一三）　四十八歳

「ホトトギス」一月号に「微醺」が、同七月号に「白菊」が、同九月号に「夏書」がそれぞれ掲載。四月二十日、高崎の俳句会の席上、初めて高浜虚子と内藤鳴雪に会う。〈百姓に雲雀揚つて夜明けたり〉が虚子選天位となる。同夜、三島屋にて会食、虚子らの励ましを受ける。「ホトトギス」六月号の虚子選雑詠に五句入選。七月十三日、次男肇出生。長女直枝、古市勝蔵と結婚。八月、「ヤマグニ」の課題選者を受ける。

※七月三十日、伊藤左千夫没（四十八歳）。

大正三年（一九一四）　四十九歳

「ホトトギス」一月号で初めて雑詠巻頭を飾る。〈小春日や石を嚙み居る赤蜻蛉〉など六句。「ホトトギス」四月号の雑詠巻頭（作品七句）。「ホトトギス」十月号より課題句選者となる（課題は「花野」）。

大正四年（一九一五）　五十歳

「ホトトギス」一月号に評論「真面目と哀れ」が掲載。一月十一日、大須賀乙字より、〈冬蜂の死にどころなく歩きけり〉の句を称賛する旨の初の書簡あり。六月十五日、虚子の招きで東京の「ホトトギス」発行所を初めて訪問。虚子、鳴雪、石鼎、水巴、青峰、左衛門、百穂らによる「鬼城君慰籍帖」成る。この日「ホトトギス」発行所に泊まる。「ホトトギス」十月号に「写生の目的」が掲載。十一月二十七日、乙字、服部耕石とともに高崎を訪問し、鬼城と筆談。

※四月、虚子「進むべき俳句の道」を「ホトトギス」に連載開始。本間久雄「オスカー・ワイルドの獄中記」を「早稲田文学」九月号に掲載。十月、虚子『ホトトギス雑詠集』を四方堂より刊行。

大正五年（一九一六）　五十一歳

「ホトトギス」二月号に「写生楷梯」が、同四月号に「俳句の異同は何に拠つて論ずべきや」がそれぞれ掲載。三月五日、耳疾のため高崎区裁判所構内代書人の営業許可を取り消される。「ホトトギス」三月号に「進むべき俳句の道」の「村上鬼城」が掲載。六月十一日、補聴器を買いに上京。その際、虚子、鳴雪に会う。六月十九日、構外営業所を開設。七月二十一日付国民新聞に「俳句の正体を明かにす」を寄稿。八月六日次女ヨシ、清水保智と結婚。「ホトトギス」十、十一月両号に「杉風論」が掲載。十月、愛知県西尾の俳誌「サクラ」の雑詠選者を受ける。十一月三日、東京日日新聞句会に出席、小野蕪子宅に一泊。

※十月、浦野芳雄が「紫苑会」に加入。

大正六年（一九一七）　五十二歳

「ホトトギス」一月号に「水仙」が掲載。俳誌「山鳩」の題字揮毫、雑詠選者を受ける。「山鳩」二月号に「写生の意義」などが掲載。二月十八日、少林山へ吟行。「ホトトギス」五月号に「少林山普茶吟行の記」が掲載。三月十九日付「東京日日新聞」に「俳諧不可能境より見たる文芸殊に俳句」が寄稿。三月二十日より「東京日日新聞」の選者を受ける。四月十七日、大須賀乙字編集の最初の『鬼城句集』を中央出版協会より刊行。五月四日、沢田、作間、名合の三弁護士と鬼城が前橋地方裁判所に鬼城の復職を陳情。五月十二日、復職許可を受ける。六月十一日、作間、名合らの弁護士および東京日日新聞社を訪問。六月十二日、無名吟社句会に出席。六月十四日、浅井意外、富田うしほらの招きで初めて愛知県西尾を訪問、岡崎城、岐阜の鵜飼等を見る。「山鳩」十月号より俳論「棒三昧」が掲載。「ホトトギス」十月号に「俳句習作家に告げて写生の態度を正す」が掲載。
※三月、「サクラ」が「山鳩」に改題。十月、藤岡繁雄が「紫苑会」に加入。

大正七年（一九一八）　五十三歳

「ホトトギス」一月号に「余の趣味を述べて新年の句に及ぶ」が、同九月号に「俳諧懺悔」が、同十一月号に「蛤貝と唐黍」がそれぞれ掲載。「山鳩」二月号に「職業即俳諧論」、同四月号に「古句研究」などが掲載。二月一日、沼田の金子刀水および植村婉外が鬼城を訪問し、入門。「帝国文学」四月号に「米価〳〵（十五句）」が掲載。四月十四日、二回目の西尾訪問、伊勢参り、奈良方面等に出かける。「俳句世界」七月号に「諸家近詠（六句）」が掲載。夏、足尾銅山精錬所の渡辺錦楓の招きで足尾、中禅寺湖等に遊ぶ。
※七月、虚子『進むべき俳句の道』を実業之日本社より刊行。

大正八年（一九一九）　五十四歳

「ホトトギス」一月号に「俳諧秘伝」が掲載。「山鳩」一月号に「俳諧しやべり初め」、二月号に「美化といふこと」、同七月号および八月号に「緑陰幽草」、同十一月号に「十月十二日の事を記す」、同十二月に「推敲論」などが掲載。二月二十三日、小野蕪子と静岡市を訪問、三六会主催の「鬼城俳句会」に出席。翌二十四日、久能山、三保の松原に遊ぶ。「少年クラブ」九月号および「講談クラブ」十月号より選者を受ける。十月十二日、乙字が太田柿葉を伴って高崎、鬼城を訪問。

大正九年（一九二〇）　五十五歳

足尾の俳誌「奔流」の雑詠選者を受ける。二月、三女千代子、神宮正太郎と結婚。「山鳩」一月号に「推敲論」、二月号に「俳句の領分」、同十一月号に「写生論」などが掲載。「山鳩」三月号に「乙字先生の事」が、「懸葵」三月号に「奉悼乙字先生」がそれぞれ掲載。「草汁」四月号、「面白クラブ」四月号および「現代」十月号より、それぞれ選者を受ける。「俳句大観」六月号に「芭蕉の寂に就いて」が掲載。「ホトトギス」十月号に「其角研究　早苗より」が掲載。九月、四女村子、土谷清隆と結婚。十月二十日、実弟平次郎旧派宗匠の立机披露式。十二月二十七日、実弟平次郎死去（五十三歳）。十一月、中之条に吟行、川原湯温泉に宿泊。

※一月二十日、大須賀乙字没（三十八歳）。

大正十年（一九二一）　五十六歳

「雄弁」二月号、「鹿火屋」六月号、「曲水」九月号、「ゆうかり」十月号より、それぞれ選者を受ける。「山鳩」四月号に「俳諧田地」、同七月号に「季感論」、同十一月号に「文学の元に還れ」などが掲載。「奔流」の題字を揮毫。七月二十四日、松浦一が高崎を訪問し、鬼城に会う。八月、國學院夏季講習会において、松浦一が「鬼城翁の誌境に触れて文学を説く」と題して講演。九月七日、沼田を訪問し、沼田茅の輪まつりを見学。九月九日、沼田俳句会員と谷川温泉に宿泊。「山鳩」に「沼田遊草」（五句）が掲載。十一月五日、再び西尾訪問、京都、瀬戸内方面に遊ぶ。「山鳩」に「京畿遊草抜抄」（一五二句）が掲載。

※十一月、与謝野鉄幹、晶子、第二次「明星」創刊。

大正十一年（一九二二）　五十七歳

「山鳩」一月号および二月号に「俳諧寝覚の記」、同三月号に「炉辺独座」、同十一月号に「リズムの話」などが掲載。与謝野鉄幹の支援依頼を受け、「明星」二月号に「近業十章」、同四月号に「雑詠五句」、同十月号に「近詠十章」がそれぞれ掲載。「山鳩」四月号に「車窓二日の記録抄」として、前年の西尾行きの作品八十句が掲載。九月六日、浅井啼魚の「水無月吟社」の選者を受ける。十一月十六日、「大阪時事新報」の選者を受ける。

※九月、虚子『ホトトギス雑詠選集』を実業之日本社より刊行。九月六日、浅井啼魚「水無月吟社」を興す。

大正十二年（一九二三）　五十八歳

「山鳩」一月号および三月号に「福寿草漫筆」、同五月号に「お彼岸問答」などが掲載。一月二十日、相島虚吼、啼魚らの求めに応じて大阪を訪問、時事新報社主催の「萩の寺句会」等へ出席。帰途、西尾に立ち寄る。俳誌「山茶花」二月号に「滞阪句録抄」が、同三月号に「鶏肋一片肉」がそれぞれ掲載。「山茶花」三月号には、虚吼、躑躅、啼魚らの「鬼城翁の印象」、皆吉爽雨の「鬼城先生歓迎山茶花句会」の文章が掲載。六月、浅井意外が高崎訪問。その後、鬼城と同行して信州を訪問。柏原の一茶の墓に詣で、妙高温泉に宿泊。「山鳩」七月号に「梅雨行」（二十六句）が掲載。「山茶花」八月号、同九月号に石原健生の「驚異と村上鬼城」が掲載。八月、「東京時事新報」および俳誌「紅潮」の選者を受ける。「明星」八月号に「近詠」十句が掲載。八月二十六日、前橋、臨江閣で句会開催。十二月三十日、司法代書人廃業届を提出。

※七月、松浦一の『文学の絶対境』が出版。

大正十三年（一九二四）　五十九歳

「山鳩」二月号に「蕪村句集を読み前書論に及ぶ」、同四月号に「俳諧立ち話」、同七月号に「山川悠遠」、同九月号に「灯籠物語」などが掲載。五月十一日、蛃魚と同行して沼田に遊ぶ。五月、蛃魚、名古屋へ転勤。「紫苑会」が解散。倉賀野養報寺境内に鬼城最初の句碑〈小鳥この頃音もさせずに来て居りぬ〉が建立。「明星」六月号、同十月号にそれぞれ「近詠」（五句）が掲載。「山茶花」七月号に「我輩も写生党だ」が掲載。「早稲田文学」九月号、十一月号それぞれに「近詠」（十句）が掲載。十一月三日、五度目の西尾訪問、天橋立、石山寺等に遊ぶ。十一月九日、盛厳禅寺の句会で蛃魚と再会。十一月三十日、蛃魚死去（五十七歳）。〈故郷へ死にに帰りしや河豚の友〉

大正十四年（一九二五）　六十歳

「早稲田文学」二月号に石原健生の「俳諧の射影と村上鬼城」が掲載。同二月号、四月号、五月号それぞれに「近詠」（十句）が掲載。「山茶花」三月号より「水無月吟社」の鬼城句評が掲載。「山鳩」三月号に「我家の俳諧」、同五月号、七月号および九月号に「寂寞山荘夜話」などが掲載。四月五日、田島武夫、浦野芳雄、中曽根白史らが中心となり、「蝌蚪句会」発足、翌月「五日会」と改名。六月、「山鳩同人句集」刊。八月二日、前橋赤城館での歓迎句会に出席。「明星」九月号に「俳句三章」が掲載。十月、田村木国、啼魚らの求めに応じて再び大阪を訪問（石原健生が随行）、大阪市内、和歌の浦、栗林公園、琴平宮、岡山後楽園、京都などを巡る。途中、大阪医大病院に入院。帰途、西尾に立ち寄る。「山茶花」十月号に「前途三千里」が掲載。同号に石原健生の「鬼城翁随行について」が掲載。「俳壇文芸」および「キング」の選者を受ける。

大正十五年（一九二六）　六十一歳
「山鳩」一月号に石原健生の「時代の反映と村上鬼城」が掲載。「山鳩」一月号に「寂寞山荘夜話」、同三月号に「冬夜読書の記」、同四月号に「詩禅一味」、同九月号に「蝿たゝき」、同十一月号に「夜長の記」などが掲載。「山茶花」一月号および二月号に「関西遊草抄」が、同九月号に「麦湯問答」がそれぞれ掲載。三月に読売新聞俳壇の選者を、七月に「詩歌時代」の選者をそれぞれ受ける。四月、鬼城選『水無月句集』刊。四月七日、伊香保に遊ぶ。「ホトトギス」四月号に「春寒し」（鳴雪先生を深悼す）が、同七月号に「飯休み」がそれぞれ掲載。八月十五日、沼田茅の輪会会員と磯部温泉に遊ぶ。十二月、大阪鬼城会より『鬼城句集』刊行。
※二月二十日、内藤鳴雪没（七十八歳）。

昭和二年（一九二七）　六十二歳
「山鳩」三月号に「祝句と悼句に就て」が、同六月号に「客に対す」、同七月号から十月号に「自句自釈」などが掲載。「山鳩」三月号に浦野芳雄の「鬼城句集に現はれたる欣古思想」、金子刀水による「鬼城翁句集の数字的一考察」がそれぞれ掲載。四月、田島武夫、浦野芳雄、竹中白夜等と伊香保温泉に遊ぶ。六月四日、鞘町の自宅類焼。六月末まで宮元町の田島武夫宅に寄寓。七月より柳川町一七一に仮寓。七月、鬼城庵再興のため、「村上鬼城揮毫会」が結成。「ホトトギス」七月号に水原秋桜子の「若葉する白樺―鬼城句集私見」が掲載。十一月、六女松寿子が徳田勇と結婚。「新愛知新聞」の新年俳壇の選者を受ける。

昭和三年（一九二八）　六十三歳

「山鳩」一月号に「自句自釈」、同八月号に「並榎村舎」などが掲載。二月二十五日、小野蕪子が銀座松屋呉服店にて、自画と鬼城の讃による鬼城庵再興即売会を催す（売上金三千円を鬼城に贈る）。七月、並榎町二八八番地に新しき鬼城庵なり、完成を待たずに入居。八月、金子刀水の案内で奥利根湯島温泉および「刀水山房」に遊ぶ。「うずら」の雑詠選者を受ける。

※六月、富田潮児らにより「若竹」創刊。

昭和四年（一九二九）　六十四歳

一月一日、「大阪朝日新聞」紙上に「並榎村舎夜話」が掲載。「山鳩」三月号に「並榎村舎之記」が掲載。六月二十九日、「大阪朝日新聞」紙上に「草庵小景」が掲載。十月二十日、沼田城址公園に句碑〈越後路へをれ曲る道や秋の風〉建立。十二月、蛇笏、石鼎等二十七作家とともに「ホトトギス」同人となる。「講談雑誌」および「寒燈」の選者を受ける。

昭和五年（一九三〇）　六十五歳

四月十二日、小野蕪子の「鶏頭陣」句会に出席。金子刀水、榊原好文木を連れて磯部温泉句会に出席。植村婉外句集『ゆけむり』、高橋香山句集『香山句集』の序文を執筆。

昭和六年（一九三一）　六十六歳

二月、茅の輪会会員と奥利根水上温泉に遊ぶ。金子刀水発起による鬼城翁添削会「白梅会」が始まる。四月五日、五日会の俳誌「櫻草」創刊。

※水原秋桜子が「ホトトギス」を離れる。

昭和七年（一九三二）　六十七歳

二月「山鳩」休刊。三月「櫻草」休刊。六月一日、愛知県水野村（現・瀬戸市）感応寺境内に鬼城句碑〈冬の月を見に来て泊る感応寺〉。十月二十九日、四万温泉田村旅館にて吾妻俳句会開催・出席。『うしほ句集』の序文を執筆。

※「山鳩」二月号のあと休刊、その後九月号が発行され、終刊。

昭和八年（一九三三）　六十八歳

八月、大阪鬼城会より『続鬼城句集』刊行。十月四日、五日会会員と利根河畔芝根（玉村町）にて観月句会開催・出席。十一月下旬、中之条町町田一草方に宿泊後、四万温泉に遊ぶ。富田うしほ宅に句碑〈傘にいつか月夜や時鳥〉。下仁田町の里見五山居に句碑〈二三疋落葉に遊ぶ雀かな〉。

昭和九年（一九三四）　六十九歳

七月、鬼城の古稀祝賀記念として愛知県西尾に句碑〈いせの海見えて菜の花平ら哉〉。七月八日、沼田の天台宗長寿院での古稀記念句会に出席。併せて記念の句碑〈大寺の強き西日や岩牡丹〉。十月、五日会会員と川原湯温泉に遊ぶ。その後、浅間高原鬼押出しにて十三夜の月鑑賞。

昭和十年（一九三五）　七十歳

「商工俳壇」三月号より雑詠選者を受ける。「俳句文芸」七月号より雑詠選者を受ける。深井英五日銀総裁を祝して金屛風に四季の句を揮毫。「俳句研究」十月号に前田普羅の「村上鬼城・青木月斗両氏」が掲載。「文藝春秋」十一月号に「秋灯対坐」が掲載。
※四月四日、相島虚吼没（六十七歳）。

昭和十一年（一九三六）　七十一歳
六月、西尾の守石荘の襖用に半折揮毫し贈る。「一筆啓上」の一文を「俳句講座」に寄稿。八月三十日、五日会会員らと利根川落合簗に吟行。十月、沼田の金子刀水居に鬼城句碑〈なつかしき沼田の里の茅の輪かな〉。十二月十三日、豊田博士の招きで前橋放送局など見学ののち、句会に出席。
※六月、西尾の富田潮児居宅に「守石荘」完成。

昭和十二年（一九三七）　七十二歳
「群馬」（神戸群馬県人会発行）一月号に深井英五の「鬼城翁左右博士と群馬県の縁故」が掲載。高崎市新紺屋町の室賀映字朗居および同市大橋町の上原恵雪居に鬼城句碑〈浅間山の煙出て見よけさの秋〉、〈雲雀落ちて榛名山上ふたとこ焼くる〉建立。十月十六日、八女恒子が井田金蔵と結婚。「山茶花」十月号に「悼啼魚氏」を寄稿。十一月十四日、室賀映字朗宅にて、「五日会」小玉白鹿送別句会に出席。
※二月一日、河東碧梧桐没（六十三歳）。八月十九日、浅井啼魚没（六十一歳）。

昭和十三年（一九三八）　七十三歳
二月頃より寒負けと称して引き籠る。「五日会」の句会は二月のみ休み、六月までは自らの意思で開催。四月から五月にかけて、磯部温泉に湯治に通うも効果なし。七月臥床。八月九日、浅井意外が見舞いに来て診断。主治医もこの夏は越せぬとの診断。この頃になると、廊下に毛布を敷いて膝行で便所に行くような状態となり、やがて動けなくなる。家人が永年の友人には見舞いに来てくれるよう連絡。九月、胃癌の症状を呈し衰弱甚だしく、脚部等に浮腫を生ず。臨終の数日前までは俳句の選を続ける。
九月十七日午後五時頃、大往生を遂げる。十八日納棺。十九日通夜。二十日秋雨の中、告別式。二十一日、高崎山龍廣寺に埋葬。戒名は「青萍院常閑鬼城居士」。十一月五日、五日会が龍廣寺にて鬼城追悼句会を開催。

昭和十五年（一九四〇）
二月、『定本鬼城句集』（三省堂）刊行。七月、鬼城の妻ハツ死去（七十歳）。十二月、高崎区裁判所構内に鬼城句碑〈新米を食うて養ふ和魂かな〉建立。

昭和二十二年（一九四七）
十月、『鬼城俳句俳論集』（創元社）刊行。

昭和四十九年（一九七四）
五月、『村上鬼城全集』（あさを社）第一巻刊行。八月、同全集第二巻、別巻刊行。

参考文献一覧

松浦一『文学の絶対境』　大日本図書　大正十二年八月

村上荘太郎『鬼城句集』　鬼城会編　大正十五年十二月

村上荘太郎『続鬼城句集』　鬼城会編　昭和八年八月

『ホトトギス雑詠選集春の部』　改造社　昭和十三年八月

『ホトトギス雑詠選集夏の部』　改造社　昭和十五年一月

『ホトトギス雑詠選集秋の部』　改造社　昭和十六年十二月

『ホトトギス雑詠選集冬の部』　改造社　昭和十八年六月

『鬼城俳句俳論集』　創元社　昭和二十二年十月

『村上鬼城全集』第一巻「俳句篇」　あさを社　昭和四十九年五月

『村上鬼城全集』第二巻「創作・俳論篇」　あさを社　四十九年八月

『村上鬼城全集』第二巻附録「鬼城君慰籍帖」　あさを社　昭和四十九年八月

『村上鬼城全集』別巻「村上鬼城遺墨集」　あさを社　昭和四十九年八月

阿波野青畝『俳句のこころ』　角川書店　昭和五十年三月

皆吉爽雨『山茶花物語』　牧羊社　昭和五十一年九月

松本旭『村上鬼城研究』　角川書店　昭和五十四年三月

中里昌之『村上鬼城の基礎的研究』　桜楓社　昭和六十年三月

松本旭『村上鬼城の世界』　角川書店　昭和六十年九月

高浜虚子『進むべき俳句の道』　永田書房　昭和六十年九月
正岡子規『俳諧大要』　岩波文庫　昭和六十年十月
村上幹也『俳諧生涯』　上毛新聞社　昭和六十二年九月
徳田次郎『村上鬼城の新研究』　本阿弥書店　昭和六十二年九月
徳田次郎『鬼城と俳画』　若竹吟社　平成二年六月
中里麦外『村上鬼城―解釈と鑑賞―』　永田書房　平成五年八月
深見けん二『虚子の天地』　蝸牛社　平成八年五月
山本健吉『定本　現代俳句』　角川書店　平成十年四月
松本旭『村上鬼城新研究』　本阿弥書店　平成十三年四月
岩岡中正『転換期の俳句と思想』　朝日新聞社　平成十四年四月
村上鬼城『復刻　鬼城句集』（大正六年版鬼城句集の復刻版）　鬼城草庵　平成十五年九月
稲畑汀子・大岡信・鷹羽狩行監修『現代俳句大辞典』　三省堂　平成十七年十一月
群馬県立土屋文明記念文学館『村上鬼城―その生涯と作品』　平成二十一年四月
岩岡中正『虚子と現代』　角川書店　平成二十二年十二月
深見けん二『選は創作なり』　ＮＨＫ出版　平成二十四年六月
高浜虚子『俳句への道』　岩波文庫　平成二十四年六月
岩岡中正『子規と現代』　ふらんす堂　平成二十五年三月
稲畑汀子『花鳥諷詠、そして未来』　ＮＨＫ出版　平成二十六年一月
群馬県立土屋文明記念文学館『「ホトトギス」と村上鬼城の世界』　平成二十七年十月
その他俳誌、雑誌など多数

おわりに

新型コロナウイルスは、これまで次々と新たなタイプに変異しながらその蔓延が続いてきたが、ここに来てようやく収まる気配がみえだした。三年の長きにわたり、わが国だけでなく全世界の人々がその閉塞感に押し潰されそうになっていたのではないか。私も三年前からこの方、自宅での引き籠りの状態が長くなってしまった。そんな折、鬼城との対話を楽しむことで、時には荒んだ心が慰められてゆくこともある。本書は、そんな鬼城との対話を通じて、彼の人となりや俳句に対する姿勢などについて、簡潔にまとめてみたものである。なかでも、鬼城俳句の意味と今日的意義のところでは、私なりの拙い主張を試みたつもりである。

俳句というものは、万物との共生を前提とした文学である。また、短詩型という親しみやすく詩情性の高い芸術であるからこそ多くの人に訴えかけ、これからの社会にも積極的にかかわっていくことができるのではないか。また、そうしていかなければならないとも思っている。そのためには、鬼城の俳句に対する姿勢、つまり、おのれ自身を厳しく律しつつ、対象物や社会に対して、それぞれの「真情」を追い求めていく姿勢こそが大いに参考になるのではないかと考えてみたのである。

今年も九月十七日の鬼城の忌日には、妻に作ってもらったおはぎを抱えながら、鬼城が眠る高崎山龍廣寺にお参りに出かけることにしたい。その際には、拙いながらも一書がなったことを報告するつもりでいる。秋彼岸の頃の龍廣寺は、参道から境内にかけては白萩が風になだれ、鬼城の墓の周りには薄紅の萩がこぼれ、こころ落ち着く静けさである。

本書をまとめるに当たり、「阿蘇」主宰の岩岡中正先生、「初桜」主宰の山田閏子先生、それから「櫻草」代表の村上郁子様と豊永三生様、「若竹」主宰の加古宗也様には、様々な資料の提供を快くお引き受け下さるとともに、懇篤なるご指導を賜り、心から感謝申し上げる次第である。また、井上泰至様に帯文をいただけたことは望外の喜びである。

原稿を書くことに慣れない私にとって、朔出版の鈴木忍様からの丁寧かつ適切なご助言が非常にありがたかった。厚く御礼を申し上げる。

今年の九月十五日には、早や深見けん二先生の三回忌を迎える。生前、先生には鬼城についてのわが小論を見てもらったことがある。本書をけん二先生にも捧げたい。

二〇二三年八月

吉井たくみ

著者略歴

吉井たくみ（よしい　たくみ）　本名　巧

一九六〇年二月、群馬県高崎市生まれ。農林水産省、内閣府、消費者庁などを経て、現在、一般社団法人日本即席食品工業協会専務理事。二〇一三年より「阿蘇」に入会し、俳句を始める。岩岡中正に師事。二〇一八年より「花鳥来」に入会し、深見けん二に師事。「花鳥来」終刊後、後継誌「初桜」（山田閏子主宰）入会。二〇二三年より「櫻草」（村上郁子代表）入会。
現在、「阿蘇」同人、「初桜」同人、「櫻草」同人。日本伝統俳句協会会員、俳人協会会員。

現住所　〒三七〇－〇八五一　群馬県高崎市上中居町一二〇九－一

鷹のつらきびしく老いて　評伝・村上鬼城

2023年9月17日　初版発行

著　者　吉井たくみ

発行者　鈴木　忍

発行所　株式会社 朔出版
〒173-0021　東京都板橋区弥生町49-12-501
電話　03-5926-4386　　振替　00140-0-673315
https://saku-pub.com　　E-mail　info@saku-pub.com
装　丁　奥村靫正・星野絢香／TSTJ
本文挿画　著　者
編集協力　阿部久美子
印刷製本　中央精版印刷株式会社

ISBN978-4-908978-98-2　C0095　¥2500E